mainbook main crime

Das Buch

Kommissar Andreas Rauscher heiratet. Jedenfalls hatte er das vor, bevor ihm – wie immer – etwas dazwischen kommt. Ein Dröhnen am Hochzeitshimmel, ein Selbstmordversuch und ein Ohr lassen Rauscher schneller in die Ermittlungen schlittern als geplant. Rasch wird klar, dass es in diesem temporeichen Krimi um den Flughafen und den Fluglärm über Frankfurt-Sachsenhausen geht. Es kristallisieren sich einige Indizien heraus, die darauf hinweisen, dass die Geschichte im Jahre 1987 an der Startbahn West ihren Ausgangspunkt hat. „Fliegeralarm" verfolgt zudem die brisante Frage, wie weit Bürger gehen würden, wenn sie den Lärm nicht mehr ertragen können und sich gegen die Macht der Wirtschaft und der Politik wehren wollen.

Der Krimi „Fliegeralarm" basiert auf den kontrovers diskutierten Ereignissen um den Flughafenausbau im Rhein-Main-Gebiet und den Betrieb der neuen Nordwest-Landebahn. Er erzählt eine fiktive Geschichte und verknüpft dabei geschickt Realität und Fiktion.

Der Autor

Gerd Fischer wurde 1970 in Hanau geboren. Er studierte Germanistik, Politologie und Kunstgeschichte in Frankfurt am Main, wo er seit 1991 lebt. Weitere Krimi-Veröffentlichungen im mainbook Verlag: „Mord auf Bali" 2006 (Neuauflage 2011), „Lauf in den Tod" 2010, „Der Mann mit den zarten Händen" 2010, „Robin Tod" 2011, „Paukersterben" 2012

Gerd Fischer

Fliegeralarm

Der sechste Fall für Kommissar Rauscher

Krimi

mainbook main crime

Mein Dank gilt:
Barbara H., Ralf G., Daniela J., Katja B., Ellina, Daliah, Anne, Ute, Thomas, Uli, Astrid, Andrea, Alex, Daniella, Uwe.
Und Wolf Wetzel für das Buch „Tödliche Schüsse. Eine dokumentarische Erzählung“, das sehr hilfreich war für die Nachzeichnung der Geschehnisse an der Startbahn West

Der Krimi spielt mit Wirklichkeit und Fiktion. Er basiert auf den im Rhein-Main-Gebiet aktuell anhaltenden Diskussionen um Fluglärm und Flughafenausbau und den realen historischen Ereignissen an der Startbahn West 1987. Die Geschichte selbst und alle handelnden Figuren sind frei erfunden. Ähnlichkeiten lassen sich nicht vermeiden, sind aber nicht beabsichtigt.

Signierte Bücher können ohne zusätzliche Versand- und Portokosten direkt beim Verlag auf www.mainbook.de bestellt werden

Besuchen Sie uns im Internet:
www.mainbook.de

Lektorat: Daniela Jungmeyer
Layout: Anne Fuß
Titelbild (bearbeitet): © Eisenhans – Fotolia.com;
© SG- design – Fotolia.com

ISBN 978-3-9441240-4-9

Der Stille gewidmet

Prolog

Schon bald würde sie kommen.

Er spürte die kalte Morgenluft auf der Haut und betrachtete durchs Fenster den dunklen Himmel über Sachsenhausen.

Das Erste, was er hörte, war das nervtötende tiefe Brummen, ein Beben am Himmel, das er so hasste und das so bedrohlich klang.

Sie kam näher. Immer näher.

Es erfüllte die Luft wie ein tosendes Donnern, bis es in Mark und Bein überging und in die letzten Zipfel des Gehörgangs drang.

Seine Ohren vibrierten und er hatte das Gefühl, in seinem Kopf explodiere etwas.

Es steigerte sich eine Weile bis zum Kulminationspunkt, wenn die Maschine direkt über dem Haus flog. Dann bebte es nicht nur in seinen Ohren. Die Wände wackelten. Und dann ebbte es langsam wieder ab.

Er spürte, wie sein Nervenkostüm mit jedem neuen Flieger dünner wurde. Gleichzeitig begriff er, wie sensibel er mittlerweile geworden war.

Es war nicht nur der tatsächliche Lärm, der ihn fertigmachte. Es war dessen Erwartung. Das Wissen, dass er wieder kommt. Dass es wieder losgeht. Morgens. Ganz früh.

Selbst nachts kam er nicht mehr zur Ruhe.

Als die Maschine übers Haus hinweg war und sich am Horizont bereits das nächste Flugzeug abzeichnete, wandte er sich ab und schüttelte den Kopf. Sein Blick fiel auf ein gerahmtes Foto, das auf dem Wohnzimmerregal stand. Er betrachtete es. Sah sich selbst, jünger, seine Frau und seine Tochter, die beide in die Kamera strahlten. Damals waren sie noch zusammen. Eine intakte Familie, wie es so schön heißt. Und jetzt? Sie waren weg. Hatten ihn hier alleingelassen. Wieso war es so weit gekommen? Musste er nicht endlich etwas unternehmen, um sie zurückzugewinnen?

Das Radio, das im Hintergrund lief, lenkte seine Gedanken ab. Er hörte, wie sich die Moderatorin gerade erboste: „Herr Thelen, Sie sind Vorsitzender der Initiative ‚Ja, Flughafenausbau'. Welche Ziele verfolgen Sie?"

„Der Flughafen ist ein Jobmotor. Er bringt wirtschaftlichen Aufschwung für die Region. Er ist unsere Zukunft. Die Zukunft unserer Kinder."

„Nehmen Sie überhaupt zur Kenntnis, dass der Fluglärm nach wie vor die Gemüter im Rhein-Main-Gebiet stark erhitzt?"

„Ja, sicher. Aber wir müssen uns einfach einmal entscheiden, was wir wollen: Wohlstand oder Armenhaus? Übrigens haben wir bereits viel erreicht durch umfangreiche Schallschutzmaßnahmen, veränderte Flugrouten und An- beziehungsweise Abflughöhen. Außerdem sollten wir uns von ein bisschen Lärm nicht abschrecken lassen."

„Sie werfen also den Fluglärmgegnern vor, empfindliche Ohren zu haben?"

„Ich werfe ihnen gar nichts vor", antwortete Thelen. „Ich lege ihnen nahe, mit uns zusammenzuarbeiten und uns dabei zu unterstützen, das Rhein-Main-Gebiet noch lebenswerter zu machen und weiter nach vorne zu bringen."

Er schaltete das Radio aus und begriff, dass die Zeit gekommen war.

Er musste seinen Plan in die Tat umsetzen.

Er musste noch eine Rechnung begleichen.

Er würde den Kampf gegen den Lärm aufnehmen.

1

„Andreas Rauscher, willst du die hier anwesende Elke Erb zu deiner Ehefrau nehmen, sie lieben und ehren, ihr beistehen in guten wie in schlechten Tagen, ihr die eheliche Treue schwören so wahr dir Gott helfe, so antworte: ‚Ja. Mit Gottes Hilfe'."

In der Dreikönigskirche am Sachsenhausener Mainufer war es so still, dass man eine Nadel hätte fallen hören können. Die Hochzeitsgäste hielten den Atem an.

„Ja. Mit Gottes Hilfe“, antwortete der Kommissar und blickte seine Zukünftige mit leuchtenden Augen an.

Die Pfarrerin wandte sich an die Braut. „Elke Erb, willst du den hier anwesenden Andreas Rauscher zu deinem Ehemann nehmen, ihn lieben und ehren, ihm beistehen in guten wie in schlechten Tagen, ihm die eheliche Treue schwören so wahr dir Gott helfe, so antworte: Ja. Mit Gottes Hilfe.“

Die Anwesenden schauten gebannt und ergriffen auf das Brautpaar, insbesondere auf Elke, die in ihrem weißen Kleid mit Schleier und langer Schleppe wunderschön aussah.

Der Frankfurter Kommissar hing an Elkes Lippen, denn er konnte ihre Antwort kaum erwarten.

Elke öffnete den Mund, doch genau in diesem Moment, als sie zum Sprechen anhob, flutete ein ohrenbetäubender Lärm das Gotteshaus und ließ es erzittern. Er riss die Hochzeitsgäste aus ihrer Ergriffenheit, irritierte Rauscher und brachte Elke völlig aus dem Konzept.

Die Kinder hielten sich die Ohren zu. Manch Erwachsener starrte gen Himmel und konnte es kaum glauben.

War der Krieg ausgebrochen? Hatte ein Erdbeben die halbe Stadt vernichtet? Würde die Kirche in der nächsten Sekunde in sich zusammenbrechen?

Schließlich reckten sich die Hälse der geladenen Besucher nach oben, bis eine tiefe Stimme aus einer der hinteren Reihen rief: „Scheiß Fluglärm!“

Alle drehten sich um und starrten den Sprecher an, die meisten konnten es nicht glauben.

Und gerade als wieder Stille eingekehrt war, die Gemüter sich einigermaßen beruhigt hatten und alle – insbesondere die Pfarrerin – zur Tagesordnung übergehen wollten, erklang ein Handy. Das Klingeln war von der ersten bis zur letzten Reihe klar und deutlich zu hören.

Alle Anwesenden drehten sich um zu Klaus Markowsky, der in der zweiten Reihe saß und dem die Situation sichtlich peinlich zu sein schien. Der Leiter der Frankfurter Kripo, der sich auf die Hochzeit seines besten Mannes Rauscher gefreut hatte und dem in diesem Augenblick die gesamte Aufmerksamkeit galt, zuckte die Achseln, gab eine entschuldigende Geste von sich und griff in seine Jacketttasche. Er nahm den Anruf entgegen, nickte zweimal und rief kurz darauf entgeistert Richtung Altar: „Rauscher, da ist eine Frau dran. Sie klingt ziemlich wahnsinnig und will Sie unbedingt sprechen."

„Jetzt?", rief Rauscher perplex und schien mit der Lage überfordert zu sein. „Wieso?"

„Sie sagt, wenn Sie nicht sofort mit ihr reden, springt sie vom Dach der alten Uni-Mensa."

2

Ihre Blicke scannten die Umgebung. Unter ihr, unmittelbar vor der alten Uni-Mensa in Bockenheim, standen mehrere Passanten auf dem kleinen Platz und waren auf sie aufmerksam geworden. Sie blickten hoch zu ihr, wirkten hektisch. Manche hielten sich die Hände vor den Mund.

Wenn Rauscher nicht ans Telefon kommt, dachte sie, springe ich!

Die Pappkameraden da unten würden Augen machen, wenn sie herunter schwebte, aufklatschte und Blut spritzte.

Platsch!

Schönes Geräusch, dachte sie. Und wenn es das Letzte in ihrem Leben war? Auch gut.

Plötzlich hörte sie eine Stimme aus dem Handy. „Hallo, ja? Wer ist da?"

„Ich erkenne deine Stimme", antwortete sie. „Andreas Rauscher. Du kommst jetzt sofort zur Bockenheimer Warte."

„Wer spricht denn da?"

Ihre Stimme überschlug sich. „Herkommen hab‘ ich gesagt! Und keine Fragen stellen! Du hast zwanzig Minuten, sonst bin ich tot!“

3

In der Dreikönigskirche waren alle Augen auf Andreas Rauscher gerichtet. Er nahm das Handy vom Ohr und wandte sich an Elke. „Ich muss nach Bockenheim.“

„Du musst was?“, rief sie erschrocken und ließ den Brautstrauß fallen. „Du willst doch nicht etwa ...?“ Elke ahnte, was nun kommen würde.

Rauscher zögerte. Sollte er zu der Frau nach Bockenheim fahren? Vielleicht würde sie sterben, wenn er nicht rechtzeitig kommen würde. Er musste etwas unternehmen. „Dauert doch nicht lange. Ich bin ruckzuck wieder hier.“

Elke starrte ihn fassungslos an. „Geh einfach!“, schrie sie. „Geh! Du wirst dich nie ändern!“

Rauscher brauchte nur fünfzehn Minuten bis zur Uni-Mensa und kam doch zu spät.

Er war mit eingeschaltetem Martinshorn am Mainufer entlanggefahren bis zur Friedensbrücke, war dann rechts abgebogen, am Hauptbahnhof vorbeigerauscht, hatte die Festhalle links liegen gelassen, hatte sich durch den dichten Verkehr auf der dreispurigen Senckenberganlage geschlängelt und war, obwohl verboten, mit quietschenden Reifen links in die Bockenheimer Landstraße eingebogen. Kurz vor der Warte pfefferte er den Wagen, einen noch neu riechenden Opel der Mittelklasse, den er vor zwei Wochen als Dienstwagen bekommen hatte, auf den gepflasterten Platz und bremste abrupt neben zwei Polizeiwagen.

Als er ausstieg, sah er eine Menschenmenge unterhalb des ehemaligen Uni-Gebäudes, das in seiner Hässlichkeit einem Betonklotz glich.

„Des gibt's doch ned!", hörte er eine Frauenstimme aus dem Kreis der Schaulustigen, die an den rot-weißen Absperrbändern einen Blick erhaschen wollten. Es roch nach Autoabgasen. Blaulicht vibrierte in der Luft. Eine Sirene erklang, ganz nah. Weitere Polizeiwagen kamen an. Stimmen schrien durcheinander. Wilde Schreie ertönten.

Rauscher drängte sich durch die Zuschauer und nahm einige Rettungskräfte wahr, die sich über eine Person beugten.

Als er näher kam, sah er eine Frau, die auf dem Pflaster vor dem Gebäude lag. Hinterkopf und Oberkörper blutbespritzt. Das linke Bein offen. Gesicht und Augen erkannte Rauscher nicht. Er fuhr sich durch die kurzen schwarzen Haare. „Verdammt. Was ist denn passiert?", sprach er einen Streifenbeamten in Polizeimontur an.

„Wer sind denn Sie?", echauffierte sich der Kollege.

„Andreas Rauscher, Kripo Frankfurt." Er zückte seinen Ausweis. „Ich glaube, ich habe eben noch mit ihr telefoniert."

„Rauscher?" Der Mann lachte. „Ach, Sie sind das. Der Name klingt echt frankforderisch, gell?" Er hob die Augenbrauen und deutete kurz darauf auf die Frau am Boden. „Schöne Scheiße. Nachdem sie mit Ihnen telefoniert hatte, wollte sie einen Kaffee."

„Kaffee?"

„Ja. Wir haben ihn im KOZ besorgt. Da unten auf dem Campus. Und als der Kollege mit dem Becher oben auf dem Dach ankam, muss sie sich erschreckt haben. Vielleicht vom quietschenden Geräusch der Dachtür. Sie hat sich hektisch umgedreht, die Balance verloren und ist von der Dachkante gerutscht. Plumps, lag sie hier unten."

„Und wer ist sie?"

Der Streifenbeamte zuckte die Achseln. „Ich hatte gehofft, Sie könnten uns das sagen."

„Ich, wieso?"

„Na, immerhin wollte sie mit Ihnen sprechen. Und einen Ausweis oder andere Papiere haben wir nicht gefunden."

Rauscher trat dichter an die verletzte Frau heran und sah einen der Rettungskräfte, der sich gerade über ihren Kopf beugte und ihr einen Schlauch in den Mund einführte. Ein weiterer hantierte am rechten Arm der Frau herum. Der dritte hatte drei Elektroden auf ihrer Brust angebracht und kontrollierte die Herzfrequenz auf einem Monitor. Alle Rettungskräfte wirkten hoch konzentriert.

Rauscher trat einen Schritt zur Seite und betrachtete eine Weile das Gesicht, schätzte sie auf 25 Jahre und schüttelte den Kopf. Er kannte sie nicht.

„Ist sie tot?", fragte Rauscher den neben ihr knienden Sanitäter.

„Sie lebt", sprach der Sani und wandte seinen Kopf Rauscher zu. „Sieht aber schlecht aus."

Teil 1

Montagsdemos halten an

Knapp ein halbes Jahr nach Eröffnung der neuen Nordwest-Landebahn demonstrieren am Frankfurter Flughafen jeden Montagabend Tausende gegen Fluglärm.

Sie kommen aus Flörsheim, aus Mainz, aus Nieder-Olm in Rheinland-Pfalz, aus Sachsenhausen, Offenbach, Mühlheim, aus Nordhessen und aus dem Odenwald. Und es verbindet sie eines: Sie wollen dem zunehmenden Fluglärm Einhalt gebieten und damit ihre Gesundheit schützen. Denn Lärm macht krank, wie eine neue Studie der Uni Mainz nachweist.

Transparente und Schilder, die hochgehalten werden, zeugen von Wut und Empörung. „Profitgeilheit statt Menschlichkeit" steht auf einem Banner. „Der Krach raubt mir den letzten Nerv", sagt eine Fluglärmgegnerin. „Es muss etwas passieren", erklärt eine andere. „Der Druck der Straße wächst", kommentiert ein Mann. Sein Gesicht zeigt Entschlossenheit.

Artikel aus dem Frankfurter Stadtanzeiger

Frankfurt-Sachsenhausen, Anfang April 2012, Samstag eine Woche zuvor

4

„Teufel noch mal", zischte Peter Schulz und schaute missmutig aufs Display seines Weckers: 5.00 Uhr. Er war mit dem ersten Flieger aufgewacht. Wie jeden Morgen.

Noch im Halbschlaf schaltete er das Radio an und lauschte der leisen Stimme des Nachrichtensprechers: „Das Verwaltungsgericht Kassel entscheidet heute über die Zulassung der Einsprüche gegen den Frankfurter Flughafenausbau. Innenminister Lesiak sagte dazu: ‚Ein Ausbau des Flughafens ist unumgänglich, um ein dauerhaftes Wirtschaftswachstum für die Region gewährleisten zu können'. Fluglärmgegner haben bereits massive Widerstände angekündigt, sollte es zu einem weiteren Ausbau kommen."

Schulz wechselte den Sender und kratzte sich den Vollbart, den er sich in den letzten Wochen hatte stehen lassen. Zusammen mit den grauen Schläfen und dem runden Gesicht ließ er ihn wesentlich älter als seine 52 Jahre erscheinen. Aber das störte ihn nicht. Er hatte einfach keine Lust mehr, sich zu rasieren. Außerdem fühlte er sich zunehmend wie ein Bär, dessen Pelz wächst. Und als Bär, mit breitem Kreuz und großen Pranken, fühlte er sich gut.

Schulz hörte noch ein wenig Musik, bevor er ausschaltete und gegen sechs Uhr aus dem Bett stieg. Nach dem Zähneputzen und einer Katzenwäsche schaute er aus dem Fenster. Es dämmerte bereits und die ersten Strahlen der Morgensonne beschienen den Vorgarten. Der Kirschbaum glitzerte. Zwischen den Zweigen nahm Schulz eine Bewegung wahr. Am wolkenlosen Himmel über Frankfurt erschien der nächste Flieger. Wie kleine, langsame und harmlose Tupfer wirkten sie aus der Ferne, aber wehe, sie näherten sich. Dann wurden sie zu tosenden Ungetümen. Schulz griff nach den orangen

Ohrstöpseln, seine besten Freunde, und drückte sie rein. Er hatte sie bei der letzten Montagsdemo am Flughafen geschenkt bekommen.

Sofort nahm er die angenehme Stille wahr.

Schulz brühte einen Kaffee auf und fünf Minuten später trank er die erste Tasse des Tages. Verlorene Zeit. Irgendwo hatte er neulich einen Artikel darüber gelesen. Das Hier und Jetzt war verloren. Warum lebte er überhaupt noch? Was wollte er auf der Erde? In seinem Gehirn flatterten Tausende lose Gedankenenden. Keines davon konnte er festhalten, alle schwirrten weg, sobald er versuchte, sie zu packen und weiter zu denken.

Nach dem letzten Schluck, es war kurz vor sieben Uhr, ging er hinaus zum Hoftor und wartete. Eigentlich liebte er diese Zeit, wenn die Welt im Zwielicht lag. Obgleich es ein sonniger Aprilmorgen war, fror er.

Den Zeitungsboten sah er schon von Weitem. Wie jeden Morgen grinste ihn der Junge mit den roten Haaren und dem blassen Gesicht an. Schulz wusste genau, dass der Bursche ihn für verrückt hielt. So früh am Morgen hier draußen zu stehen, mit den Stöpseln in den Ohren und sich die Rundschau zu schnappen. Aber der Junge verstand eben nicht, dass die Ohrstöpsel ein Zeichen waren. Sie signalisierten, dass Schulz noch nicht ganz aufgegeben hatte. Es fehlte zwar nicht mehr viel, aber immerhin gab es noch einen letzten Rest Motivation, einen Funken, der noch nicht ganz verglommen war.

Während der Junge ihm die Zeitung in die Hand drückte, entdeckte er so etwas wie Mitleid in seinem Blick. Schulz versuchte, das zu ignorieren. Am Frühstückstisch setzte er sich die Lesebrille auf die Nasenspitze und blätterte seine geliebte Zeitung auf. Hoffentlich würde die Rundschau überleben. Sah nicht gut aus. Wie bei ihm.

Von Seite eins bis drei las er achtmal das Wort „Fluglärm“. Eine innere Anspannung legte sich wie eine Schlange um seinen Hals, die sich langsam zuzog und ihm die Luft nahm.

Wenn er nicht in der Zeitung las, starrte er in den Himmel. Wenn er dazu keine Lust hatte, diskutierte er mit seinem Nachbarn über die nächste Demo am Flughafen. Das Thema war immer und überall. Es verfolgte ihn, ließ ihn nicht mehr los und hielt seine Gedanken gefangen.

Aber er hatte auch eine Tätigkeit entdeckt, in die er sich flüchten konnte. Seit geraumer Zeit schrieb er eine Bekanntschaftsanzeige. Eine neue Frau wäre vielleicht eine Chance, den Arsch hochzukriegen und von hier wegzuziehen. Also nahm er den Stapel Blätter und las seine gescheiterten Versuche. Der erste verworfene hieß: *Mann in den besten Jahren sucht Frau, die mit ihm die Montagsdemo am Flughafen besucht.* Der zweite fing an mit: *Mann, Kuschelbär und Wuschelbär, möchte dich kennenlernen für gemeinsame schöne Stunden.* Für den dritten hatte er tagelang gebraucht. Er hatte ihm auch eine Weile gut gefallen, aber dann wurde er unsicher. Er lautete: *Peter ist ein netter Typ, aber alleine. Wenn es dir genauso geht, melde dich.* Zu platt, fand er, zu banal. Welche Frau würde sich daraufhin melden? Also nahm er einen Stift und setzte neu an: *Großer Mann, Hausbesitzer, außergewöhnlich intelligent, humorvoll und sportlich ...* Sportlich strich er sofort wieder, stattdessen fügte er *neugierig und geistreich* hinzu und fuhr fort: *möchte sich wieder verlieben.* Er nahm den Stift zwischen die Lippen und grübelte über seinen ersten Satz nach. Dann seufzte er laut, packte alles zur Seite und las zum wiederholten Male den letzten Brief des Immobilienmaklers, als wisse er nicht, was darin stand. Das Gutachten wies den Wert des Hauses mit knapp über 500.000 Euro aus. Die Interessenten jedoch hatten nicht einmal 250.000 Euro geboten. Niemand war bereit, einen halbwegs passablen Preis zu bezahlen. Verflixt noch mal.

Schulz fuhr sich durch die Haare, legte den Brief beiseite und blickte aus dem Fenster. Nachbar Kempfs Haus, rechter Hand, wirkte gespenstisch. Er hatte schon seit ewigen Zeiten nichts mehr machen lassen. Alles verlodderte. Der Putz war an einigen Stellen zu Boden gefallen.

Plötzlich flog die Haustür auf und Kempfs Frau kam herausgeschossen. Sie rannte die wenigen Treppenstufen herunter, ihr Gatte folgte ihr kurz darauf. Doch sie hatte Vorsprung, blieb kurz stehen, drehte sich um, warf ihm ein dickes Buch entgegen, das seinen Kopf nur knapp verfehlte, und schrie ihren Ehemann an. Was sie rief, konnte Schulz nicht verstehen. Mit den Ohrstöpseln im Ohr war er von der restlichen Welt wie abgeschnitten. Wie in Watte gepackt. Er nahm sie heraus.

Die Szene draußen zog ihn magisch an, er stand langsam auf und beobachtete weiter seine Nachbarn. Frau Kempf tötete ihn mit ihren rasenden Blicken, doch dann wandte sie sich ab, rannte zum Wagen, der in der Einfahrt parkte, öffnete mit ihrem Schlüssel die Wagentür, ließ sich hinters Lenkrad gleiten und startete den Motor.

Kempf beeilte sich, vor die Stoßstange zu kommen, was ihm gelang, stellte sich demonstrativ in den Weg und kreuzte die Arme vor der Brust. „Musst mich schon überfahren, wenn du hier wegwillst", rief er ihr zu.

Sie gab Gas und ließ die Kupplung langsam kommen, sodass der Wagen in die Höhe schoss und einen halben Meter nach vorne sprang.

Kempf hüpfte zurück. Sein Gesichtsausdruck sagte, dass er ihr das nicht zugetraut hatte. Zornesfalten bildeten sich auf seiner Stirn. „Verflucht! Das kannst du doch nicht machen."

„Und ob ich das kann." Ihr Fuß schnellte von der Kupplung und Kempf warf sich gerade noch zur Seite, sonst hätte sie ihn frontal aufgespießt.

Der Wagen schoss aus der Einfahrt, bog links ab und war kurz darauf verschwunden.

Kempf rappelte sich hoch. Er sah verwirrt aus.

In letzter Zeit gab es einige Anzeichen dafür, so überlegte Schulz, dass mit seinem Nachbarn etwas nicht stimmte. Er hatte vor längerer Zeit seinen Job verloren und sich vor knapp einem Monat den Kopf kahl scheren lassen. Einige Termine hatte er einfach vergessen. Er tat manchmal geheimnisvoll. Vielleicht führte er etwas im Schilde. Würde zu ihm passen.

Schulz fiel ein, dass er gar nicht wusste, wie alt Kempf genau war. An die 50 vielleicht. So genau konnte er das nicht schätzen. Er stand auf, lief zur Haustür, öffnete sie und streckte den Kopf heraus. „Hey, Karsten. Alles klar bei dir?"

Kempf zuckte zusammen, als hätte ihn jemand bei etwas Verbotenem erwischt. Er drehte sich abrupt um. „Äh ... ja, ja ... wieso?"

„Treffen wir uns nachher auf einen Schluck? Wir wollten einen Plan für die Montagsdemo machen. Du weißt, wie wichtig mir die Sache ist."

Kempf schaute ihn mit leeren Augen an, aber es schien, als blicke er durch ihn hindurch. Er rührte sich nicht, erschien ihm geistesabwesend, fahrig und komplett neben der Spur zu sein.

„Karsten, wirklich alles in Ordnung bei dir?", fragte Schulz nach.

„Nee, nee, also, ja, meine ich. Ja! Alles bestens, aber ... heute passt es nicht. Morgen ... ja, vielleicht morgen. Oder besser Montag, ja, am Vormittag?"

„Aber dann haben wir nicht mehr viel Zeit bis zur Demo."

„Ach, das kriegen wir schon hin."

„Aber lass mich nicht hängen so wie letztes Mal."

„Quatsch!"

Kempf säuberte die Jeans und sein Hemd, die durch den Sturz etwas Dreck angesetzt hatten. Ohne einen weiteren Blick zu Schulz ging er hinein und ließ die Tür hinter sich ins Schloss fallen.

5

Am Montagmorgen zogen Wolken auf und der Tag begann trübe. Peter Schulz spähte aus dem Fenster und sah Karsten Kempf, der gerade dabei war, zu seinem Wagen zu gehen.

Schulz sprang auf, hechtete zur Tür und riss sie auf. „Karsten, Moment! Wir wollten doch über die Demo reden. Wann fahren wir los heute Abend?"

Kempf reckte den Kopf hoch. „Ich komm' nicht mit."

„Was soll das heißen, du kommst nicht mit?"

„Hab was Besseres vor", sagte er und grinste.

Schulz stand die Enttäuschung ins Gesicht geschrieben. Er betrachtete seinen Nachbarn lange. „Was ist los mit dir? Wir wollten noch so viel bewegen."

„Bringt doch alles nichts."

„Quatsch! Wir haben schon viel erreicht."

„Was denn?"

„Immerhin wird das Nachtflugverbot eingehalten."

„Das ist aber auch das Einzige."

„Und die Öffentlichkeit ist sensibilisiert."

„Interessiert mich einen Scheißdreck!"

„Ich dachte, wir sind uns einig, dass die Flieger uns kaputtmachen."

„Dich schon!" Er legte eine Pause ein, die Schulz dazu nutzte, um loszustürmen. „Aber ich ... ich ... ich muss jetzt ..."

Er wollte sich gerade in den Wagen setzen, als Schulz plötzlich neben ihm stand und ihn bedrängte. „Sag mal, mit dir stimmt doch was nicht. Ich erkenne dich gar nicht wieder. Was um Himmels willen treibst du in letzter Zeit?"

„Geht dich nix an."

„Hast du `ne neue Frau am Start?"

„Lass mich einfach in Ruhe."

„Du kannst doch nicht alles wegwerfen, was wir mühsam aufgebaut haben."

„Hör auf mit dem Blubber! Dir hat der Lärm wohl die Birne weichgedonnert." In diesem Moment fielen die ersten Tropfen. Kempfs kahler Schädel glänzte an den Stellen, an denen er getroffen wurde. Er wischte sich über die Stirn.

„Wenn du heute Abend nicht dabei bist, kannst du mich am Arsch lecken, kapiert?", setzte Schulz nach.

Kempf wandte den Kopf und blickte ihn lange und ruhig an, bevor er den Mund öffnete. „Du bist so armselig", meinte er. „Hockst den ganzen

Tag in deiner Bude, die nix mehr wert ist, schluckst deine Pillen, schaust in den Himmel und jammerst vor dich hin. Schau dich doch mal an! Du siehst aus wie 70 mit dem Bart. Peter, das kann doch so nicht weitergehen!"

Schulz schienen die Worte seines Nachbarn zu irritieren. Aber er hatte recht. Die Demo am Flughafen war das Einzige, was Schulz noch Spaß machte. Ohnehin waren ihm nur drei Dinge geblieben, in die er ein wenig Hoffnung setzte: der Widerstand gegen die Landebahn, seine Glücklichmacher, wie sie Dr. Nonnengram nannte, und die noch nicht geschaltete Bekanntschaftsanzeige.

„Und du?", antwortete Schulz trotzig. „Tust gerade so, als ob du anders wärst."

„Ich ... ich ..." Kempf stockte. Dann schwang er sich in den Wagen, blickte hoch und schaute Schulz hart an. „Wenn du mal was Richtiges unternehmen willst, sag mir Bescheid. Ansonsten kannst du mir den Buckel runterrutschen."

Kempf knallte die Wagentür zu, startete und fuhr mit quietschenden Reifen davon.

Schulz stand noch lange da und konnte sich keinen Reim auf Kempfs letzte Worte machen.

6

Frankfurt, Anfang April, fünf Tage später, Samstag

Als Rauscher wieder an der Dreikönigskirche ankam, spürte er Tristesse, wo eigentlich Heiterkeit und Freude herrschen sollten. Seine Eltern, einige Verwandte und weitere Hochzeitsgäste standen vor dem Haupttor, wirkten verloren und unterhielten sich mit der Pfarrerin. Sie schienen eifrig zu diskutieren und ihn nicht wahrzunehmen.

Gabriele Rauscher hatte sich herausgeputzt, trug einen beigen Zweiteiler und ein Hütchen mit Schleife. Ihr Make-up schien verschmiert, als ob sie geweint hätte. Ihr Gesichtsausdruck glich einer ausgepressten Zitrone.

Sein Vater Karl-Heinz, im schmucken schwarzen Zweireiher, erblickte ihn als Erster: „Da kommt er ja."

Einige wandten die Köpfe und starrten Rauscher unvermittelt an, als sei er ein Geist. Er trat zu dem Grüppchen und bekam gerade noch den letzten Teil einer Erklärung der Pfarrerin mit. „Schon lange kann ich keine Beerdigungen mehr in Ruhe durchführen, ohne dabei vom Fluglärm gestört zu werden. Die Leute hören einfach nicht, was ich sage ..."

„Wo ist Elke?", unterbrach Rauscher das Gespräch.

„Sag du es ihm", sagte Rauschers Mutter und hielt inne, „ich bringe es nicht über die Lippen."

„Wovon redest du?", schaltete sich Rauscher wieder ein.

„Sie ist weg." Rauschers Vater schaute ihn an, als habe er nie etwas Enttäuschenderes in seinem Leben sagen müssen.

„Sie ist aus der Kirche gerannt", übernahm Frau Rauscher wieder das Sprechen, „hat den Brautstrauß in die Hecke gefeuert, hat sich Mäxchen geschnappt und ist mit ihren Eltern abgedampft." Und als sie Luft holte, um weiterzureden, sah sie so aus, als würde sie gleich platzen.

Doch Rauschers Vater Karl-Heinz unterbrach sie. „Sie geht auch nicht ans Handy."

„Mist." Rauscher machte auf dem Absatz kehrt.

Seine Mutter schnappte ihn reflexartig am Arm und hielt ihn zurück. „Was du dir heute gleistet hast ... das ... das ... einfach zu verschwinden von deiner eigenen Hochzeit. Und jetzt? Willst du uns etwa schon wieder hier stehen lassen?"

„Ich muss Elke suchen."

„Und wo?", wollte Karl-Heinz Rauscher wissen.

„Zu Hause."

„Was ist denn eigentlich passiert an der Uni?" Frau Rauscher tupfte sich eine Träne aus dem Auge.

„Eine Frau ist vom Dach gefallen."

„Kennst du sie?"

„Nein."

„Du kennst sie nicht? Oder willst du sie nicht mehr kennen?"

„Was soll denn das heißen?", empörte sich Rauscher. „Ist das eine Unterstellung?"

„Und weshalb wollte sie dich sprechen?"

„Genau das frage ich mich auch. Markowsky, Krause und Thaler sind jetzt vor Ort und kümmern sich drum. Sie werden es schon rausfinden."

Während sich Rauscher wieder abwendete, um aufzubrechen, warf die Pfarrerin ein: „Es tut mir so leid, Herr Rauscher, sie beide könnten schon getraut sein, aber diese ... diese vermaledeiten Flugzeuge ..."

Rauscher überhörte die Entschuldigung und ging einige Schritte Richtung Parkplatz. „Und was machen wir jetzt?", rief ihm seine Mutter enttäuscht hinterher.

Er wandte sich um. „Die Hochzeit müssen wir wohl oder übel verschieben. Ohne Braut lässt es sich schlecht heiraten, oder?"

Als er eine Minute später in den Wagen stieg, ermahnte ihn ein erstes Magengrummeln daran, dass der heftigste Teil des Tages noch vor ihm liegen würde und im Augenwinkel nahm er ein Banner wahr, das am Kirchturm prangte. „Wem gehört der Himmel?", entzifferte er.

Rauscher war durch die Frankfurter Innenstadt nach Bockenheim gefahren und betrat die Altbauwohnung, in der er seit über einem Jahr mit Elke wohnte. Und mit Mäxchen natürlich, der im kommenden Monat sein erstes Geburtstagsfest erleben würde.

Als Rauscher zur Wohnungstür hereinkam, spürte er sofort, dass etwas nicht stimmte. Die Stille verursachte ihm Gänsehaut.

„Elke!", rief er, aber es klang, als wüsste er ohnehin, dass seine Worte ungehört blieben.

Und tatsächlich. Im Schlafzimmer standen die Schranktüren offen. Klamotten von Elke fehlten. Genauso wie ihre Reisetasche. Auch für Mäxchen hatte sie gepackt.

Sie hatte ihn sitzen lassen. Wie er sie in der Kirche.

Auf dem Küchentisch lag ein Zettel: „Wenn du mal Zeit für MICH hast, ruf' mich auf dem Handy an!"

Geht das schon wieder los!

Vor nicht allzu langer Zeit, kurz vor der Entbindung, war Elke schon einmal abgehauen. Immerhin bat sie dieses Mal um einen Anruf. Ein Hoffnungsschimmer.

Wenn du mal Zeit für MICH hast. Das war nicht in Ordnung, fand Rauscher.

Er griff zum Telefon und wählte ihre Nummer. „Ich bin's", sagte er, ohne abzuwarten, bis sie sich meldete. „Wo seid ihr?"

„Hallo", sagte sie und er spürte sofort, wie reserviert ihre Stimme klang. Im Hintergrund hörte er Verkehrsgeräusche.

„Wie geht's Mäxchen?"

„Schläft."

„Kommt ihr nach Hause?"

„Wir ..." Sie legte eine Pause ein. „Wir fahren mit meinen Eltern nach Hause."

„Nach Hause? Das ist doch hier!"

„Hör zu! Es gab bislang zwei Situationen, bei denen ich dich wirklich an meiner Seite gebraucht hätte. Bei der Geburt von Max und heute, bei unserer Hochzeit. Und genau diese zwei Mal war der Herr Rauscher im Einsatz und nicht zugegen." Sie legte eine Pause ein. „Eigentlich schätze ich dein Pflichtbewusstsein. Und das weißt du auch. Aber was du dir heute geleistet hast, kotzt mich an. Du haust von deiner eigenen Hochzeit ab. Das ist ... ist doch ... unfassbar ..."

„Aber ich musste ...", fuhr Rauscher ihr ins Wort.

„Lass mich ausreden!" Als Elke für einen Moment schwieg, war es totenstill. Rauscher hörte sie tief einatmen, bevor sie langsam weitersprach. „Du hast mich und Mäxchen völlig vergessen. Ich bin froh, dass wir noch nicht verheiratet sind. Mach's gut."

„Moment!", schrie Rauscher. „Das kannst du doch nicht ..."

„Lass mir ein wenig Zeit, ja?"

Noch bevor Rauscher antworten konnte, drückte Elke das Gespräch weg.

Er wählte erneut, aber sie hatte das Handy ausgeschaltet.

„Verflucht!", schrie er und schlug mit der flachen Hand gegen einen Türbalken.

Er ließ sich auf einen Stuhl gleiten, saß da wie ein Sack voller Kartoffeln und starrte minutenlang die Wand an.

Nach Hause?

Sie fühlte sich hier nicht zu Hause!

Der schönste Tag des Lebens wandelte sich gerade zu einem Horrortag. So wie er Elke kannte, meinte sie es ernst. Da gab es keine Zweifel.

Himmel und Hölle konnten so dicht beieinander liegen. Na ja, vielleicht nicht ganz die Hölle, aber ihm war verdammt heiß. In ihm zog sich alles zusammen. So fühlte es sich also an, wieder allein zu sein.

Das letzte Wort war freilich noch nicht gesprochen. Ihn überfielen so viele Gedanken auf einmal, dass er Mühe hatte, Ordnung in den Kopf zu kriegen. Was konnte er tun? Sollte er nach Hamburg aufbrechen? Und wenn Elke kein weiteres Wort mit ihm reden würde? Vorerst wohl nicht, sagte er sich.

Elke hatte so kühl, so abweisend geklungen.

Es würde eine harte Zeit werden, dachte er, als sein Handy klingelte. Er erkannte Krauses Nummer. „Was ist denn los?", blaffte er seinen Teamkollegen an.

„Wie geht's Elke?"

„Was! Willst! Du?“

„Komm ins Präsidium! Als wir hier angekommen sind, haben wir etwas vorgefunden. Das musst du dir ansehen.“

7

Kommissar Andreas Rauscher ging mit raschen Schritten den Flur des Präsidiums entlang, das er vor über zwanzig Stunden verlassen hatte. Im festen Glauben daran, es erst nach seinem zweiwöchigen Hochzeitsurlaub wieder von innen zu sehen.

Wie man sich täuschen konnte.

Statt bei seiner Hochzeit, war er wieder hier. Und es war ein ernüchterndes Gefühl. Zumal ihn Krause am Telefon darüber im Ungewissen gelassen hatte, was ihn gleich erwarten würde.

Bestimmt nichts Gutes, schoss es Rauscher durch den Kopf. Sein Handy klingelte. „Was gibt's, Jan?“

„Wir sind in der Gerichtsmedizin. Kommst du?“

„Bin in zwei Minuten bei euch.“

Beim Eintreten schwebte Rauscher ein ekliger Duft in die Nase, der ihn an Verwesung erinnerte.

Drei Augenpaare empfingen ihn. Die Kommissare Ingo Thaler und Jan Krause, beide Mitglieder seines Teams, flankierten den Leiter der Mordkommission, Klaus Markowsky.

Karsten Quast trat aus einem Nebenraum hinzu. Der Gerichtsmediziner seufzte und nickte Rauscher zu.

Krause eröffnete mit einer Frage, die Rauscher überhaupt nicht gebrauchen konnte. „Alles klar bei dir?“ Krause sah ihn mit erwartungsvollen Augen an. Er war der Malocher des Teams, blieb oft bis spät in die Nacht und arbeitete Akten auf oder schrieb Berichte. Dafür war ihm Rauscher dankbar. Krause war ein hagerer Typ, 1,85 Meter groß, Ende 30, gebürtig aus Hamburg. Der Job hatte ihn nach Frankfurt verschlagen, aber er war immer noch nicht ganz warm geworden mit der Stadt. Mit Rauscher schon. Sie waren nicht die besten Freunde, aber sie mochten sich.

Jetzt allerdings verzog Rauscher das Gesicht, denn Krause trank gerade einen Kaffee leer und stellte den Becher ab. Rauscher wusste, dass er völlig versüßt war, denn Krause gab mindestens vier Stück Zucker hinein. Allein der Gedanke daran ließ ihn schaudern.

Rauscher ignorierte Krauses Frage und begrüßte die Runde knapp mit einem angedeuteten Kopfnicken. Er blickte in ausdruckslose Gesichter. Seine Augen blieben auf Krause haften. „Was habt ihr denn so Wichtiges für mich?"

„Ein abgetrenntes Sinnesorgan!", war Krauses knappe und gleichzeitig mysteriöse Antwort.

Rauscher wandte sich um. Direkt vor ihm lag ein Ohr auf einem Stahltisch. Daneben ein offenes Postpäckchen.

„Und ein Zettel", fügte Thaler an. „Eine Art Bekennerschreiben."

Rauscher ging einen Schritt vorwärts und zog die Augenbrauen hoch. „Ist das angemaltes Marzipan oder stammt es wirklich von einem Menschen?"

„Bitte keine Scherze jetzt", schaltete sich Markowsky ein. Der Chef war 60 Jahre alt, sah aber keinen Tag älter als 50 aus, seitdem er sich den Vollbart wieder abrasiert hatte, und wirkte dementsprechend fit. Offensichtlich hatte er sich seit Anfang des Jahres ein eisernes Sportprogramm auferlegt und schon einige Kilo abgespeckt.

„Noch ist offen", fügte Quast ein, „wie oder womit der Täter das Ohr abgetrennt hat." Alle blickten ihn ratlos an.

Thaler fuhr sich durch seine halblangen schwarzen Haare und schaltete sich ein: „Das Päckchen ist Montagabend kurz vor 18.00 Uhr am Flughafen aufgegeben worden." Thaler war der Jüngste und Kleinste im Team und Rauscher schätzte ihn besonders für seine Recherchen, wenn es um komplizierte Themen ging. Er war der wichtige Arbeiter im Hintergrund, fleißig und penetrant. Manchmal wirkte er etwas verschroben, aber er war eine treue Seele, das tat dem Team gut.

„Da fängt doch immer die Demo an", sagte Krause.

„Welche?", wollte Rauscher wissen.

„Na, die von den Fluglärmgegnern." Krause öffnete eine Mineralwasserflasche und trank, als wolle er den süßen Geschmack hinunterspülen.

„Passt ja prima zum Thema, das Ohr", ergänzte Thaler.

„Ist übrigens ein männliches", fügte Quast an, bevor Thaler fortfuhr: „Das Päckchen wurde von einem Paketdienst aus Bieber-Waldhof geliefert."

„Von wo?", wollte Krause wissen.

„Das liegt in Offenbach, Bieberer Berg sagt euch doch bestimmt was", erklärte Thaler.

„Kennst du dich da aus?", hakte Rauscher nach.

„Na ja, also ..." Thaler zögerte.

„Also, was?"

„Ich bin da geboren", fügte Thaler an.

„Du bist Offenbacher?", fragte Rauscher und schmunzelte. „Warum hast du das nie erwähnt?"

„Weil ich seit fünfzehn Jahren in Frankfurt wohne." Thaler wirkte genervt.

„Das nennt man dann doch bestimmt konvertieren, ne?", bohrte Krause nach.

„Können die Herren sich bitte wieder der Arbeit zuwenden?", erklang Markowskys Stimme. „Danke!"

„Also noch mal von vorne", setzte Thaler erneut an. „Das Päckchen wurde am Flughafen aufgegeben und kam am Mittwoch im Präsidium an. In der Postabteilung lag es knapp zwei Tage herum, weil es an niemanden persönlich adressiert war und auch keiner bestimmten Abteilung zugeordnet werden konnte. Erst heute Morgen hat sich jemand bequemt, hineinzuschauen. Voilà!"

Rauscher setzte sich. „Was steht da drauf?"

Markowsky nahm den Zettel, der sich in einer Plastikhülle befand, und las mit sonorer Stimme vor: „Über allen Gipfeln ist Ruh', in allen Wipfeln spürest du kaum einen Hauch, die Vögelein schweigen im Walde. Warte nur, balde ruhest du auch. Absatz. Wir fordern die letzte Ruhe für euch alle!" Markowsky legte das Papier ab und fuhr sich über die Augen.

„Ein echter Witzbold!", kam es Thaler über die Lippen.

„Meinst du Goethe oder den Absender?", fragte Rauscher.

„Ich fürchte, wir haben es hier mit keinem Scherzkeks zu tun. Das muss ein Irrer sein", empörte sich Markowsky.

„Und die Frage ist", ergriff Krause die Initiative, „ist der Absender unter den Demonstranten, also den Fluglärmgegnern, zu suchen oder ist die Abgabe am Flughafen zu dieser Uhrzeit eine Finte, um uns auf eine falsche Fährte zu locken?"

„Oder einfach Zufall", setzte Thaler noch einen oben drauf.

Rauscher fixierte noch einmal das Ohr und überlegte angestrengt, fand aber keine plausible Antwort.

„Fluglärm?", meinte Thaler eine Weile später. „Was soll das bedeuten?"

„Musst du mal googeln", schaltete sich Krause ein. „Ist ein Riesenthema im Netz, weil immer mehr Leute der ganzen Region betroffen sind. Bei mir fliegen sie bei Ostwind drüber, aber sehr hoch."

„Und wofür gibt's Ohrstöpsel?" Was Thaler als Witz gemeint hatte, entpuppte sich als Rohrkrepierer, wie er an den Gesichtern der anderen erkannte. Deshalb redete er sofort weiter. „Die Spurensicherung hat auf dem Päckchen mehrere Fingerabdrücke von verschiedenen Personen gefunden, auf dem Zettel allerdings nur die von einer Person. Und die finden sich auch auf dem Päckchen. Das Schreiben ist ein Computerausdruck. Tintenstrahler. Ansonsten haben wir nichts. Im Päckchen gibt es kein Härchen, keine Hautschuppe. Nada."

„Also keine DNA?", hakte Rauscher nach.

„Genau."

„Bliebe die Frage", resümierte Rauscher, „ob die Person, deren Ohr wir hier haben, noch lebt oder ob sie schon tot ist."

„Wieso schon?", fragte Krause nach.

„Na, das Gedicht deutet es doch an. Außerdem: Wenn jemand einem anderen ein Ohr abschneidet, schreckt er auch nicht davor zurück, ihn zu töten", erklärte Rauscher.

„Daran zweifle ich auch nicht", kommentierte Markowsky.

„Und wie gehen wir jetzt vor?", warf Krause in die Runde.

Die Frage aller Fragen, die sich immer dann stellt, wenn es um die ersten Schritte am Anfang einer Ermittlung geht. Um eine Strategie, wie vorgegangen werden soll.

„Wir müssen schnell sein", antwortete Rauscher. „Vielleicht können wir ein Leben retten. Die Fragen, die vordringlich geklärt werden müssen, lauten: Wer hat das Ohr geschickt und wem gehört es?"

„Wir prüfen gerade, ob wir einen der Fingerabdrücke in der Datenbank finden können", mischte sich Thaler ein.

Rauscher stand auf. „Sehr gut."

„Und außerdem habe ich nachgeforscht, ob die Poststelle von einer Kamera überwacht wird."

„Und?", fragte Rauscher mit einem Fünkchen Hoffnung in der Stimme nach.

„Leider nicht. Aber es gibt zahlreiche Kameras in der Umgebung."

„Die Aufnahmen müssen wir auswerten. Vielleicht ist eine Person drauf zu sehen, die das Päckchen trägt oder sich verdächtig verhält."

„Ich kümmere mich drum", sagte Thaler.

Markowsky erhob erneut seine Stimme. „Ich wäre sehr dafür, zunächst Stillschweigen zu bewahren. Die Öffentlichkeit können wir noch früh genug informieren." Alle gaben ihr Einverständnis.

Als sie gerade gehen wollten, fiel Rauscher die Frau von der Uni-Mensa wieder ein. Er hielt Thaler zurück. „Ingo, wie geht's der Frau, die von der

Uni gestürzt ist?“

Thaler wandte sich Rauscher zu. „Liegt im Koma. Hat wohl Glück gehabt. Sie wird überleben.“

„Was sagen die Ärzte?“

„Es ist ungewiss, wann sie wieder aufwachen wird.“

„Habt ihr rausgefunden, wie sie heißt?“

„Bisher nicht. Hatte weder Papiere noch Handy dabei. Das Einzige, was wir gefunden haben, ist ein zerfleddertes Stück Papier, das schon lange in der Gesäßtasche der Jeans gesteckt haben muss. Da steht eine Handynummer drauf. Ich habe angerufen. Niemand hat abgenommen. Ich habe auf die Mailbox gequatscht und um Rückruf gebeten. Die Nummer gehört einer Frau Nadja Berger.“

„Nadja Berger?“ Rauscher ließ sich den Namen durch den Kopf gehen. „Nie gehört. Ist das die Frau?“

„Wissen wir noch nicht. Gemeldet ist eine Nadja Berger in Bockenheim. Robert-Mayer-Straße.“

„Aha. Ist nicht weit von der alten Uni-Mensa entfernt. Ich fahre sofort hin.“

8

Rauscher stand in der Robert-Mayer-Straße und schaute nach oben. Die Wohnung lag im zweiten Stock des Altbaus.

Auf dem Klingelschild standen die Namen „Berger“ und „Handke“ nebeneinander. Er klingelte.

Über die Gegensprechanlage hörte er eine Frauenstimme. „Ja? Wer ist da?“

„Andreas Rauscher. Kripo Frankfurt. Frau Berger? Ich hätte ein paar Fragen an Sie.“

„Die Polizei?“ Eine kurze Pause trat ein. „Äh, ja, ich mache auf.“

Zwei Minuten später stand er im Hausflur vor Frau Berger, die sich an den Balken der Wohnungstür lehnte. Sie war klein und mädchenhaft. Rauscher schätzte sie auf Mitte 20. In ihren engen, zerschlissenen Jeans und dem kurzen T-Shirt sah sie extrem schlank aus, kurz vor der Magersucht. „Die Kripo war noch nie hier. Ist was passiert?"

„Darf ich kurz reinkommen?"

„Klar." Nadja Berger betrat vor ihm die Wohnung. Er blickte sich um. Studentenbude, dachte er und schnupperte. In der Wohnung roch es nach Räucherstäbchen. Vanille.

Er wandte sich an Nadja Berger, hielt ihr das Bild der Frau hin und schilderte, was dort vor ein paar Stunden passiert war.

„Das ist Irene", rief sie erschrocken und hielt sich beide Hände vor den Mund. „Irene Handke. Sie hat was gemacht?"

„Sie wollte vom Dach der Uni springen, ist ausgerutscht und runtergefallen."

„Ach du lieber Himmel." Frau Berger wurde mit einem Schlag kreidebleich und rang nach Luft. „Wie geht's ihr? Ich meine ... lebt sie?" Eine einsame Träne bahnte sich gerade den Weg aus ihrem rechten Auge und floss über ihre Wange.

„Soweit ich informiert bin, liegt sie im Koma, ist aber außer Lebensgefahr."

Ein leichtes Aufatmen. „Und wo ist sie jetzt?"

„Im Markus-Krankenhaus."

„Kann ich sie besuchen?"

„Sicher, ich weiß nur nicht, ob und wie lange Sie zu ihr dürfen. Am besten, Sie fahren hin und erkundigen sich."

„Und Sie meinen, sie wollte Selbstmord begehen?" Frau Berger atmete schwer und presste die Lippen zusammen. Weitere Tränen flossen.

„Offensichtlich."

„Das gibt's doch nicht." Frau Berger ließ sich auf einen Stuhl gleiten und schaute nachdenklich ins Leere. „Das ... das hätte sie niemals gemacht."

„Das Ganze ist aber leider passiert und wir versuchen herauszufinden, warum. Wie lange kennen Sie Irene?"

Schien etwas zu viel zu sein für Nadja Berger, denn sie brauchte eine Weile, bis sie antworten konnte. „Nicht lange. Wir wohnen seit sechs Wochen hier zusammen in einer WG. Jeder hat ein Zimmer und eines teilen wir uns als Wohnzimmer."

„Woher kennen sie sich?"

„Wir studieren auf Lehramt und haben an der gleichen Schule ein Praktikum absolviert. Damals war ich auf Wohnungssuche und da wir uns so gut verstanden haben, sind wir zusammengezogen."

„Hatte Irene Probleme in letzter Zeit? Stress mit dem Freund oder ihrer Familie? Hat sie irgendwas erwähnt?"

Nadja Berger lächelte jetzt. „Einen Freund hat sie nicht. Von ihrer Familie kenne ich niemanden. Darüber hat sie sich totgeschwiegen."

„Sie hat mich kurz vor dem Sprung angerufen. Ich kenne sie aber nicht. Zumindest erinnere ich mich nicht an sie. Ich frage mich natürlich, warum sie gerade mich angerufen hat."

„Das kann ich Ihnen leider auch nicht beantworten." Frau Berger zuckte mit den Achseln.

„Können Sie mir weitere Personen nennen, zu denen Irene Kontakt hatte? Enge Freunde beispielsweise."

Frau Berger überlegte. „Eigentlich nicht. Sie war eher verschlossen und hatte keinen großen Freundeskreis."

„Welche Interessen hatte sie?"

„Demos. Sie war bei Occupy dabei, bis es ihr im Winter zu kalt geworden war. Außerdem war sie fast immer bei der Montagsdemo am Flughafen."

Rauscher hob die Augenbrauen. Das Wort Flughafen war in letzter Zeit verdammt oft zu hören. „Und sonst? Hobbys? Sport? Musik? Kunst?"

„Nein."

„Nur Demos?"

„Ja. Nichts, woran ihr Herz hing."

„Und woran hängt es dann?"

„Das habe ich noch nicht rausgefunden. Irene ist unergründlich." Nadja Berger schmunzelte. „Manchmal sogar geheimnisvoll."

„Wie meinen Sie das?"

„Na ja, sie fährt irgendwo hin und sagt aber nicht wohin, obwohl ich sie danach frage. Überhaupt hatte ich immer das Gefühl, sie verheimlicht mir etwas."

„Fällt Ihnen noch was ein?"

Sie überlegte. „Na ja, vielleicht Sachen, die sie nicht mag."

„Und die wären?"

„Rhabarberkompott hasst sie, genauso wie Plüschteddys, Shoppen, lange Socken und Sex im Hellen."

„Woher wissen Sie das ... also ich meine ... das Letzte ...?" Kaum hatte er die Frage ausgesprochen, zog sich ein Grinsen über Frau Bergers Gesicht und Rauscher kapierte sofort. „Sind sie ein Paar?"

„Leider nein." Das Grinsen wandelte sich abrupt zu einem enttäuschten Gesichtsausdruck.

„Könnten Sie mir bitte Irenes Zimmer zeigen?"

„Warum nicht?" Nadja Berger ging voran und führte ihn in einen etwa zwanzig Quadratmeter großen Raum. Als Erstes fielen ihm zwei Aufkleber am Holzschrank auf. „Stoppt den Fluglärm!" und „We are the 99 %!" Auf einem Schreibtisch lagen aufgeschlagene Hefte, die von Lernen zeugten. Ein Regal enthielt Bücher und Ordner für die Uni. Ein T-Shirt und eine Jeans lagen über einem Stuhl. Das Bett war gemacht und sah frisch bezogen aus. Spontan entdeckte Rauscher nichts, das ihn mit dieser Irene in Verbindung hätte bringen können.

Komische Sache, dachte Rauscher, und betrachtete noch einmal Irenes Foto. Er dachte angestrengt nach, aber ihm fiel nicht ein, wo er sie getroffen haben könnte. Ihre Stimme am Telefon hatte er auch nicht erkannt. Aber: Woher kannte sie ihn, beziehungsweise seinen Namen?

„Denken Sie bitte genau nach", fügte der Kommissar an und seine Tonlage änderte sich. „Ich muss wissen, was mit ihr los ist und warum sie ausgerechnet mich sprechen wollte. Immerhin habe ich ihr zu verdanken, dass meine Hochzeit geplatzt und meine Braut nach Hamburg verschwunden ist."

Frau Berger wirkte verdattert. Ihr Blick lag ruhig und abwesend auf Rauscher. Da sie nichts weiter von sich gab, außer ein leises Seufzen, drückte Rauscher ihr seine Karte in die Hand und verabschiedete sich. „Wenn Ihnen etwas einfallen sollte, rufen Sie mich bitte an!"

Auf der Straße überlegte er, was als Nächstes zu tun sei oder ob er es für heute gut sein lassen sollte. Eigentlich hatte er ja Hochzeitsurlaub. Die Entscheidung wurde ihm abgenommen, denn sein Handy klingelte. Jan Krause meldete sich.

„Wo treibst du dich rum?", fragte er.

„Ich komme gerade von Nadja Berger. Hast du was Neues?"

„Ja, die Fingerabdrücke auf dem Päckchen ergaben keinen Treffer in der Datenbank. Die Auswertung der Kameras hat Ingo in der Hand. Das dauert. Da laufen Tausende durchs Bild, ob er darauf jemanden erkennen kann, steht in den Sternen."

„Das war eigentlich zu erwarten, bei der Menschenmenge am Flughafen. Wie machen wir weiter?"

„Ehrlich gesagt, ich weiß es nicht."

„Wenn du Zeit hast, kannst du bitte so viel wie möglich über eine Irene Handke rausfinden."

„Okay. Kommst du morgen rein?"

„Ins Präsidium?"

„Wohin sonst? Deine Hochzeit ist doch abgeblasen, oder? Also können wir auch mit dem Ohr-Fall weitermachen."

„Ich hatte mir das Wochenende ein klein wenig anders vorgestellt."

„Ich auch. Apropos: Wie sieht es später aus? Hast du nicht Lust auf einen Ebbelwoi? Gemaltes Haus?“

„Hey, Jan! Hab' ich gerade das Wort Ebbelwoi gehört? So kenne ich dich gar nicht.“

„Ach, ich habe einfach das Gefühl, dass ich mich mehr um dich kümmern muss.“

9

Keine fünf Minuten nachdem Rauscher gegangen war, klingelte es erneut. Nanu, dachte Nadja Berger, der Kommissar will bestimmt noch etwas wissen.

Sie war gerade dabei, eine Jeans anzuziehen, steckte nur im linken Bein, humpelte zum Türöffner und drückte. Im Rückwärtsgehen zog sie die Wohnungstür einen Spalt auf, schlüpfte ins zweite Bein und ging ins Bad, wo sie sich frisch machte und das T-Shirt wechselte.

„Herr Rauscher“, rief sie, als sie Geräusche an der Wohnungstür hörte, die ins Schloss fiel. „Kommen Sie bitte rein. Ich bin im Bad. Moment noch.“

Während sie ihre Haare aufpeppte, lauschte sie eine Weile, wartete aber vergeblich auf eine Antwort. „Haben Sie was vergessen? Was wollen Sie denn noch?“ Außer Stille war nichts zu hören. Ein merkwürdiges Gefühl beschlich sie. „Hallo, Herr Rauscher. Sind Sie noch da?“

Langsam drehte sie sich vom Spiegel weg und konnte ihre Augen nicht von der Badezimmertür lösen, die nur angelehnt war.

„Herr Rauscher, warum sagen Sie nichts?“

Sie hörte nur leises Atmen.

Wenn es nicht Rauscher war, wer war es dann?

Eine Gänsehaut zog sich über ihren Rücken. Starr stand sie da. Wer war in ihre Wohnung eingedrungen? Ein Einbrecher? Aber der hätte doch nicht geklingelt. Oder war es Irene? Wie kam sie gerade auf sie? Kommissar Rauscher hatte eben klipp und klar gesagt, sie sei vom Dach gefallen und läge im Krankenhaus. Also konnte sie nicht hier in der Wohnung sein.

Nadja Berger fühlte sich zunehmend unwohl in ihrer Haut. Sie war allein. Sie war ängstlich. Sie konnte niemanden rufen. Sie hatte kein Handy im Bad dabei und keine Kraft, um sich wehren zu können. Aus dem Augenwinkel entdeckte sie im Spiegel, dass sie hektische Flecke am Hals bekam, wie knallrote Felder.

Plötzlich hörte sie Schritte. Klack, klack, klack. Irgendjemand näherte sich. Tapp. Und blieb vor der Badezimmertür stehen. Nach einer Weile, in der sich Nadjas Nerven bis zum Zerreißen angespannt hatten, drückte jemand die Tür Zentimeter für Zentimeter auf. Sie knarzte leise.

Während ihr Unbehagen wuchs, malte sie sich immer mehr aus, wer dahinter erscheinen würde.

In diesem Moment schubste die Person die Tür ganz auf. „Was? Nein!", rief Nadja Berger und starrte in die kalten Augen eines ihr unbekannten, wuchtigen Mannes.

Er stürmte auf sie zu und presste seine rechte Hand auf ihren Mund. Mit der linken griff er nach ihren Haare und zog sie kräftig nach hinten.

Sie konnte sich nicht aus dieser Umklammerung befreien, zu stark war er. Er hatte sie zu fest gepackt. Wollte er sie vergewaltigen? Oh, mein Gott! War es eine Verwechslung? Sie hatte ihn noch nie zuvor gesehen.

Plötzlich zischte eine Frage aus seinem Mund, die sie nicht kapierte. „Wo ist sie?" Die Stimme kannte sie auch nicht.

Nadja machte große Augen, zuckte die Achseln. Der Griff des Mannes ließ nicht locker. Selbst wenn sie gewollt hätte, wäre eine vernünftige Antwort kaum möglich gewesen. So fest drückte er seine Hand auf ihren Mund. Das Einzige, was sie hervorbrachte, waren Stammellaute. „Hmmpft, hmmpft, hmmpft!"

„Wo ist sie?", kam die Frage schon wieder, diesmal energischer. Seine Augen funkelten dabei. Sie erkannte, dass er es verdammt ernst meinte, versuchte den Kopf zu schütteln, was misslang, denn durch den Schraubstock, den er mit seinem Arm gebildet hatte, und seiner Hand um ihren Mund konnte sie sich keinen Millimeter rühren.

„Irene!", fauchte der Mann. „Oder bist du plemplem? Wo ist sie?"

Als er zum ersten Mal locker ließ, wagte Nadja etwas zu sagen. „Was soll das?"

Das hätte sie lieber bleiben lassen sollen, denn kaum hatte sie ausgesprochen, landete seine rechte Innenhandfläche auf ihrer linken Wange: Die Ohrfeige klatschte und Nadja wurde zur Seite geschleudert. „Halt's Maul!"

„Aufhören!", schrie sie. „Aufhören!" Sie hob ihre Arme schützend über ihren Kopf und wimmerte wie ein kleines Kind.

Er stand vor ihr mit erhobener Faust. „Ach, verdammt!", hörte sie ihn brüllen und hielt sich ihre Hände schützend vors Gesicht. Aus ihren Augen sprach Entsetzen. Sie zitterte wie nie zuvor in ihrem Leben.

„Aus dir ist eh nix rauszuholen." Er trat gegen den kleinen Abfallbehälter, welcher sogleich an die Wand flog. Der Inhalt verteilte sich auf dem Boden. „Also pass auf! Richte ihr aus, dass ich sie unbedingt sprechen muss. Kapiert?"

Sie schwieg. Konnte nichts sagen.

„Hast du kapiert?", brüllte er dicht vor ihrem Gesicht, sodass ihr Hören und Sehen verging. Sie zuckte zusammen, ihr ganzer Leib verkrampfte sich.

Ein zaghaftes Nicken brachte sie zustande.

„Na, endlich. Ich dachte schon, du bist total verblödet."

Er drehte sich auf dem Absatz um, huschte hinaus und warf die Tür hinter sich zu.

Stille.

Nadja kauerte auf dem Boden mit angezogenen Beinen und weinte jämmerlich. Ihr Schluchzen klang nach Niederlage. Sie hatte solche Angst.

Wie ein Blitz durchzuckte sie die Erkenntnis, dass sie immer noch nicht wusste, wer dieser Typ war und was er von Irene wollte.

10

Beim ersten Schluck Ebbelwoi verzog Jan Krause das Gesicht und Rauscher lachte. „Du hast immer noch nicht verstanden, mit welchem Getränk du es zu tun hast."

„Nee, werd' ich auch nie. Das kannst du mir noch Hunderte Male erklären, ne!"

Rauscher und Krause hatten zwei freie Plätze an einem Zehnertisch im Gemalten Haus ergattert. Es war voll wie immer. Gemütlich und stimmungsvoll wie es nur in einer Ebbelwoiwirtschaft in Frankfurt-Sachsenhausen sein kann. Der typische Duft von Sauerkraut, Rippchen und Handkäs' lag im Saal.

Trotz Krauses Dementi begann Rauscher zu erklären. „Jemand hat mal gesagt, jeder Ebbelwoi ist eine Welt für sich."

„Wer gibt denn so einen Quark von sich?"

„Perlen vor die Säue", seufzte Rauscher. „Macht einfach keinen Sinn. Prost!"

Rauscher setzte das Gerippte an und trank. Das Rautenmuster auf dem Glas fühlte sich vertraut an.

Wenigstens etwas, dachte er.

Der Ebbelwoi schmeckte göttlich, wie immer, und war für Rauscher die einzige Möglichkeit, die Geschehnisse in der Kirche und vor der Uni-Mensa hinter sich zu lassen.

An den Nachbarholztischen saßen wildfremde Leute beisammen und die ersten Verbrüderungen fanden bereits statt. Fast normal nach dem zweiten oder dritten Bembel.

Mit den ersten drei Schoppen spülte Rauscher den Ärger des Tages hinunter. Krause bestellte eine Rindswurst mit Kraut und Brot und Rauscher entschied sich für Grüne Soße.

„Mit Kartoffeln und Eiern?", fragte Krause.

„Klar, oder isst du Nutellabrot dazu?" Krause schwieg.

Nach der zweiten Partie Schoppen, die jeweils von einem Mispelchen, einem Calvados mit Mispel-Frucht, begleitet wurden, fielen Rauscher die Blicke von den Gästen an den Nachbartischen auf. „Na, die zwei geben es sich heute gewaltig", sagten sie.

Rauschers Zunge wurde lockerer und er erzählte Krause von seinem Telefongespräch mit Elke.

„Du hast doch noch Hochzeitsurlaub", erwiderte Krause und wollte gerade anfangen zu lachen, merkte aber, dass es unpassend gewesen wäre und unterdrückte es. „Wolltet ihr nicht in die Flitterwochen?"

„Vergiss es. Elke will mich vorerst nicht sehen. Wer weiß, ob die Hochzeit je stattfinden wird." Er trank einen Schoppen auf ex und schenkte sich aus dem Bembel sofort nach.

„Du meinst ...?"

Weiter kam Krause nicht, denn Rauscher fuhr dazwischen. „Sie ist weg!"

„Du glaubst doch nicht etwa, dass sie ..." Krause legte eine Denkpause ein. „Was würdest du tun, wenn Elke wegen dieser Geschichte nicht mehr zurückkäme?" Rauscher zeigte keinerlei Reaktion. „Also gut, wenn du nicht drüber reden willst ..."

„Ach, was weiß ich denn ..." Sein Tonfall wurde so laut, dass einige Gäste an den Nachbartischen ihre Köpfe zu ihnen drehten. Dann senkte er seine Stimme wieder. „Was soll denn das heißen? Wir haben Max. Und uns. Du glaubst doch nicht etwa, sie wirft alles hin wegen dieser ... dieser Lappalie?"

„Ich glaube gar nichts, ne!"

Sie schwiegen eine Weile und als sich Krause einmal unter den Tisch beugte, um eine Serviette aufzuheben, sagte Rauscher: „Hat dir schon mal jemand gesagt, dass man deine Kopfhaut oben durchscheinen sieht?"

„Was soll denn das jetzt? Willst du mich ärgern?"

„Ich meine ja nur."

„Natürlich weiß ich, dass mein Haar etwas ... etwas schütter wird. Bin ja auch nicht mehr der Jüngste, ne!" Er trank ein halbes Glas auf ex.

Rauscher wollte nicht länger darauf herumhacken, augenscheinlich war Jan Krause bei diesem Thema etwas empfindlich, stattdessen bestellte er einen weiteren Bembel und vier Mispelchen.

Während der nächsten drei Schoppen gestand Rauscher Krause mit gelähmter Zunge, dass Ebbelwoi seine einzige wahre große Liebe sei, dass es ihm besonders der Ebbelwoi im Gemalten Haus angetan habe und es bis zu seinem Lebensende keine andere Liebe neben dem Ebbelwoi geben würde, weil das das unvergleichlichste Getränk sei, das der Herrgott geschaffen hatte.

Nach diesem Satz brachte Rauscher nur wenige weitere über die Lippen.

Im Gemalten Haus herrschte unterdessen Aufbruchsstimmung. Es war kurz vor Mitternacht.

Draußen auf der Straße orderte Krause ein Taxi, das die beiden ohne Zwischenfälle nach Hause fuhr. Rauscher bekam von der Fahrt nichts mit.

Am Sonntag schlief er seinen Rausch aus. Irgendwann hörte er ein Geräusch, das ihn weckte. Das Parkett im Flur seiner Bockenheimer Altbauwohnung knarrte.

Mit halb geöffneten Augen sah er Krause, der in T-Shirt und Shorts in sein Schlafzimmer kam, auf unsicheren Beinen auf sein Bett zu stakste und sich durch die Haare fuhr.

„Wo ... kommst ... du denn her?", brachte Rauscher hervor und schloss wieder die Augen.

„Wohnzimmercouch", krächzte Krause und rieb sich den flachen Bauch. „Die Mischung aus Ebbelwoi und Mispelchen, die in meinem Magen gluckert, verheißt nichts Gutes, ne!" Kaum hatte Krause diesen ominösen Satz vollendet, rannte er Richtung Toilette.

„Durchschlagende Wirkung", war sein Kommentar, als er fünfzehn Minuten später wieder in Rauschers Schlafzimmer trat, der kaum die Augen aufbekam. Krause hielt sich den Bauch. „Als Abführmittel ist das Zeug echt unschlagbar." Ein breites Grinsen legte sich über beide Wangen.

„Ahoi!“, verabschiedete er sich und verließ die Wohnung.

Als später das Handy klingelte und Rauscher Thalers Nummer erkannte, drückte er den Anruf weg und schaltete es aus. Ruhe wollte er, der Katzenjammer kam.

Elke war Richtung Hamburg verschwunden, dabei hatten sie schon vor dem Traualtar gestanden und wären um ein Haar verheiratet gewesen. Seit zwei Jahren waren sie ein Paar, hatten einen Sohn gezeugt und Elke war kurz davor, wieder in den Polizeidienst zurückzukehren.

Und nun das.

So kühl, so abweisend.

Einmal stand er auf und gab Patty, seiner Schildkröte, die ihm Elke geschenkt hatte, ein Salatblatt. Aber er sagte kein Wort zu ihr, wäre sowieso nichts Vernünftiges dabei rausgekommen, sondern legte sich sofort wieder ins Bett.

Irgendwann hörte er einen Schlüssel im Schloss. Kam dieses Geräusch von seiner Wohnungstür? War Elke womöglich zurückgekehrt? Doch dann herrschte wieder Stille. Er musste es sich eingebildet haben. War wohl seiner Hoffnung geschuldet, Elke und Mäxchen würden plötzlich vor ihm stehen, als sei nichts gewesen.

Hier erinnerte ihn alles an sie. Am liebsten wäre er in ein Hotelzimmer gezogen.

Teil 2

Frankfurt, Nachmittag des ersten Novembers, 1987

11

Bumm-Tock! Stille. Bumm-Tock! Stille. Bumm-Tock! Stille.

Karsten Kempf liebte es, mit den Kollegen am Schießstand zu üben und danach ein paar Bierchen zischen zu gehen. Manchmal auch über den Durst.

Die Kameradschaft war einmalig. Wenn einer der Gruppe Scheiße baute, waren die anderen zur Stelle und zogen ihn raus. Das war normal. Das war geil. Sich gegenseitig aufeinander verlassen zu können. Wo gab es das noch?

Kempf schlug Jens Ohlschläger auf die Schulter. „Boah! Hast du Zielwasser gesoffen oder was?"

Polizeimeister Ohlschläger hatte zehn Schuss abgegeben und nur Volltreffer gelandet.

Polizeiobermeister Henning Kalter trat hinzu. „So gut hast du echt noch nie geschossen. Super Form."

„Kann nicht klagen", antwortete Ohlschläger, griff sich zwischen die Beine und nahm seine Eier in die Hand. Ein feistes Grinsen legte sich über seine Wangen.

„Läuft wohl gut mit Manu, was?", hakte Kempf nach.

„Und ob!"

„Besorgst du's ihrer kleinen Muschi ordentlich?"

„Geht dich einen Scheißdreck an."

„Ach, komm schon! Lass uns einen trinken geh'n. Dann kannst du mehr erzählen, wa'?"

Kempf drehte sich abrupt herum, als er eine Hand auf seiner Schulter spürte. „Daraus wird nix."

Der Befehlston störte Kempf gewaltig. Er schaute Nils Tröger, Hundertschaftsführer der Bereitschaftspolizei, in die Augen. „Aber wieso denn nicht? Wir haben Feierabend."

„Abgeblasen", sagte Tröger trocken. „Ihr fahrt heute noch zum Flughafen. Für morgen steht eine große Demo an der Startbahn West auf dem Programm. Zum 6. Jahrestag der Hüttendorfräumung. Sensibles Datum. Die Kollegen haben Unterstützung angefordert. Es gibt Hinweise auf Randale."

„Scheiße!", rutschte es Kempf heraus.

„Sollen die sich doch selbst um die Chaoten kümmern", fügte Kalter an.

„Genau", schoss Ohlschläger ins gleiche Horn. „Mit den paar Vermummten werden die wohl alleine fertig, oder?"

„Nix da!" Die Ansage des Chefs war klar und deutlich. „Ich habe schon signalisiert, dass wir mit zehn Mann anrücken. Macht euch fertig und haltet euch bereit. Abfahrt in einer Stunde." Tröger wandte sich ab und entfernte sich.

Die drei Kollegen sahen ihm nach und etwas Wehmut zeigte sich in ihren Gesichtern.

Kempf, Ohlschläger, Kalter. Jungspunde. Noch grün hinter den Ohren. Mussten sich ihre Sporen erst noch verdienen. Der bevorstehende Einsatz konnte eine echte Bewährungsprobe werden.

„Saufen ade!", kommentierte Ohlschläger.

„Dafür können wir morgen Autonome klatschen", versuchte Kalter die Stimmung zu heben.

„Das heißt doch bestimmt wieder achtundvierzig Stunden durch schrubben. Das seh' ich kommen", motzte Ohlschläger weiter.

„Verdammte Kacke", blieb Kempf das letzte Wort.

12

Die Einsatzzentrale der Polizei am Flughafen war in einem Hangar untergebracht, in dem üblicherweise Flugzeuge repariert wurden. Es herrschte nüchterne Stimmung unter den anwesenden Polizisten. Viele saßen herum und vertrieben sich die Zeit. Bis die Einweisung und der Einsatz beginnen sollten, blieben nur noch wenige Minuten. Einige spielten Karten an einem Tisch, andere rauchten, unterhielten sich. Sie kannten sich von früheren Einsätzen her. Den meisten war anzusehen, dass sie lieber zu Hause gewesen wären und mit ihren Familien den Feierabend verbringen würden.

Kempf fröstelte. Es war frisch. Sein Atem bildete einen weißen Schleier vorm Mund. Ungemütliche Atmosphäre. Er rieb sich die Hände und beobachtete einige Mitstreiter in einer Schlange vor der Polizeiküche in einem Nebenraum. Es gab heiße Suppe mit Wurst, Brötchen, Kaffee und Wasser. Mit Tellern und Tassen in den Händen setzten sich die Kolleginnen und Kollegen an eine lange Reihe von Tischen und Bänken und ließen sich die Mahlzeit, den Umständen entsprechend, schmecken.

Daneben bauten einige Sanitäter behelfsmäßig eine Sani-Station auf. Für den Fall der Fälle.

Kempf stand bei einer kleinen Gruppe etwas abseits und ließ seinen Blick über das weitläufige Gebäude schweifen. An Henning Kalters Gesicht blieb er hängen. „Du siehst ganz schön blass aus. Was ist los mit dir?"

Der angesprochene Polizeiobermeister senkte die Augen. „Hab' ein mieses Gefühl." Kalter hatte einen üblen Einsatz letztes Jahr an Ostern noch in bester Erinnerung. Während der Ostermärsche an der Startbahn hatte er mit einigen Kollegen in einem Mannschaftswagen der Bereitschaftspolizei gesessen und eine Pause eingelegt, als ein Molotowcocktail durch die Scheibe ins Innere geflogen kam. Sie konnten gerade noch herausspringen, bevor der Wagen komplett Feuer fing und gelöscht werden musste. Auf solche Erlebnisse konnte er gut und gerne verzichten.

„Ach, Quatsch!", erwiderte Kempf. „Wenn die anfangen, machen wir sie platt."

Kalter verzog den Mund. „Du hattest schon immer eine große Fresse, Kempf."

„Und nichts dahinter", sagte Polizeimeister Ohlschläger, der das Gespräch verfolgt hatte, er schlug ihm leicht in die Rippen und fing an zu lachen.

Kempf drehte sich blitzschnell herum, ging wie von der Tarantel gestochen auf Ohlschläger los und verpasste ihm einen linken Haken, der härter traf als beabsichtigt.

„Arschloch!", schrie Ohlschläger und hielt sich das Gesicht.

„Hey, hey, ihr Hitzköpfe", ging Tröger dazwischen. „Hört ihr wohl auf. Wir haben einen schweren Einsatz vor uns und brauchen all unsere Sinne ..."

Seine Worte wurden von lauten Befehlen von Einsatzleiter Timmermann unterbrochen, der alle Mann zusammentrommelte und Aufstellung nehmen ließ. Es dauerte keine drei Minuten und die Einsatzkräfte standen in Reih und Glied vor ihm.

„Leute", sprach Timmermann mit tiefer Stimme, „in den letzten Wochen hat die ‚Soko Strom' die Zielpersonen aus dem militanten Startbahnspektrum observiert und abgehört. Es gibt Hinweise darauf, dass während der Demo bei der Mönchbruchwiese eine Aktion geplant ist, die über die bisherigen Taten, wie etwa Strommasten anzusägen und zu fällen, hinausgehen soll. Wir haben mittlerweile sechs Hundertschaften vor Ort versammelt. Es gilt ..." Timmermann drehte den Kopf, weil er von einer Gruppe Polizisten unterbrochen wurde, die in den Hangar stürmten. Ihr Anführer postierte sich vor Timmermann. „Einsatzleiter, wir haben alle uns bekannten Erddepots im Umkreis von drei Quadratkilometern durchsucht. Keine Funde."

„Danke, Jablonski", jetzt wandte sich Timmermann wieder an die aufgereihten Polizisten. „Männer, es gilt höchste Alarmbereitschaft. Der Fackelzug soll um etwa 18.00 Uhr ab Mörfelden losgehen. Ab 16.00 Uhr stehen wir in den vereinbarten Korridoren parat. Erwarten Sie die Einsatzbefehle!"

Kempf, Ohlschläger und Kalter schauten sich an. Ihre Blicke schwankten zwischen Missmut und Aktionismus. Die Bereitschaftspolizisten griffen sich ihre Schilder und ihre Spezialhelme mit verstärktem Visier.

Die Mönchbruchwiesen lagen bereits im Dämmerlicht, als sich der Trupp auf den Weg machte. Ihr Ziel war ein Waldstück, das sie durch das Tor Süd-Ost 3 an der Stirnseite der Startbahn West erreichten. In unmittelbarer Nähe lag der Treffpunkt der Startbahngegner für ihre Sonntagsspaziergänge, die seit der Hüttendorfräumung vor sechs Jahren regelmäßig stattfanden.

Die Polizisten suchten Unterschlupf und warteten. Es war trocken, die Sicht gut. Kein Nebel. Zudem erhellten Lichtmasten, die tags zuvor von den Kollegen aufgestellt worden waren, das gesamte Gelände. Die Luft roch nach Kiefernholz und Kerosin.

Kempf stand keine zwei Meter neben Ohlschläger. „Schöne Scheiße", zischte Kempf ihm zu. „Ich könnt' mir echt was Besseres vorstellen, als hier im Matsch zu hocken."

Ohlschläger kam nicht dazu, zu antworten, denn sein Funkgerät meldete sich. Er zuckte zusammen, als er die Worte vernahm. „Achtung. Befehl an alle Einheiten. Gefahr in Verzug. Eigensicherung erhöhen."

„Was soll das?", echauffierte sich Kempf und schüttelte den Kopf. „Ist doch nix zu sehen." Er kniff die Augen zusammen und inspizierte die Wiese, die vor ihnen lag, bis zum Gundbach, der dahinter floss. Er konnte aber nichts Verdächtiges entdecken. „Wollen die Panik verbreiten?"

„Kommt mir die ganze Zeit über schon so vor. Trommeln uns hier zusammen. Ist doch vollkommen übertrieben wegen der paar Hanseln, die hier erscheinen werden."

Kempf spürte die Kälte, die langsam in die Kleider kroch, wenn man sich nicht bewegte. Er seufzte. Hier saß er also. An einer Startbahn, die er so gut wie nie benutzen würde, weil er kein Geld hatte, um wegzufliegen, und schaute in die hereinbrechende Nacht.

Scheiße, warum machst du das hier?

Er hatte das Gefühl, sein Leben bestünde nur noch aus Dienst schieben, schlafen und wieder Dienst schieben. Seine Gedanken wurden durchkreuzt vom Aufmarsch der Startbahngegner etwa dreißig Meter vor ihnen auf der Wiese und einem hellen Aufflammen vor dem Waldstück. „Ach du Scheiße!“, rief er. „Die werfen Mollies.“ Es sah danach aus, als hätten die Startbahngegner angefangen, sie mit Molotowcocktails anzugreifen, nur waren sie nicht weit genug gekommen. Kurz darauf bemerkte Kempf zwei Einschläge neben sich. „Die feuern Stahlkugeln mit Zwillen. Pass auf!“

Ohlschläger nickte und zog den Kopf ein. „Heute wollen sie's anscheinend wissen.“

Und dann zeichneten sich vier Leuchtspuren vor dem Nachthimmel ab. „Signalmunition. Verdammt! Was haben die vor?“

„Schau mal, die schleppen irgendwas an.“

„Ja, sieht nach Stämmen aus oder so. Die bauen Barrikaden, um sie später anzustecken.“

Plötzlich erklang wieder ein Kratzen im Funkgerät. „Achtung, Achtung. Hundertschaft 12/1. Vorrücken, Gegner stellen, einkesseln und Zugriff!“

„Fuck“, rief Kempf. „Das sind wir. Aber die ziehen sich doch schon wieder zurück.“ Kempf beobachtete, dass sich die kleine Gruppe der Startbahngegner vor ihnen umwandte und hinter den Gundbach verschanzen wollte.

Doch es blieb ihm keine Wahl, denn die Stimme des Hundertschaftsführers Kalter erklang keine fünf Meter weiter neben ihm. „Dann wollen wir mal. Los geht's!“

In diesem Moment stürmte die gesamte Einheit die Wiese und durchfurchte das kniehohe Gras. Von den Angreifern war schon nichts mehr zu sehen, sie lagen hinter dem Bach.

Kempf rannte Seite an Seite mit Ohlschläger vorwärts. Sein Magen krampfte sich zusammen. Ein flaues Gefühl überkam ihn. Die Lage war unübersichtlich. Wohin sollten sie rennen? Wen verfolgen? Oder einfach drauf los? Irgendeinen Gegner würden sie schon erwischen. Aber war es nicht zu gefährlich, sich bis an den Bach und somit zum Versteck der Widersacher heranzumachen?

Kempf konnte seine Fragen nicht an Kalter richten, denn urplötzlich knallte es.

Teil 3

Chaoten stoppen

Sind wir inzwischen zu einer Wohlfühlgesellschaft verkommen, in der Großprojekte wie der Ausbau eines Flughafens oder eines Bahnhofs nicht mehr durchsetzbar sind?
Ja, das meinen wir!
Und das kostet uns jedes Jahr Tausende von Arbeitsplätzen und einige Prozente des Wirtschaftswachstums, von denen wir alle profitieren würden. Denn ohne Wachstum kein Wohlstand.
Die Proteste der sogenannten Fluglärmgegner werden zunehmend massiver. Sie fordern mehr Druck von der Straße. Hier muss Einhalt geboten werden. Wir können uns als Gesellschaft nicht von einigen wenigen diktieren lassen, wie wir als Ganzes zu leben und zu wirtschaften haben.
Deshalb fordern wir: Stoppt die Chaoten! Weg mit dem Nachtflugverbot! Benennt die klaren Vorteile eines weiteren Flughafenausbaus! Fördert die Zukunftsfähigkeit der gesamten Rhein-Main-Region!

Initiator BI „Ja, Flughafenausbau“

Frankfurt, Anfang April 2012, Montag nach der geplatzten Hochzeit

13

Lothar Trumpf hatte zwei Leidenschaften: das Laufen und das Fliegen. Wo war er nicht überall schon hingeflogen, um an großen Laufwettbewerben teilzunehmen? New York. Rio. Boston. Tokio. Kapstadt. Um die halbe Welt.

Er hatte Zeit, er war unverheiratet, und Geld. Sein Job als Softwareentwickler im Bundesamt für Kartographie war einträglich. Sparen war auch nicht sein Ding, also gab er es für Laufreisen aus.

Manchmal lief Trumpf schon morgens früh um 5.30 Uhr los zu seinem Arbeitsplatz. Dort konnte er duschen und sich dann in Ruhe in die Arbeit stürzen, wenn die Kolleginnen und Kollegen noch lange nicht am Schreibtisch saßen.

Wie heute. An diesem Montagmorgen war er noch im Halbdunkel und bei klarem Himmel in Neu-Isenburg losgelaufen, hatte noch eine Runde im Stadtwald um den Jacobiweiher gedreht, begleitet von den Flugzeugen, die um diese Uhrzeit bereits flogen, ihn aber nicht störten. Neu-Isenburger waren seit über dreißig Jahren daran gewöhnt. Er nahm sie kaum mehr wahr, stattdessen genoss er das Gefühl, als einsame Seele auf Frankfurts Waldböden und Straßen unterwegs zu sein, wenn die restliche Stadt noch schlief.

Und so waren die letzten Kilometer über den Lerchesberg, an den Villen der Schönen und Reichen vorbei, durch den Louisa-Park und über die Mörfelder Landstraße, bis er die Villa Mumm erreichte, wo das Bundesamt für Kartographie untergebracht war, nur noch ein Klacks für ihn.

Als er von der Straße in die Einfahrt einbog und den Bürokomplex links liegen ließ, um zu einem Nebengebäude, in dem sich sein Büro befand, zu laufen, sah er von Weitem das Palais, das ihn schon immer an die Alte

Oper in der Stadtmitte erinnert hatte.

Die Villa Mumm war in den Jahren 1902 bis 1904 von Herrmann Mumm, dem Erben der Champagner-Dynastie, der auch „Champagnerbaron“ genannt wurde, und seiner Gattin Emma, geborene Passavant, erbaut worden.

Wäre Frankfurt im Jahre 1949 Bundeshauptstadt geworden, hätte der Bundespräsident in der Villa Mumm seinen Wohnsitz gehabt.

Wie gewöhnlich joggte Trumpf weiter, um noch eine letzte Runde um die Villa und durch den dahinter liegenden schmucken Park zu drehen, doch plötzlich stockte er. Aus dem Augenwinkel nahm er etwas wahr, das nicht ins Bild passte. Er veränderte seine Laufrichtung und hielt auf den Eingang zu, weil ihn ein Detail irritierte.

An der ersten Säule vor dem Haupteingang war etwas angebracht worden. Sah aus wie ein Sack.

Trumpf beschleunigte seine Schritte und mit jedem Meter, den er näher kam, wurde er sich sicherer. Ja, es war ein Mensch, der auf dem Boden saß und dessen Körper an die Säule gefesselt war.

Trumpf rannte schneller, bis er direkt vor der Säule stoppte, und beugte sich hinab. Der Mann trug ein Hemd und eine Anzughose, wirkte aber, als wäre er geschlagen worden. Er rührte sich nicht, die Augen waren geschlossen. Sein Kopf, um den er eine rote Binde trug, hing zur Seite, so als sei er ohnmächtig.

Um Himmels willen, schoss es Trumpf durch den Kopf, das ist Blut.

Trumpf rüttelte an der Schulter des Mannes und fühlte am Hals den Puls. Vergeblich.

Auf dem Absatz machte er kehrt, sprintete in sein Büro und bestellte den Notarzt.

14

Als Rauschers Festnetztelefon klingelte, lag er wach im Bett, schob die leere Apfelweinflasche auf dem Nachttisch beiseite und starrte geistesabwesend auf den Radiowecker, der 7.12 Uhr anzeigte. Es war kühl und das Zimmer lag im Halbdunkel. Er trank einen Schluck Kaffee und seufzte. Mitten in der Nacht war er aufgewacht, hatte nicht mehr schlafen können. Elke und Mäxchen waren ständig in seinem Kopf herumgekreist.

So kühl, so abweisend.

Rauscher schwang sich hoch und nahm den Anruf an. „Hast du vergessen, dass ich Urlaub habe?", pflaumte er in den Hörer.

„Andreas!" Jan Krause seufzte so laut, dass es Rauscher durchs Telefon hören konnte. „Hör einfach kurz zu, okay? Ich dachte, es interessiert dich, dass wir den Rest vom Ohr gefunden haben, ne!"

„Was?" Begriffsstutzig war Rauscher normalerwiese nicht, aber Krauses Andeutung war kryptisch. „Wie meinst du das?"

„Na, den dazugehörigen Mann natürlich", antwortete sein Kollege und erzählte Rauscher wann, wo und in welcher Lage er gefunden worden war.

Nachdem Krause ausgesprochen hatte, saß Rauscher einen Moment da und ordnete seine Gedanken. „Und, lebt er?"

„Ja, aber der Blutverlust ist sehr hoch. Als er gefunden wurde, war er bewusstlos. Die Ärzte gehen inzwischen davon aus, dass er durchkommt."

„Fehlt ihm sonst noch was?"

„Soweit wir bisher wissen nicht."

„Und wisst ihr schon, um wen es sich handelt?"

„Auch das. Achim Thelen. Er ist Pressesprecher der Bürgerinitiative ‚Ja, Flughafenausbau' ..."

„Was?", fuhr Rauscher dazwischen, „das darf doch nicht wahr sein."

„Ist es aber. Thelen hat einige ... na sagen wir mal ... provokante Artikel zum Thema Fluglärm verfasst. Weitere Erkenntnisse liegen aber noch nicht vor. Schwingst du jetzt deinen Allerwertesten hierher oder sollen wir allein weitermachen?“

Rauscher zögerte keine Sekunde. „Ich komme.“

Vierzig Minuten später saß Rauscher mit Krause am Schreibtisch in dessen Büro und fixierte seine Augen. „Geht’s deinem Verdauungstrakt wieder besser?“, fragte Rauscher, doch der Kommissar konnte nicht antworten, denn in diesem Moment öffnete sich die Tür und Frau Winter, die Teamsekretärin, kam herein.

„Ich habe das von Samstag gehört“, wandte sie sich sofort an Rauscher. „Jammerschade“, fügte sie an. „Ich hätte so gern Bilder von Ihnen und Elke im Hochzeitskleid gesehen.“

Wenn jemand echte Trauer in einem Satz rüberbringen konnte, war es Frau Winter, dachte Rauscher, vermied aber ein Gespräch mit ihr und wandte sich stattdessen an Krause. „Vor der Villa Mumm also. Scheint so, als wollte der Täter, dass Thelen möglichst rasch gefunden wird?“

„Sieht ganz danach aus.“

„Also wollte er ein Zeichen setzen.“

„Genau. Wir haben nämlich einen Zettel mit einer weiteren Nachricht des Täters in seiner Hemdtasche gefunden: ‚Ich werde nicht eher ruhen, bevor hier wieder Ruhe herrscht‘. Sieht aus wie ein Erpresserbrief, die einzelnen Buchstaben sind aufgeklebt.“

„Hört sich nach einem Einzeltäter an.“

„Er hat ihm übrigens Ketamin gegeben, bevor er ihm das Ohr abgeschnitten hat.“

„Was ist das?“

„Ein Anästhetikum. Wird als Schmerzmittel verabreicht.“

„Dann hat Thelen also keine Schmerzen gehabt.“

„Wahrscheinlich erst, als die Wirkung nachgelassen hat. Vielleicht ist er deshalb bewusstlos geworden. Das Zeug ist heutzutage weit verbreitet als Rausch- und Partydroge wegen seiner bewusstseinserweiternden Wirkung.

Sagt dir ‚Special K' was?"

„Ach das!"

„Genau. Dementsprechend leicht ist es zu beschaffen. Pillen oder Tropfen, kriegste im Bahnhofsviertel an jeder Ecke."

„Verstehe. Hätte sich also jeder besorgen können." Rauscher überlegte einen Moment und kam auf ein anderes Thema zu sprechen. „Der Text auf dem Zettel enthält aber keine konkrete Forderung."

„Nein. Eher eine allgemeine Drohung."

„Und was bedeutet das?"

„Ganz einfach: Da kommt noch mehr!"

In diesem Moment öffnete sich die Tür, Thaler stürmte herein und unterbrach Krause. „So, Freunde. Ich hab was für euch. Nachdem wir die Überwachungskameras am Flughafen ausgewertet haben und leider niemanden entdecken konnten, der sich verdächtig gemacht hat, sind wir auf was anderes gestoßen. Die Fingerabdrücke der Selbstmordfrau vom Uni-Dach."

„Wir haben sie abgenommen und sie ins Datenbanksystem eingegeben, um die Frau eventuell daran zu identifizieren. Reine Routine."

„Und?" Rauscher starrte Thaler erwartungsvoll an.

„Treffer. Allerdings einer, den wir nicht erwartet hatten."

„Und der wäre?"

„Ihr Fingerabdruck stimmt mit keiner Person überein, aber mit einem anderen Fingerabdruck. Und zwar mit dem, den wir auf dem Päckchen mit dem Ohr gefunden haben."

„Was?", rief Krause. „Das ist ja merkwürdig."

„Klingt unglaublich, ist aber so", fuhr Thaler fort.

„Und was hat sie mit dem Päckchen zu schaffen?", wollte Rauscher wissen.

„Das solltest du rausfinden. Vielleicht hat sie es verschickt?"

„Und warum will sie dann vom Dach springen?"

„Tja, bei solchen Fragen hilft manchmal ermitteln."

„Sehr witzig", meinte Rauscher. „Habt ihr die Frau überprüft?"

„Klar. Hört zu! Geboren wurde Irene Handke am 4. August 1988 in Frankfurt. Nach dem Abi war sie zwei Jahre in der ganzen Welt unterwegs. USA, Mexiko, Nicaragua, Kolumbien, dann rüber nach Asien. Thailand und Vietnam. Es können auch noch mehr Länder gewesen sein. Als sie zurückkam, hat sie eine Ausbildung zur Steuerfachwirtin angefangen und nach einem halben Jahr wieder abgebrochen. Dann hat sie diverse Jobs ausgeübt. Kellnern, Putzen, Empfangsdame, Telefonmarketing. 2010 hat sie dann angefangen Deutsch und Geschichte auf Lehramt zu studieren."

„Klingt nach einem stinknormalen Lebenslauf", unterbrach Rauscher.

„Ja, und es geht auch so weiter. Sie war nämlich auch mal verheiratet mit einem Timo Handke. Vor zwei Jahren wurde sie geschieden. Ihr Mädchenname lautet Kempf."

„Moment", sagte Rauscher nach einer Weile. „Kempf, das sagt mir was. Kempf?" Man merkte, dass der Groschen langsam fiel. „Irene Kempf! Ich glaube, ich hab's. In meiner Jugend habe ich mit einer Irene Kempf in einer Straße gewohnt und manchmal auf sie aufgepasst, wenn ihre Eltern was vorhatten."

„Du warst Babysitter?"

„Ja, was dabei? Das könnte sie jedenfalls sein." Er legte eine Pause ein. „Wenn wir hier durch sind, fahre ich ins Markus-Krankenhaus. Vielleicht ist sie mittlerweile ansprechbar."

„Und was machen wir?", wollte Krause wissen.

„Thelens Umfeld prüfen. Mit wem hatte er Kontakt? Gab es unliebsame Leserbriefe als Reaktion auf seine Artikel? Hatte er Feinde, die sich offen als solche ausgegeben haben? Was fordert diese Bürgerinitiative genau? Gab es irgendwelche Vorfälle oder Anfeindungen in letzter Zeit? Und so weiter. Alles ist interessant."

„Das übernehme ich", warf Thaler ein und zog sich in sein Büro zurück.

Es vergingen keine zehn Minuten, Rauscher diskutierte immer noch das weitere Vorgehen mit Krause, als Thaler wieder vor ihnen stand: „Leute, ich glaube, ich hab was. Zu jedem Artikel von Thelen gibt es Kommentare von Lesern. Einer hat sich besonders hervorgetan. Er nennt sich ‚Lärmopfer'. Moment, ich klick mal rein."

Thaler ging an Krauses Laptop, tippte drei Wörter in die Suchmaschine, landete bei einem von Thelens Artikeln und scrollte runter zu den Kommentaren. „Hier ein Beispiel. Ich zitiere: ‚Hören Sie endlich mit Ihrem widerlichen Geschreibsel auf! Nehmen Sie die neuen Studien zur Kenntnis, laut denen Fluglärm krank macht und sogar zum Tod führen kann! Respektieren Sie die Nöte der Anwohner, die massiv von Fluglärm betroffen sind! Beenden Sie Ihre unsägliche Kampagne für die Flughafenbetreiber! Und denken Sie immer daran, dass jeder das bekommt, was er verdient.'"

„Er droht ihm", kommentierte Krause. „Kannst du rausfinden, wer sich hinter dem User-Namen verbirgt?"

Thaler lächelte. „Schon passiert. Ein Herr Peter Schulz, wohnhaft in Sachsenhausen. Nähe Louisa."

„Wo?", fragte Krause nach.

„Waldspielpark Louisa. Kennst du den nicht? Gehörte mal der Familie Bethmann. Die S-Bahn-Station Louisa und die Straßenbahnhaltestelle liegen direkt daneben."

„Und um die Ecke ist die Buchscheer", fügte Rauscher an.

„Die Ebbelwoiwirtschaft?", hakte Krause nach.

„Genau."

„Sag das doch gleich."

15

Es war noch vor 9.00 Uhr, als Peter Schulz Stöpsel in seine Ohren drückte. Heute in Blau. Anschließend beobachtete er vom Küchenfenster aus das Nachbargrundstück. Kempf machte gerade die Mülltonne zu und wischte sich die Hände ab. Kempf schaute sich um, so als fühle er sich beobachtet. Er sah mitgenommen aus, wirkte hektisch.

Seit der kleinen Auseinandersetzung vor einer Woche hatten sie kein Wort gewechselt. Manchmal kotzte ihn Kempf an. Irgendwie verkörperte er das gesamte Viertel, seit die neue Landebahn gebaut, die Flugfrequenzen erhöht und die Anflugrouten verlegt worden waren. Früher war hier in Frankfurt-Sachsenhausen, unweit der Haltestelle Louisa und direkt unterhalb des Lerchesbergs, die Welt noch in Ordnung. Heute war es ein verwunschener Ort und ein Albtraum, hier zu wohnen.

Schulz' persönlicher Albtraum. Er wusste nicht, wie es weitergehen sollte. Es war ein Elend.

Und Kempf das Paradebeispiel. Seit knapp zwanzig Jahren waren sie Nachbarn, echte Freunde waren sie in diesem Zeitraum nicht geworden. Kempf war ein Eigenbrötler und in gewisser Weise unnahbar, ließ nur wenige Leute an sich ran. Schulz hatte es versucht, aber Kempf hatte ihn abgebügelt. Manchmal sehr aufbrausend und impulsiv, wenn ihm etwas nicht passte. Eine Frage oder eine Bemerkung. Schulz hatte immer das Gefühl, Kempf verberge etwas. Er befürchtete, früher oder später würde Kempfs innerer Vulkan ausbrechen. Schulz nahm sich vor, herauszufinden, was in Kempf brodelte.

Schulz ging hinaus, nahm die Ohrstöpsel raus und lief auf dem Bürgersteig Richtung Nachbargrundstück. „Hey, Karsten. Wie läuft's bei dir?"

Kempf drehte den Kopf. Ein Grinsen huschte über seine Wangen. „Kann nicht klagen."

„Wollen wir noch mal über die Demo heute Abend reden oder hast du keinen Bock mehr?"

Auf dem Bürgersteig ging in diesem Moment eine junge Frau mit Pferdeschwanz an Schulz vorbei, der Stielaugen bekam und ihr auffallend lange hinterherschaute.

Kempf lachte laut. „Hey, Peter. Du brauchst mal wieder 'ne Frau, stimmt's?"

„Quatsch!"

„Wie lange ist Esther jetzt weg?"

„Gutes halbes Jahr."

„Sie hat recht."

„Arschloch! Du musst gerade reden, schließlich ist Manu auch abgehauen." Schulz wollte noch mehr entgegnen, wollte seine Wut rausschreien, wollte Kempf die Meinung geigen, aber sein feiner Nachbar ignorierte ihn, setzte sich in den Wagen und fuhr davon.

Penner, dachte Schulz, doch seine Gedanken wurden vom Lärm eines Flugzeugs, das sich über Sachsenhausen auf dem Landeanflug mit Kurs auf den Flughafen befand, zerrissen.

Er stöpselte seine Ohren wieder zu. Mittlerweile war es ihm egal, mit den farbigen Dingern in den Ohren auf der Straße gesehen zu werden. Hauptsache der Ur-Krach war wie abgeschnitten. Er atmete auf. Um 9.30 Uhr hatte er einen Termin bei Dr. Nonnengram.

Noch Zeit. Er sah sich um. Niemand war auf der Straße zu sehen. Schulz drehte sich herum und als er sich unbeobachtet fühlte, ging er zu Kempfs Mülltonne und hob vorsichtig den Deckel an. Zuoberst lagen einige leere Dosen, hauptsächlich Ravioli. Auch etliche Suppendosen waren darunter. Merkwürdig, dachte Schulz, so etwas verabscheute Kempf doch eigentlich.

Schulz wühlte mit der linken Hand im Müll und stieß auf einige Tücher. Weiße Tücher mit roter Farbe drauf. Strich Kempf seine Wohnung? Er wollte vor einiger Zeit seinen Keller renovieren.

Schulz hob den Kopf, denn in diesem Moment rollte ein Wagen heran und parkte direkt am Trottoir vor seinem Hoftor. Zwei Männer stiegen aus und sahen sich um. Beide um die 1,85 Meter groß und noch keine vierzig Jahre alt, schätzte Kempf. Der eine war sehr schlank, der andere hatte ein paar Kilo zu viel auf den Rippen. Sie klingelten an seiner Haustür.

Schulz zuckte zusammen.

Was wollten sie von ihm?

Deine Nerven sind am Arsch, dachte er und stopfte alles zurück in die Mülltonne. Er konnte seinen Blick nicht von den beiden mittlerweile himmelwärts blickenden Männern lösen und fühlte ein merkwürdiges Gefühl in sich aufkommen. Dringend brauchte er etwas, um seinen Kopf klarzukriegen. Apropos: Nach dem letzten Termin bei Dr. Nonnengram hatte er neue Pillen bekommen. Stärkere. Oder zumindest solche, die er höher dosieren konnte. „Stimmungsaufheller", hatte der Doktor dazu gesagt und gelacht. Natürlich war Schulz klar, dass es Antidepressiva waren. Nichts anderes. Aber das war ihm egal, Hauptsache die Blockade im Kopf verschwand. Die Mattscheibe, der Schatten, die Hoffnungslosigkeit und die Trauer wogen schwer auf seinem Gemüt. Er war froh, Dr. Nonnengram zu haben.

Kaum waren Jan Krause und Andreas Rauscher in Sachsenhausen angekommen und klingelten an Peter Schulz' Haus, flog bereits die dritte Maschine über ihre Köpfe hinweg und hinterließ ein Tosen, das bis in die große Fußzehe zu spüren war.

„Ätzend", bemerkte Krause. „Würde ich auf Dauer nicht aushalten. Ehrlich gesagt, hätte ich mir das nicht so schlimm vorgestellt. Also jemand, der das noch nicht live erlebt hat, kann sich nicht ausmalen, welche Lautstärke hier herrscht."

Rauscher schaute hoch. Direkt unter der Maschine dröhnte Höllenlärm, sodass er schreien musste: „Und der Lerchesberg liegt sogar noch höher." Er deutete gen Norden. Keine dreihundert Meter von hier erhob sich eine Anhöhe mit Villen und schicken Anwesen. Auch die Villa des Frankfurter Oberbürgermeisters lag dort.

„Also donnern sie da noch tiefer drüber."

„Genau."

„Oder dieses Wohngebiet in Flörsheim, das kurz vor der Landung auf der neuen Nordwest-Landebahn überflogen wird. Das muss die Hölle sein. Ich frage mich wirklich, warum die nicht wegziehen?"

„Dreimal darfst du raten."

„Zu bequem?"

„Falsch."

„Ich weiß es nicht, sag schon!"

„Weil sie nichts mehr für ihre Häuser kriegen."

„Logo!", stimmte Krause zu und fasste sich an den Kopf. Er blickte sich um. „Schau dir das an. An jedem dritten Haus oder Hoftor hängen Schilder oder Banner. ‚Stopp Fluglärm', ‚Dem Flughafen Grenzen setzen', ‚Menschen vor Profit'."

„Die scheinen hier fast alle aktiv bei dem Protest mitzumachen."

„Und warum hängen dann nicht an allen Häusern Schilder?"

„Keine Ahnung."

Der Lärm schwoll ab und die Maschine geriet außer Sichtweite. Schulz öffnete nicht, obwohl Rauscher noch mehrfach geklingelt hatte. Er schaute zum Nachbargrundstück und beobachtete einen Mann, der gerade eine Mülltonne schloss und zu ihnen herüberstarrte. Er schien irritiert zu sein. „Hallo", rief ihm Rauscher zu. „Wir wollen zu Herrn Schulz. Kennen Sie ihn?"

Schulz zuckte zusammen und nahm seine Ohrstöpsel heraus. „Ich ... äh ..." Mehr sagte er nicht, drehte sich stattdessen auf den Hacken um und lief flott in die andere Richtung.

„Moment mal!" Rauscher bemerkte sofort, dass mit dem Mann etwas nicht stimmte und rannte ihm hinterher. Er war nicht weit gekommen, als Rauscher sich ihm in den Weg stellte. „Warum türmen Sie?"

Auch Krause hatte die Szene mitbekommen, war Rauscher gefolgt und postierte sich direkt hinter dem Mann.

„Kripo Frankfurt", sagte Rauscher und zückte seinen Dienstausweis. „Das ist mein Kollege Kommissar Jan Krause und ich bin Andreas Rauscher. Wie heißen Sie?" Der Mann starrte ihn reglos an. „Wohnen Sie hier?" Rauscher deutete auf Kempfs Grundstück.

„Ich ...", sagte Schulz zögerlich. „Ich ... habe ... einen Arzttermin."

„Wir wollen zu Herrn Peter Schulz. Kennen Sie den?"

„Ich ... ich bin Peter Schulz. Ich brauche meine Medikamente."

„Kein Problem. Wo müssen Sie hin? Wir möchten kurz mit Ihnen reden und begleiten Sie ein Stück."

Schulz blieb stehen, blickte Rauscher in die Augen und wandte sich zweimal zu Krause um. Wollte er flüchten? Worüber dachte er nach?

Ein Flugzeug störte die Situation. Der Lärm schwoll wieder an. Alle drei blickten hoch und sahen den Rumpf der Maschine. Sie flogen hier so tief, dass man jede Schraube erkennen konnte, dachte Rauscher.

„Alles war gut", sagte Schulz plötzlich, seine Stimme klang hölzern und monoton und sein Gesicht wirkte ausdruckslos. „Bis am 21. Oktober 2011 die Nordwest-Landebahn eröffnet worden ist. Dann begann der Albtraum."

„Wollen wir?", sagte Rauscher und deutete die Straße entlang. „Damit Sie nicht zu spät zum Arzt kommen."

Schulz nickte, setzte sich in Bewegung und sprach weiter. „Vierhundert Überflüge pro Tag. Etwa zweiundzwanzig die Stunde, wenn man wegen des Nachtflugverbots die paar Stunden abzieht. Anders gesagt: alle 2,7 Minuten ein Überflug. Und sie wollen auf siebenhundert pro Tag steigern. Irre, oder?" Er atmete leicht und gleichmäßig und schaute Rauscher wieder eindringlich an. „Das hält kein Schwein aus. Nicht auf Dauer. Da staut sich was auf. Es belastet die Psyche, drückt aufs Gemüt. Meine Frau ist vor einem halben Jahr ausgezogen. Vollkommen entnervt. Das Haus ist maximal noch die Hälfte wert. Meinen Job bei der Allianz musste ich an den Nagel hängen. Meine Nerven machten nicht mehr mit. Ständig der Druck, gute Zahlen liefern zu müssen. Ich hab bei dem ganzen Zahlenwirrwarr nicht mehr durchgeblickt, obwohl ich ein einmaliges Zahlengedächtnis habe. Verstehen Sie eigentlich, was ich Ihnen sagen will?" Krause nickte, während Rauscher ihn skeptisch anschaute. „Der Lärm hat mich krank gemacht. Mein Gehirn ist hohl. Oder Matsch, wie Sie wollen. Wenn du nachts kein Auge mehr zubekommst, zermürbt dich das auf Dauer. Und wenn morgens ab 5.00 Uhr die ersten Flieger starten und landen, dann ist es wie jetzt. Sie hören es ja." In diesem Moment überflog erneut eine Maschine ihren Standpunkt und Rauscher riss seinen Kopf herum, um ihr nachzuschauen. „Weinkrämpfe. Panikattacken. ‚Das Ohr ist das Tor zur Seele', hab ich online von einem Mainzer Professor gelesen", fuhr Schulz fort. „Er hat in einer Studie nachgewiesen, dass Lärm Allergien, Bluthochdruck, Migräne und Herzkreislauferkrankungen auslösen kann." Schulz holte aus der Jackentasche ein Päckchen Kippen heraus, fummelte hektisch eine Zigarette heraus und zündete sie an. Sie bogen rechts in eine Straße ein. „Und was wollen Sie beide jetzt von mir?" Er nahm einen tiefen Zug und blies den Rauch aus.

Rauscher griff in seine Jackentasche. „Schauen Sie sich bitte dieses Bild an. Kennen Sie den Mann?"

Schulz nahm das Foto in die rechte Hand und lachte auf, aber es hörte sich nicht fröhlich an. „Klar, Achim Thelen. Wieso? Hat er mich angezeigt?" Er übergab das Bild wieder dem Kommissar, der es ganz vorsichtig am Rand anfasste und einsteckte.

„Hätte er denn einen Grund dazu?"

„Ich habe ihn massiv beleidigt. Das Arschloch hat es nicht anders verdient."

„Was meinen Sie damit?"

„Na ja, wer austeilt, muss auch einstecken können."

„Er hat sich für die Erweiterung des Flughafens starkgemacht ..."

„Und dabei nur den eigenen Profit im Kopf gehabt", unterbrach Schulz. „Thelen ist Unternehmer und hat eine eigene Firma, seine Kumpane ebenfalls, zusammen sponsern sie diese angebliche Bürgerinitiative, die in Wirklichkeit eine Lobby- und PR-Organisation für den Flughafen ist. Würde mich nicht wundern, wenn die auch vom Flughafenbetreiber gepampert werden."

„Kennen Sie ihn persönlich, also sind Sie ihm jemals begegnet?"

„Nein, ich habe immer nur seine Hetzartikel den Fluglärmgegnern gegenüber gelesen. Aber wieso fragen Sie mich das alles ...?"

„Thelen wurde entführt."

„Geschieht ihm recht." Schulz blieb vor einem Zweifamilienhaus stehen, schnickte die Zigarette auf die Straße und trat sie aus. „Hier ist die Praxis meines Arztes." Er wandte sich an Rauscher. „Sie denken also, ich hätte ihn entführt?"

„Wir ermitteln und gehen Hinweisen nach. Sie haben ihn heftig angegangen. Ein Motiv hätten Sie allemal."

„Soll ich Ihnen etwas verraten? Ich wünsche ihm das Schlimmste. Jemand, dem die Probleme der Bevölkerung offensichtlich am Arsch vorbeigehen, ja, der diese Probleme noch verschärfen will, hat es nicht anders verdient."

„Gehen Sie eigentlich zu den Montagsdemonstrationen im Flughafen?"

Schulz schien einen Moment verwirrt zu sein. „Ja, regelmäßig. Wieso? Viele hier aus der Nachbarschaft machen das. Wissen Sie, wir müssen etwas tun. Die zerstören die Lebensgrundlage der Menschen, die hier seit Generationen friedlich leben. Das ganze Viertel wird aussterben, wenn das so weitergeht. Immer mehr Leute werden krank. Die Lebensqualität ist am Boden. Aber sie machen immer weiter." Er legte eine nachdenkliche Pause ein und schaute auf die Uhr. „Haben Sie noch Fragen? Ich muss jetzt rein."

Rauscher verneinte. Die beiden Kommissare schauten Schulz nach, bis er hinter der Tür des Arzthauses verschwunden war.

„Er wirkt irgendwie gebrochen, ne!", sagte Krause, nachdem sie wieder am Wagen angelangt waren.

„Ja", antwortete Rauscher. „Vielleicht hat er längst aufgegeben."

„Kannst du dir vorstellen, dass er was mit Thelens Entführung zu tun hat?"

„Ich kann mir vieles vorstellen", ergänzte Rauscher.

In diesem Moment klingelte Krauses Handy. Er ging ran, sprach eine

Minute lang und legte dann wieder auf.

„Das war Ingo. Die Ärzte sagen, dass wir in einer Stunde mit Thelen reden können. Zwar nur fünf Minuten, aber immerhin."

„Das übernimmst du. Nimm Thaler mit." Rauscher holte Thelens Foto heraus, steckte es in einen Beweisbeutel und gab es Krause. „Lass bitte schnell prüfen, ob sich die Fingerabdrücke von Schulz auf dem Päckchen befinden."

„Mach ich. Und was hast du vor?", wollte Krause wissen.

„Ich hab Urlaub und mache einen Spaziergang durch Sachsenhausen. Ich will mich umhören und mir selbst ein Bild von der Lage machen. Danach besuche ich Irene im Krankenhaus und schaue, ob es was Neues gibt."

Während Krause in den Wagen stieg und davonfuhr, blickte sich Rauscher um. Die Buchscheer lag nicht weit entfernt, aber für einen Schoppen war es eindeutig zu früh.

Oder doch nicht?

Ein Flugzeug, das angeschossen kam, lenkte ihn ab. Er blickte nach oben. Irre, dachte er, so ein Ding von unten zu sehen. Wie hoch flog es? Schwer zu schätzen. Vierhundert oder fünfhundert Meter. Vielleicht weniger. Es war ein Koloss, eventuell dieser neue A380? Er kannte sich mit Flugzeugtypen nicht aus. Kaum war die Maschine aus seinem Blickfeld verschwunden, rauschte auf der anderen Seite das nächste im Tiefflug an. Keine drei Minuten später würde es auf dem Flughafen landen.

Kein Wunder, dass die Leute hier durchdrehen, dachte er. Das greift massiv ins eigene Leben ein. Andererseits wusste er natürlich, wie wichtig der Flughafen als Drehscheibe für die gesamte Rhein-Main-Region war.

Rauscher überlegte, sich die Villa Mumm anzuschauen, entschied sich dann aber dagegen und ging in nordöstlicher Richtung den Ziegelhüttenweg und die Mörfelder Landstraße entlang. Für Sachsenhausener Verhältnisse herrschte ungewöhnlich wenig Verkehr an diesem Vormittag.

Vorm Südbahnhof hielt er sich links, mied aber die Schweizer Straße, sonst wäre er im Gemalten Haus eingefallen, und nahm stattdessen die Textorstraße bis Alt-Sachsenhausen. Alles friedlich, dachte er, dennoch spürte er einen Unterschied. Es kam ihm vor, als sei er zum ersten Mal in Sachsenhausen unterwegs und dabei ständig in Begleitung. Die Flugzeuge, die über ihm flogen, folgten ihm bei jedem Schritt. Der Soundtrack Sachsenhausens. Warum hatte er das früher nicht wahrgenommen?

Er versuchte, den Lärm auszublenden und konzentrierte sich auf die Straße. Das Apfelweinviertel war vormittags fast wie ausgestorben. Und gerade als er an einer Straßenecke an einer Ampel stand, donnerte eine besonders laute Maschine über ihn hinweg.

Neben ihm hielt eine Mutter ihren etwa 7-jährigen Sohn an der Hand. Der Kleine deutete hoch und fragte: „Mama, ist das Fluglärm?"

Sie lächelte. „Ja, wo hast du das Wort denn aufgeschnappt?"

„Von Frau Thies. Sie sagt immer, dass sie keinen Unterricht machen kann bei Fluglärm."

„Na, da werde ich mit Frau Thies mal reden müssen."

„Warum haben andere Leute was gegen Flugzeuge?"

„Weil ... na ja, sie sind laut und ... aber ..."

„Aber wenn es keine Flugzeuge geben würde, können wir nicht in Urlaub fliegen."

„Stimmt. Aber es geht auch nicht darum, Flugzeuge abzuschaffen, sondern darum ... also, verstehst du, die Anwohner hier sind genervt von dem Krach. Es geht darum, dass sie nachts ihre Ruhe haben."

„Aber nachts schlafen doch alle."

„Viele können nicht mehr schlafen."

„Dann müssen sie Schäfchen zählen, sagt Oma Elisabeth."

„Genau."

Die Ampel sprang auf Grün und die beiden setzten ihren Weg fort. Rauscher blieb noch eine Weile stehen, grübelte ein wenig und plötzlich fiel ihm sein Lieblingswirt ein. Wolfgang Wagner in den „Drei Steubern".

Das Urgestein.

Er beschloss, einen Abstecher zu machen.

„Montags geschlossen“ stand auf dem Schild in der Glasvitrine und Rauscher ärgerte sich, aber als er hochschaute, öffnete sich die Tür und Wolfgang Wagner trat mit einem Eimer heraus.

Wagner begrüßte ihn wie einen alten Bekannten, obwohl er seit knapp zwei Jahren nicht mehr hier gewesen war. „De Herr Rauscher, lebst de noch?“

Rauscher lächelte und nickte. Der Wirt machte einen frischen Eindruck und Rauscher fragte sich, ob er schon die Achtzig überschritten hatte.

„Willste en Schoppe?“ Rauscher nickte. „Ei, weil du's bist.“ Wagner stellte den Eimer ab und ging hinein.

Als Rauscher den Schankraum betrat und sich umschaute, atmete er beruhigt auf. Die vertrauten langen Tische und Bänke, die holzgetäfelten Wände, die aufgereihten Gerippten auf dem Buffet. Nicht das Geringste hatte sich verändert. Die Ebbelwoikneipe „Zu den drei Steubern“ war eine Bastion gegen den modernen Schnickschnack und stylishen Tand, der in anderen Stadtteilen längst Einzug gehalten hatte.

Wagner stellte ihm einen Schoppen hin. Rauscher schaute auf die Uhr. Weit vor Mittag. Es gab keine bessere Zeit, um mit dem Trinken anzufangen. Und eigentlich hatte er ja Urlaub.

Er hob das Glas an. Der selbst gemachte Ebbelwoi glänzte goldgelb im Gerippten. Er trank. Hier war die Welt noch so, wie sie sein sollte. Bis auf – Rauscher musste es sich eingestehen – bis auf den Fluglärm, den er selbst hier drinnen vernehmen konnte.

Wagner bemerkte, dass Rauscher hinausschaute. „Die Dinger könne ein ferdisch mache. Am beste, mer lässt die Dür zu.“

Rauscher genehmigte sich zwei weitere Ebbelwoi. Wenn er schon mal hier war. Sie schwadronierten über vergangene Zeiten. Und Rauscher erkundigte sich auch, wie lange Wagner noch selbst keltern würde. „So lang ischs noch mach“, war seine vieldeutige Antwort.

Als Rauscher sich von Wagner verabschiedet hatte und wieder auf die Straße trat, legte sich eine leise Melancholie auf seine Seele. Das war aber nicht beunruhigend, sondern normal, wenn er die „Drei Steuber" verließ. Könnte ja sein letzter Besuch gewesen sein. Wer wusste das schon.

Er setzte seinen Weg in südlicher Richtung fort. Der Main floss wie in einer großen Rinne durch Frankfurt und bildete die Grenze zwischen Hibbdebach und Dribbdebach, wie der Volksmund die nördlichen und südlichen Stadtseiten nannte.

Während Rauscher auf dem Eisernen Steg stand und den Himmel betrachtete, begann eine Maschine über Sachsenhausen mit dem Landeanflug auf den Flughafen. Kaum war sie aus dem rechten Augenfeld verschwunden, erschien links eine neue. Wie an einem Band gezogen kamen die Flugzeuge: eine bedrohliche Parade.

Das wilde Donnern und Quietschen kam aus dem Bauch der Maschinen und spannte ein Netz über die darunter liegenden Wohngebiete, dem niemand entkommen konnte. Er meinte, mittlerweile sogar Unterschiede zwischen den einzelnen Maschinen zu vernehmen. Eine klang mehr nach einem Brummen, die andere nach einem Pfeifen und wieder eine andere dröhnte brachial.

In den anderen Frankfurter Stadtteilen war der Fluglärm nicht so präsent, in einigen überhaupt kein Thema. Sachsenhausen konnte einem leidtun.

Rauscher ließ seine Blicke über den Schaumainkai schweifen, wanderte weiter nach links und blieb – wie sollte es anders sein – an der Dreikönigskirche hängen.

Er hatte lange nicht an Elke gedacht. Mit einem leisen Seufzen zückte er sein Handy und wählte ihre Nummer. Doch kurz vorm ersten Klingeln drückte er eine Taste und beendete den Anruf.

So kühl, so abweisend.

Er hätte zu gerne mit ihr gesprochen, noch lieber hätte er Mäxchen auf den Arm genommen, aber es gab etwas in ihm, das wirkte wie eine Sperre.

Vor seinem inneren Auge lief ein Film ab. So klar, als säße er vor einer Kinoleinwand. Elke und Max in Hamburg. Im Hintergrund waren Segler auf der Alster zu erkennen. Er selbst war nicht zu sehen.

Er verdrängte seine Gedanken und machte sich auf den Weg. Unterwegs spürte er einen unangenehmen Druck auf der Lunge. Alle paar Wochen machte es sich bemerkbar, dass er vor etlichen Monaten während eines Einsatzes eine Rauchvergiftung erlitten hatte. Sein Arzt hatte ihn beruhigt und keinerlei Besorgnis gezeigt. Ein bisschen mehr Bewegung und Sport würden Wunder wirken, hatte er salopp formuliert und dabei gelächelt. Genau das hatte sich Rauscher vorgenommen, aber es im Alltagsstress nicht auf die Reihe bekommen.

Zwanzig Minuten später erreichte er Ginnheim, einen Frankfurter Stadtteil, der nördlich von Bockenheim lag. Als er aus der Straßenbahn stieg, spürte er, dass ein kalter Wind aufgekommen war. Er lief die Haltestelle entlang bis zur Fußgängerampel und überquerte die Ginnheimer Landstraße. Auf der anderen Seite erhob sich das Markus-Krankenhaus wie eine Bergkulisse. In den letzten Jahren waren einige Anbauten und neue Gebäude hinzugekommen und das gesamte Klinikareal war zu einem riesigen Komplex angewachsen.

Rauscher ging auf das Eingangsportal zu und erinnerte sich daran, dass er nach seinem letzten Besuch einen Fall in der Frankfurter Läuferszene zu klären hatte.

Innen war es kühl. Rauscher erkundigte sich nach Irene Handke. Sie lag auf der Intensivstation, die er drei Minuten darauf betrat.

„Dr. Mittag“, sagte eine Ärztin und kam auf Rauscher zu. Sie trug ihre blonden Haare hochgesteckt und eine schwarz umrandete Brille. Ihr Lächeln fiel ihm sofort auf. Es nahm ihr den intellektuellen Touch und wirkte sehr sympathisch.

„Wir kennen uns“, sagte Rauscher. „Ist ein paar Jahre her.“

„Ich erinnere mich. Kommissar Rauscher, stimmt's? Den Namen vergisst man nicht so schnell. Sie waren bei Ihrem Freund Torben. Hab danach über den Fall in der Zeitung gelesen."

Die Ärztin begleitete Rauscher zu Irene Handkes Krankenbett. Ihr Kopf war dick einbandagiert, lediglich die Augen-, Nasen- und Mundpartie waren sichtbar. Um den Hals trug sie eine Halskrause. „Beim Aufprall auf dem Boden hat sie ein Schädel-Hirn-Trauma erlitten. Dabei kam es zu einem enormen Druck und einer Schwellung, die das Koma ausgelöst hat. Die Wunde am Bein ist eine Lappalie."

„Wann wird sie aufwachen?", fragte Rauscher.

„Die Komatiefe ist nicht sehr ausgeprägt. Sie reagiert auf äußere Reize wie Licht. Wir müssen sie aber beatmen und leicht sedieren. Wenn wir sie nicht sedieren würden, könnte sie jeden Moment aufwachen. Aber die Schwellung sollte erst zurück gehen."

„Hmmm. Können Sie sagen, ob sie bleibende Schäden davontragen wird?"

„Nicht ausgeschlossen, aber eher unwahrscheinlich. Sie hat Glück gehabt."

Rauscher trat näher ans Bett und fixierte Irene. Ihre Haut um die Augen war blass. Unter dem Verband schimmerten schwarze Haare hervor. Sie hatte schmale Lippen und eine feine Nase. Vollkommen reglos glich sie einer aufgebahrten Toten, fand Rauscher.

„Hat sie was ausgefressen?", erkundigte sich Dr. Mittag.

„Das wissen wir noch nicht und wollen wir es mal nicht hoffen."

Rauscher konzentrierte sich. Versuchte die Bilder von früher, von dem kleinen Mädchen Irene Kempf, mit der Frau in Einklang zu bringen, die hier vor ihm im Krankenbett lag.

Zweifellos. Es lag eine Ähnlichkeit vor. Je länger er sie betrachtete, desto sicherer wurde er sich. Ja, es war Irene Kempf.

Was machte sie bloß für Sachen? Und warum hatte sie ihn angerufen? Sie hatten seit schätzungsweise zwanzig Jahren keinerlei Kontakt gehabt.

Hinter ihm piepste etwas. „Ich muss zum nächsten Patienten", sagte Frau Dr. Mittag und verabschiedete sich von Rauscher. „Hat mich sehr gefreut."

Er lächelte ihr zu, drehte sich auf dem Absatz herum, schnappte sich einen Hocker und setzte sich eine Weile neben das Krankenbett.

Doch so lange er auch überlegte, ihm wollte kein Grund für den überraschenden Anruf einfallen.

Beim Abschied strich er über Irenes Handoberfläche und lächelte sie an, obwohl er wusste, dass sie ihn nicht sehen oder wahrnehmen konnte.

Als er die Tür zur Intensivstation öffnete, kam ihm eine schmächtige Frau entgegen, die eine Sonnenbrille trug. Rauscher wunderte sich, denn sie kam ihm bekannt vor und schaute genauer hin. Auf den zweiten Blick erkannte er sie. „Hallo. Sie sind doch Nadja Berger. Wollen Sie zu Irene?"

„Äh, ja ...!" Sie wirkte verstört, drehte den Kopf weg, um ihn nicht ansehen zu müssen.

Rauscher ließ die Tür hinter sich zufallen und stellte sich der Frau in den Weg. „Sie liegt noch immer im Koma. Aber ... was ist denn mit Ihnen los?"

„Nichts, wieso?"

„Na, ich merke doch, dass etwas nicht stimmt ..." Rauscher entdeckte erst jetzt, dass ihre linke Wange blau und geschwollen war. „Was ist denn passiert?"

„Ich bin hingefallen ... ja, hingefallen, also ausgerutscht und ..."

Rauscher griff nach der Sonnenbrille und nahm sie ihr von der Nase. Jetzt konnte er das ganze Ausmaß abschätzen, das viel schlimmer war als angenommen. Nadja Bergers linkes Auge war dick und zugeschwollen. Auch die Nase schien in Mitleidenschaft gezogen zu sein, sie wirkte gebrochen.

„Gefallen?", rief Rauscher. „Wem wollen Sie das weismachen?" Nadja Berger wollte sich abwenden, aber Rauscher hielt sie am Arm zurück. „Bitte erzählen Sie mir, was passiert ist. Nur so kann ich Ihnen helfen." Eine Krankenschwester kam vorbei, starrte die beiden an, sagte aber kein Wort. Auch einige Patienten betrachteten die Szene.

Es dauerte eine Weile, Frau Berger sah aus, als lote sie ihre Möglichkeiten aus. Doch dann schien sie sich ein Herz zu fassen.

„Ein Mann", sagte sie zögerlich. „War in unsrer Wohnung, kurz nachdem Sie gegangen waren."

„Wer war es?"

„Keine Ahnung. Nie zuvor gesehen."

„Und was wollte er?"

„Wissen, wo Irene steckt."

„Und?"

„Ich hab keinen Ton gesagt ..."

„... Ach deshalb sehen Sie so aus ..."

„... Und er ist mit lauter Drohungen abgezogen."

„Warum haben Sie das nicht gleich gemeldet? Wir könnten den Eindringling eventuell schon haben. Können Sie den Mann beschreiben?"

„Kaum. Ging alles so schnell. Außerdem war ich wie paralysiert."

„Versuchen Sie es bitte. Das wäre der einzige Anhaltspunkt bisher. Ich nehme Sie mit aufs Polizeipräsidium. Da können Sie mit einem Kollegen am Computer ein Phantombild entwerfen lassen. Das hilft uns sicher weiter." Frau Berger schien nicht gerade überzeugt. „Moment bitte!"

Auf seinem Handy bemerkte Rauscher einen Anruf in Abwesenheit. Einen Augenblick dachte er an Elke, aber als er die Liste entgangener Anrufe checkte, sah er Thalers Nummer, den er sofort anrief.

„Wo steckst du, Andreas?"

„Tut mir leid, ich hab deinen Anruf nicht gehört. Ich war bei Irene Handke. Sie liegt noch auf der Intensiv und wir brauchen Personenschutz vor ihrer Tür. Kannst du das rasch organisieren?"

„Mach ich. Was ist denn passiert?"

„Erzähl ich dir später. Es ist übrigens noch nicht absehbar, wann sie aufwacht."

„Dafür ist Thelen wach."

„Hat er schon was gesagt?"

„Und ob. Dass er gefesselt war und eine Augenbinde trug."

„Okay, aber sein Ohr ...?"

„Davon hat er absolut nichts mitbekommen. Dieses Ketamin scheint gut zu wirken. Er hat es wohl mehrfach konsumiert. Erst als die Wirkung nachgelassen hat, sind die Schmerzen gekommen."

„Hat er eine Vermutung darüber, wer ihn festgehalten hat?"

„Nein."

„Und wo ist er eingesperrt worden?"

„Wahrscheinlich in einem Keller oder einer Garage. Er hatte die ganze Zeit Todesangst, sagt er, quasi schon mit dem Leben abgeschlossen."

„Wie kommt er darauf, dass der Täter ihn umbringen wollte?"

„Ein Gefühl, sagt er."

„Gefühle helfen uns nicht weiter."

„Manchmal schon", antwortete Thaler und lachte.

„Du mich auch", sagte Rauscher und legte auf.

Teil 4

Frankfurt, Startbahn West, November 1987

16

„Hier spricht die Polizei", tönte es aus dem Lautsprecherwagen, der auf der Wiese vor der Startbahn positioniert war. „Räumen Sie sofort den Platz! Ich wiederhole: Räumen Sie sofort den Platz!" Die letzten drei Worte gingen unter in einer Salve von Schüssen aus Signalpistolen.

Wir kommen nicht drum herum, dachte Kempf, also geben wir es ihnen und er machte Tempo. Chaoten jagen, geil!

Sie preschten vor. Ohlschläger an seiner Seite.

Etliche Meter vor ihnen erkannte er trotz der Dunkelheit einige Demonstranten, die Sturmhauben auf den Köpfen, Handschuhe und Rucksäcke trugen. Sie waren wieder aus ihrem Versteck hinterm Gundbach gekrochen und wuselten hin und her. Stürmten vor und zurück. Versuchten seitlich auszubrechen. Andere hatten bereits eine Barrikade errichtet. Das Material dafür hatten sie hierhergeschleppt. Sogar Baumstämme und Strohballen waren zu erkennen. Aber sie saßen in der Falle. Gleich würden sie sie erwischen und dann gnade ihnen Gott.

Wieder erklang der Lautsprecherwagen. „Achtung, hier spricht die Polizei. Räumen Sie sofort den Platz. Es handelt sich um einen illegalen Aufzug. Ich wiederhole: Räumen Sie sofort den Platz!"

Die Demonstranten riefen Parolen, die nicht vollständig zu verstehen waren. Es wurde hektischer, die Lage unübersichtlicher, erhitzter. Kempf kam das gerade recht. Alles würde ganz schnell gehen.

„An alle Einheiten", tönte das Sprechfunkgerät. „Vorrücken und Gegner einkreisen! Auf geht's, Leute. Zugriff! Ende."

Je weiter sie vordrangen, desto klarer wurde, dass sich mehr Demonstranten hinter der Barrikade verschanzt hielten, als sie geahnt hatten. Von dort flogen Mollies auf sie zu, denen sie ausweichen konnten, die aber auf der Erde aufschlugen, explodierten und Flammen warfen.

„An alle Einheiten. Vorsicht, Störergruppe hinter der Barrikade. Rechts und links umgehen, von hinten angreifen und Gegner festnehmen. Ich wiederhole: Gegner festnehmen! Ende."

In diesem Moment ertönte ein Knall und die Barrikade flammte auf. Einer der Demonstranten hatte mit einer Leuchtpistole hineingeschossen und die Strohballen entzündet. Qualm strömte empor, dann war Feuer auszumachen. Der Geruch von Benzin lag in der Luft. Die Szenerie erhellte sich. Kempf sah besser, was vor ihm los war. Er blickte auf den lichterloh brennenden Platz und riss die Arme zum Schutz hoch. Es hagelte Steine und Stöcke.

Einige Kollegen mit Feuerlöschern stürmten Richtung Absperrung und versuchten, sie zu löschen. Sie kamen jedoch nicht weit, da sie ebenfalls mit Wurfgeschossen, Steinen und Mollies empfangen wurden, und zogen sich kurz darauf wieder zurück.

Aus der Barrikade stiegen mittlerweile dichte schwarze Rußschwaden wie von brennenden Autoreifen auf. Kempf nahm aus dem Augenwinkel wahr, dass zwei Wasserwerfer in Position gebracht wurden.

Panik lag in der Luft, unkontrolliertes Vorgehen. Die Lage war ihnen längst entglitten. Sie hatten nichts mehr im Griff.

Doch plötzlich stellte er fest, dass sich die Situation änderte. Der Beschuss endete abrupt. Die Demonstranten schienen sich eine Auszeit zu gönnen, zogen sich zurück, stoben auseinander und flüchteten auf dem Stichweg über die Wiese.

Sie wollen Richtung Brücke über den Gundbach und dann in den Wald, dachte Kempf. Das wird ihr Verderben. So viele kommen nicht so schnell über die schmale Brücke. Wir kriegen sie alle!

Ein Hochgefühl machte sich in ihm breit. Er beschleunigte noch einmal, blickte Ohlschläger an, dem während des Laufens ein Lächeln über die Wangen glitt. Sie hatten es fast geschafft, bildeten eine geschlossene Kette und rückten vor. Die Demonstranten saßen in einer Falle.

Doch dann zerrissen Pistolenschüsse die Nacht.

Peng, Peng, Peng, Peng, Peng, Peng, Peng, Peng!

Acht Stück, kurz hintereinander raus gerattert. Da hatte jemand sein gesamtes Magazin auf einen Schlag leer geschossen. Aber wer? Etwa ein Kollege, dem die Sicherungen durchgeknallt waren? Nein, das konnte nicht sein. Aber wer war es dann gewesen?

Plötzlich wieder Schüsse.

Peng, Peng, Peng, Peng. Diesmal nur vier.

Als der erste furchterregende Schrei unmittelbar neben Kempf ertönte, hatte er das Gefühl, seine Eier würden schrumpfen. Alles in ihm zog sich zusammen, denn es war eindeutig Jens Ohlschlägers Stimme gewesen.

Aus dem Augenwinkel sah Kempf, wie sein Kollege und Freund sich zusammenkrümmte und zu Boden stürzte. Er wusste nicht, wohin er zuerst schauen sollte. Was er zuerst machen sollte.

Ein Funkspruch ließ Kempf zusammenzucken. „Achtung, vier verletzte Kollegen. Rufen Sie sofort einen Rettungshubschrauber!“

Neben sich hörte Kempf jemanden ins Funkgerät sprechen: „Welche Art Verletzung liegt denn vor?“

„Schussverletzungen!“ Die Stimme aus dem Sprechfunkgerät raubte Kempf jede Illusion.

Schussverletzungen!

Er stürzte zu Ohlschläger, der sich auf der Wiese wälzte, fiel neben ihm auf die Knie. Hob seinen Oberkörper an und stützte seinen Kopf mit den Armen. Sein Kumpan blutete aus dem Bauch.

„Jens!“, flüsterte Kempf, dicht an seinem Ohr. „Jens, hörst du mich?“

Ohlschläger erwiderte nichts, blieb stumm. Seine Augen glänzten und starrten in den Himmel.

Kempf warf panikartig den Kopf herum und wandte sich an einen Kollegen, der zwischenzeitlich neben ihn getreten war. „Wo bleibt der beschissene Rettungshubschrauber?“

„Darf nicht starten. Wir haben keine Nachtflugerlaubnis“, antwortete der andere, der mit der Situation ebenfalls überfordert zu sein schien.

„Was? Verdammte Scheiße!“ Kempf kämpfte mit den Tränen. „Der verblutet mir. Wir müssen ihn schnellstmöglich in die Unfallklinik bringen.“

Sein Gegenüber zuckte mit den Achseln. „Die Sanis sind unterwegs.“

Und dann sah Kempf wieder Ohlschläger an. Sie waren allein. Eine unsichtbare Kuppel hatte sich über beiden gebildet. Es herrschte Stille. Kempf bekam von dem Tohuwabohu um ihn herum nichts mehr mit.

Sein Freund und Kollege lag in seinen Armen. Starb in seinen Armen. Kempf begann hemmungslos zu weinen. Die Tränen schossen aus seinen Augen, benetzten Ohlschlägers Kampfanzug und vermischten sich mit dem vielen Blut.

„Nein!“, fluchte Kempf, „nein, das darf nicht sein!“ Ohlschläger fielen die Augen zu.

„Jens“, flüsterte Kempf wieder, bevor er erneut in Tränen ausbrach. Aber Ohlschläger konnte ihn längst nicht mehr hören. Und kurz darauf hörte er auf zu atmen.

17

„Hey, Kempf. Hörst du mich?“

Der provisorisch eingerichtete Vernehmungsraum im Flugzeughangar wirkte wie ein Lazarett. Mehrere Polizisten trugen Verbände an Köpfen und Armen und sprachen mit Kollegen, die über die Ereignisse draußen auf der Mönchbruchwiese informiert werden wollten.

Ein Gerücht hatte die Runde gemacht. Neben Ohlschläger sollte es einen weiteren Polizeikollegen erwischt haben. Zudem sollten mehrere zum Teil schwer verletzt worden sein, wovon noch einer in Lebensgefahr schweben würde. Niemand konnte sagen, warum der Einsatz dermaßen eskaliert war. Warum die Gegenseite eine solche Gewaltbereitschaft an den Tag gelegt hatte. Das war eine neue Stufe. Tote Polizisten bei einer nicht offiziell genehmigten Demo hatte es in Deutschland noch nie gegeben.

Es war inzwischen 6.00 Uhr morgens und sie hatten in dem Chaos, das nach den Schüssen geherrscht hatte, keine Sekunde Pause machen können. Jetzt ging es darum, möglichst rasch herauszufinden, wer von den an der Front beteiligten Einsatzkräften etwas gesehen hatte. Vielleicht sogar den oder die Täter.

Kempf saß Polizeiobermeister Krawinkel gegenüber, der seit einiger Zeit versuchte, auf ihn einzureden und Informationen über die Geschehnisse aus ihm rauszuholen. Doch Kempf rührte sich nicht. Er starrte ins Leere. Verzog keine Miene. Hatte seinen Mund nicht ein einziges Mal aufgemacht. Dass Jens Ohlschläger in seinen Armen gestorben war, hatte er zwar mitbekommen, aber längst noch nicht realisiert.

„Kempf, alles klar bei dir? Brauchst du einen Arzt?“ Keine Reaktion. „Du warst doch ganz nah dran. Du musst was gesehen haben. Los, erzähl schon! Was ist da draußen vorgefallen?“ Kempf regte sich keinen Millimeter. „Die Kollegen sind schon ausgerückt. Hausdurchsuchungen. Wir räuchern die gesamte Bande aus. Und ich garantiere dir, dass wir was finden werden. Wir haben alle Adressen von denen. Wir wissen, wo sie wohnen. Wie sie wohnen. Wo sie Unterschlupf gefunden haben. Wir brauchen sie nur da rauszuholen. Und wenn wir sie haben, brauchen wir dich, Kempf. Verstehst du? Wir brauchen deine Aussage. Hast du jemanden schießen gesehen? Erinnerst du dich an ein Gesicht?“

Krawinkel setzte ab und schüttelte verzweifelt den Kopf. In Kempfs

Gesicht las er weder Wut noch Entsetzen, eher Trauer, Unverständnis, Hilflosigkeit. Den jungen Kollegen hatten die letzten Stunden offensichtlich schwer mitgenommen. Aber darauf konnte er keine Rücksicht nehmen. Er musste von ihm mehr erfahren und wollte gerade mit einer neuen Fragerunde starten, als Polizeimeister Tretschok hereinkam und unmittelbar vor ihm stehen blieb. Krawinkel wandte den Kopf. „Verdammt! Ich will nicht gestört werden. Was gibt's denn?" Alle Anwesenden drehten ihre Köpfe herum und starrten Tretschok erwartungsvoll an.

„Wir haben ihn."

„Wen?"

„Den mutmaßlichen Täter." Leichtes Aufatmen unter den Kollegen. „War Zufall. Er heißt Timo Kranz. Als die Jungs seine Wohnung gestürmt haben, wollte er aus dem Fenster über die Terrasse türmen. Kurz vorher hat er einen Rucksack rausgeworfen."

„Und?"

„Darin haben wir eine 9-Millimeter Sig Sauer gefunden. Mit Schmauchspuren. Die mutmaßliche Tatwaffe."

„Habt ihr die Hülsen auf der Wiese gefunden?"

„Noch nicht. Ist wegen der schwierigen Lichtverhältnisse nicht so einfach."

„Okay. Danke. Weitermachen!" Tretschok drehte nach seinem Bericht ab und verschwand wieder nach draußen.

Krawinkel dachte einen Moment nach und beobachtete seine Männer. „Wir machen hier ganz normal weiter", rief er den Kollegen zu, die ihre Verhöre fortsetzten, und wandte sich danach erneut an Kempf. „Hast du gehört? Wir haben die Sau. Es gab Hausdurchsuchungen. Wir haben ihn. Und die Waffe. Aus der Nummer kommt er nicht mehr raus. Also: Hast du ihn gesehen draußen?"

Kempf schwieg weiterhin. Er hatte gar nicht mitbekommen, dass Tretschok gekommen und wieder gegangen war. Sein Kopf spielte Wirrwarr.

Es kam ihm vor, als sei darin jemand eingesperrt und trampele wie wild herum. Er konnte sich nicht konzentrieren. Sein Leben war zusammengebrochen. Seine Welt. Er selbst.

18

Zwei Tage nach Ohlschlägers Tod war Kempf noch immer nicht in der Lage, selbstständig etwas zu trinken oder etwas Essbares zu sich zu nehmen. Er saß den ganzen Tag über in seiner Wohnung auf einem Stuhl und starrte die Wand an.

An die Stunden der Horrornacht konnte er sich nur schemenhaft erinnern. Ihm war inzwischen klar, dass sein bester Kumpel in seinen Armen gestorben war, aber sonst sah er nur Nebel. Er wusste nicht mehr, wie es zu all dem gekommen war. Konnte sich keinen Reim darauf machen. Hatte keinen Schimmer, wie sie in diese beschissene Situation geraten waren. Irgendwann mussten die Rettungssanis eingetroffen sein, aber sie konnten nichts mehr für Ohlschläger tun. Sie wirkten hektisch, flüsterten miteinander, denn sie hatten jede Menge Verletzte zu versorgen. Einen solchen Einsatz hatten sie nie zuvor erlebt, er ging ihnen mächtig unter die Haut. Dem einen oder anderen dämmerte bereits die Tragweite des Geschehens.

Kempf nicht. Er war noch nicht so weit, Gefühle zuzulassen oder etwas zu empfinden. Nur Leere. Nichts als Leere.

Doch. Halt! Da war was. Eine Stimme, die ihm sogar bekannt vorkam.

Manu stand vor ihm, Ohlschlägers Freundin. Oder sollte er jetzt Exfreundin sagen? Sie rüttelte an seiner Schulter. Sprach auf ihn ein.

Langsam, ganz langsam hob Kempf den Kopf. Manuela sah traurig aus. Hatte verweinte Augen. Sie schien zu spüren, dass er sie jetzt wahrnahm und fiel ihm um den Hals. Sie drückten sich. Weinten zusammen. Trösteten sich. Das ging eine halbe Stunde lang so weiter. Dabei sprachen sie nicht ein einziges Wort. Brauchten sie nicht. Es gab nichts zu sagen.

Später bereitete Manu Pfannkuchen, füllte sie mit Käse und Schinken und rollte sie zusammen. Kempf hatte keinen Appetit, aber Manu zuliebe strengte er sich an und würgte einen hinunter. Den Rest ließ er liegen.

Nach dem Essen schaltete Manu den Fernseher an. „Hier, schau dir das an. In den Nachrichten bringen sie etwas von den Trauermärschen. Überall gehen Polizisten und Bürger auf die Straße. In Berlin, Hamburg, Frankfurt." Tränen liefen ihr die Wangen hinunter. „Seine Eltern organisieren die Beerdigung. Ich kann das nicht." Wieder fielen sie sich in die Arme.

In den folgenden Tagen blieb Manu bei ihm. Kempf erwachte nur zögerlich aus seiner Starre. Sie verfolgten die Ereignisse im Fernsehen und Radio. Die tödlichen Schüsse auf Polizeibeamte waren das Top-Thema aller Sender. Die Ereignisse wurden als Zäsur bezeichnet, denn nie zuvor in der Bundesrepublik Deutschland seien Polizisten im Zuge einer Demonstration mit Tötungsabsicht beschossen worden. Der Generalbundesanwalt habe den Fall an sich gezogen, da die innere Sicherheit der Bundesrepublik beeinträchtigt sei, und ermittele wegen Mordes und versuchten Mordes. Insgesamt seien vierzehn Schüsse abgegeben worden. Die Hülsen seien weit verstreut auf der Mönchbruchwiese gefunden worden, die am weitesten entfernte über fünfhundert Meter von den Fundorten der getöteten und verletzten Polizisten entfernt. Gegen den mutmaßlichen Täter sei ein Haftbefehl erlassen worden. Er bestreite die Tat und bislang gäbe es keine Zeugen, die den oder die Täter am Tatort gesehen hätten und identifizieren könnten. Es wurden auch kritische Fragen hinsichtlich des Polizeieinsatzes gestellt. Der Verdacht liege nahe, dass die Polizeibeamten schlecht gesichert gewesen und unkontrolliert vorgerückt seien. Zudem sei die ärztliche Notfallversorgung nur unzureichend organisiert gewesen.

Kempf interessierte das alles nicht. Jens war tot. Keine Ermittlungen dieser Welt konnten ihn zurückbringen. In seinen Augen war das alles sinnlos. Er war weg und würde es für immer bleiben.

Kempf und Manu erhielten mehrere Anrufe von Kollegen, die sie aufforderten, an weiteren Trauermärschen teilzunehmen. Sie lehnten jedoch ab, scheuten die Öffentlichkeit und wollten sich ihrer privaten Trauer hingeben. Und mit einem Male schien es, als erwache Kempf aus seiner Lethargie. „Hat Jens dir mal erzählt, was uns als Jugendliche passiert ist?"

Manu hob den Kopf und schaute ihn an: „Was meinst du?"

Kempf setzte sich aufrecht hin. „Wir waren unterwegs auf einer Kirmes. Jens, Henning Kalter und ich und wir haben einen älteren Typen beobachtet, der einem jungen Mädchen an die Wäsche wollte. Er hatte einiges intus und begrabschte sie und sie konnte sich nicht wehren. Und als er fast schon auf ihr lag, sind wir hin, haben ihn runtergezogen und vermöbelt." Kempf lachte. „Jens vorne weg. Er hat wie wild auf den Kerl eingedroschen. Konnte sich nicht mehr einkriegen. Der Typ lag reglos da und sagte keinen Pieps mehr. Das war geil."

„Aber Jens war doch nie so mutig", flocht Manu in seine Erinnerungen ein.

„Doch, manchmal. Er hat auch den ersten Joint geraucht."

„Was, ihr habt gekifft?"

„Nicht lange. Nur so zum Ausprobieren. Wir hatten 'ne Menge Spaß. Aber diese ganzen Hippies gingen uns irgendwann auf den Sack."

„Davon hat er nie erzählt." Manus Stimme klang melancholisch. Mit diesem Satz wurde den beiden wieder bewusst, dass er nicht mehr bei ihnen war.

„So was schweißt zusammen", fügte Kempf an. „Seitdem wollten wir nie mehr getrennte Wege gehen."

„Und seid ihr auch zusammen in den Polizeidienst eingetreten?"

„Das war Hennings Idee, aber Jens hat sich sofort dran gehängt und war Feuer und Flamme. Mensch, Mensch."

Manu stand auf und umarmte Kempf zum x-ten Male. „Ich kann einfach nicht glauben, dass ausgerechnet Jens ..."

Sie lagen sich eine Weile in den Armen, bis Kempf einige Fotos von früher raus kramte, die sie sich gemeinsam anschauten. Begleitet von Lachen und Weinen. Die Frisuren von früher, die Klamotten, die Einsicht, dass es nie mehr so sein würde.

„Wir haben geglaubt, wir können die Welt verbessern", sagte Kempf und eine Träne rann über seine Wange und tropfte auf eines der Bilder. Er lehnte seinen Kopf an Manus Brust und weinte.

Am vierten Tag hatten sie immer noch nicht die Wohnung verlassen und das Interesse an der Berichterstattung über die Polizistenmorde an der Startbahn hatte nachgelassen. Doch nach der Obduktion war Ohlschlägers Leiche für die Beerdigung, die im engsten Familienkreis stattfinden sollte, freigegeben worden. Manu und Kempf beschlossen, gemeinsam hinzugehen. Trotz der Einladung zur offiziellen Trauerfeier für die Opfer im Frankfurter Dom, entschieden sie sich, nicht teilzunehmen. Sie verfolgten die Übertragung im Fernsehen und sahen Bundespräsident von Weizsäcker, mehrere Bundesminister und Landesminister sowie das gesamte hessische Kabinett in den Sitzreihen.

Stattdessen fuhren Kempf, Manu und Henning Kalter einige Tage später hinaus zur Startbahn. Kalter trug ein Holzkreuz, auf dem der Name Jens Ohlschläger eingraviert war. Der Wind pfiff im scharfen Novembermodus um ihre Ohren.

Als Kempf die Mönchbruchwiesen betrat, zitterte er am ganzen Körper. Bei Tageslicht sah hier alles anders aus. Grau, trist, niederschmetternd. Er fand die Stelle nicht, an der er gekniet hatte und Jens in seinen Armen gestorben war.

Dann einigten sie sich auf einen Punkt. Kalter schlug das Kreuz mit einem Hammer in den morastigen Boden. Manu lehnte einen Blumenkranz daran. Sie verweilten über zwei Stunden. Waren versunken in ihren Erinnerungen. Niemand sprach.

Die Stille jedoch wurde permanent von startenden und landenden Maschinen auf dem nahen Flughafengelände durchkreuzt.

Kempf fühlte sich in seiner Trauer gestört. Er konnte sich nicht konzentrieren. Außerdem schien es ihm, als rieche der kalte Wind nach Tod. Verärgert drehte er sich herum und ging allein zum Auto. Manu und Kalter folgten eine Weile später.

Zu Hause fielen sich Manu und Kempf in die Arme und er spürte zum ersten Mal, wie zerbrechlich Manu war: „Ich finde es schön, dass du bei mir bist", sagte er. Er umfasste ihren schlanken Körper. Als er sie betrachtete, fühlte er einen Stich in der Brust, so hübsch fand er sie. Ihre geschmeidigen Bewegungen, ihr zartes Gesicht, die kleine Stupsnase. Ihre dunkelblonden Haare, die leicht gewellt fielen, törnten ihn an.

Manu nickte. „Ich auch. Wir helfen uns gegenseitig."

Er schaute sie lange an. Wenn sie die Augen ganz weit öffnete, hatte sie einen Zuckerblick. Süß und unschuldig.

„Was ist?", fragte sie.

„Nichts, wieso?"

„Ich merke doch, dass du was hast." Manu wartete einen Moment. „Willst du mir was sagen?"

„Ja, schon, aber ..."

„Aber?"

„Ich weiß nicht, wie ich es sagen soll."

„Dann versuch es."

„Weißt du eigentlich, dass ich jahrelang eifersüchtig auf Jens gewesen bin?"

„Nein, wieso?"

„Na, weil ich dich auch haben wollte, aber gegen ihn hatte ich keine Chance."

Manu fing wieder an zu weinen und sah dabei umwerfend schön aus. Ihre Tränen, die Kempf ihr von den Wangen küsste, schmeckten salzig. Ihre Lippen, die er irgendwann fand, schmeckten süß. Und nach mehr.

Sie liebten sich auf dem Wohnzimmerteppich, als seien sie in Eile. Gehetzt wirkten ihre Bewegungen und ihr Pulsschlag steigerte sich von Sekunde zu Sekunde. Manu krallte sich mit ihren langen Nägeln in seinen

Rücken und er streichelte ihre honigfarbene Haut, bis sie nahezu zeitgleich kamen. Ineinander verhakt schliefen sie danach ein.

Wie zwei Ertrinkende im Sumpf des Lebens wiederholten sie dieses Spiel noch mehrmals an diesem Tag. Es war wie ein Ritual. Sie feierten ihre gemeinsame Trauer. In Tränen aufgelöst liebten sie sich, als gäbe es kein Morgen.

Aber Kempf spürte, dass es keine Liebe war, die Manu in seine Arme trieb. Eher Einsamkeit oder Verzweiflung.

Einmal, während sie fickten, rutschte ihr im leidenschaftlichen Liebesspiel der Name Jens heraus. In diesem Moment war sein Kumpel wieder lebendig, schwebte im Raum, während sie bei der Sache waren.

Kempf stieß umso härter zu, als wolle er Manu damit den Namen ihres Ex austreiben und sie zwingen, nur noch ihn zu lieben. Dabei keuchte er ihr laut ins Gesicht und stöhnte, als sei das der Anker, der sie bei ihm halten könnte. Kempf hatte vor nichts größeren Bammel, als dass Manu wieder Jens zu ihm sagen würde.

Teil 5

Turbulenzen durch Wirbelschleppen

Stellen Sie sich vor, ein Flugzeug fliegt über Ihr Haus und das Dach ist danach teilweise abgedeckt. Sie halten das für einen Scherz? Weit gefehlt. Denn genau so ergeht es mehreren Hausbewohnern in Flörsheim und Raunheim, die unmittelbar vor der neuen Nordwest-Landebahn wohnen und deren Dächer durch sogenannte Wirbelschleppen, das sind Luftverwirbelungen hinter verschiedenen Flugzeugen, von einigen Ziegeln befreit wurden.

„Hier fliegen einem die eigenen Ziegel um die Ohren", kommentierte ein Anwohner. „Da werden Menschenleben gefährdet und niemanden scheint es zu interessieren" ein anderer. Ein Dritter stellte Strafanzeige gegen unbekannt wegen Totschlags bei der Staatsanwaltschaft. Das zuständige Luftfahrt-Bundesamt sei auch bereits informiert und um Aufklärung des Sachverhalts gebeten worden.

Bleibt die Frage: Was muss noch geschehen, bevor einige umdenken?

Stellungnahme der BI „Albtraum Fluglärm"

Frankfurt, Anfang April 2012, Montag abends

19

„Wir wollen Ruhe!", hallte es durchs Terminal 1B. Tausende von Demonstranten sangen: „Wir wollen Ruhe!" Einige sprachen durch Lautsprecher und untermalten die Gesänge auf diese Weise. „Schluss mit der Lärmfolter!"

Es war ein ganz normaler Montagabend am Frankfurter Flughafen. Die Montagsdemos zogen sich bereits seit Monaten hin und die Sympathiewelle für die Demonstranten ebbte nicht ab. Einige Passanten und Fluggäste, die gerade vom Check-in kamen und nicht glauben konnten, was sie sahen, blieben stehen und betrachteten die Demonstranten mit großen Augen. Ein Pilot lief mit seiner Stewardessen-Crew im Schlepptau vorbei und schüttelte den Kopf.

„Buntes Völkchen hier", sagte Krause zu Rauscher, der sich gerade die Ohren zuhielt, weil eine Demonstrantin ihm mit einer Trillerpfeife ins Ohr pfiff. Eine andere stand daneben und blies kräftig in ihre Vuvuzela. Rauscher erkannte weitere Krach- und Lärminstrumente. Es tutete, trötete, summte, lärmte aus allen Ecken.

„Die sind doch eigentlich gegen Lärm. Warum machen die hier so einen Krawall?" Krause lächelte und schaute sich verwundert um.

„Scherzkeks." Rauscher entdeckte in der Menge jemanden, den er kannte. „Peter Schulz ist auch hier. Wollen wir mal zu ihm gehen?" Krause nickte.

Schulz stand am Rande einer größeren Gruppe. Anhand der Schilder, die sie hochhielten, schloss Rauscher, dass es sich um Leute der Bürgerinitiative Sachsenhausen handeln musste.

„Oh, die Herren Kommissare schon wieder", begrüßte sie Schulz, als sie an ihn herantraten. „Auffällig oft in letzter Zeit. Ist wieder was passiert?"

Rauscher überging die Frage. „Nehmen Sie regelmäßig an den Demos hier teil?"

„Immer." Schulz schaute ihn lange an. Schien noch etwas hinzufügen zu wollen, blieb aber still.

„Bringt das was?", hakte Krause nach.

„Immerhin gibt es das Nachtflugverbot. Ohne Widerstand würden sie das wieder kappen."

„Gibt es hier einen Postschalter?"

Rauschers Frage irritierte Schulz. „Wollen Sie etwas verschicken? Warum sind Sie dann zum Flughafen gefahren? Hätten Sie in der Innenstadt einfacher haben können."

„Wissen Sie, wo er ist?"

„Keine Ahnung." In Schulz' Rücken drängte sich ein Mann heran und sprach über seine Schulter hinweg. „Hey, Peter. Alles klar oder gibt's Ärger?"

Er teilte an einige Passanten Ohrstöpsel aus, bot Rauscher und Krause auch welche an, die aber ablehnten.

„Schon gut", wiegelte Schulz ab.

„Wenn's Probleme gibt, sag Bescheid."

„Nein, nein. Hier ist alles bestens."

„Sind das V-Leute oder was wollen die von dir?", hakte der Mann nach.

„Karl, jetzt lass mal gut sein. Die Herren sind von der Polizei."

„Ach so, na dann. Und was wollen die?"

„Kennst du hier einen Postschalter?"

„Na klar, Ankunftshalle B."

„Stimmt, ja. Danke." Der Mann reihte sich wieder in die Gruppe ein, drückte jedem, der an ihm vorbeiging, Ohrstöpsel in die Hand und blies in seine Vuvuzela. „So, jetzt wissen Sie, was Sie wissen wollten", wandte sich Schulz an Rauscher, der aber nicht überzeugt zu sein schien.

In diesem Moment klingelte Rauschers Handy, er erkannte Thalers Nummer und entfernte sich ein wenig von der Gruppe, um in Ruhe telefonieren zu können.

„Ingo, was gibt's denn?"

„Wir haben das Ergebnis des Fingerabdruckabgleichs."

„Und?"

„Treffer. Schulz hat das Päckchen in der Hand gehabt."

„Was? Interessant! Schulz und Irene Handke. Dann müssten sich die beiden eigentlich kennen. Okay, danke."

Rauscher klickte das Gespräch weg, ging wieder zu der Menschenmenge, stellte sich vor Schulz hin und schaute ihn scharf an. „Sie sind verhaftet", sagte er in rauem Tonfall, „Sie haben das Recht zu schweigen."

20

Der halbe Mond stand hoch am Himmel und beschien das Villenviertel mit seinen überdimensional großen Grundstücken, den hohen Mauern und sichtbar angebrachten Kameras und Alarmanlagen.

Er schlich die Straße entlang, stets darauf bedacht, lautlos voranzukommen. Unbemerkt wollte er an seinem Ziel ankommen.

Eine hohe Hecke nutzte er, verbarg sich dahinter, kauerte dort eine Weile und atmete die kalte Nachtluft ein. Minutenlang beobachtete er die Szenerie. Weder ein Auto kam vorbei noch war ein Mensch zu sehen.

Er dachte an den Fluglärm, der hier im feinen Taunusviertel nicht zu hören war, an Thelens Ohr und er genoss die Erinnerung daran, wie er es dem Betäubten abgeschnitten hatte und das Blut herausgeschossen war.

Er zog Handschuhe an und eine Motorradhaube über den Kopf, vergewisserte sich, dass er freie Bahn hatte und machte sich auf den Weg zu seinem Zielobjekt. Dort fand der Empfang statt. Sie feierten bestimmt schon alle, bester Laune.

Auf der rückseitigen Grenze des Grundstücks gab es eine Stelle, die von zwei hohen Bäumen verdeckt wurde, so dass die Mauer durch keine Kamera einsehbar war.

Er schwang sich hoch, legte sich flach auf die zwanzig cm breite Fläche und beobachtete das dahinterliegende Gelände. Ein Garten, weitläufig, mit vielen Ecken, Winkeln, hohen Pflanzen, langen Rasenflächen, terrassenartig angelegt. Niemand war zu sehen.

Er glitt auf der anderen Mauerseite hinab, nutzte jede Deckung, die er finden konnte, und tastete sich vorwärts. Der Mondschein spendete leichtes Licht. Die weiße Villa erkannte er bereits. Sie lag etwa zweihundert Meter entfernt.

Er ließ sich Zeit. Setzte jeden Schritt mit Bedacht, brauchte etwa zehn Minuten, bis er am Mauerwerk angekommen war, und glitt mit dem Rücken dicht an der Wand rechts um das Gebäude herum.

Er blickte um die Ecke und erkannte jede Menge Nobelkarossen. Maybach, Rolls-Royce, Bentley.

Hier bin ich richtig, dachte er, und freute sich wie ein kleines Kind.

Sie hatten keine Wachtposten aufgestellt, fühlten sich sicher auf ihrem Grund und Boden, in ihrem abgeschotteten Reich.

Hier waren alle vertreten. Wirtschaftsbosse, Politik, Flughafenbetreiber. Die ganze Mischpoke auf einem Haufen. Leises Gelächter klang nach draußen. Gläserklirren. Schien eine gediegene Feier zu sein.

Er zückte eine Sprühdose und schrieb in roten Lettern auf die Wand direkt neben dem Eingang „Fluglärm macht krank“ und die Wörter „Profiteure“, „Hass“ und „Wut“.

In den nächsten Minuten umrundete er vorsichtig die Villa und hinterließ jeden dritten Meter einen Spruch. Von „Die Nacht gehört uns“ über „Wir kriegen euch alle!“ bis „Ihr tötet uns, wir töten euch!“

Er wollte schon den Rückzug antreten, als sein Blick auf ein besonders protziges weißes Gefährt fiel.

Bingo! Er schnippte mit den Fingern und sprang neben das Auto. Zehn Sekunden später prangten die Wörter „Flug“, „Lärm“ und „Tod!“ in fetten Lettern auf der Windschutzscheibe. Die Seiten verzierte er mit „Kill you!“ und „Letzte Ruhe für euch alle!“.

In den nächsten Minuten mussten sechs weitere Wagen diese Prozedur über sich ergehen lassen.

Doch als er gerade das Wort „Lärmopfer“ auf einen Kotflügel sprühte, hörte er ein Geräusch. Ein Klacken wie von Stöckelschuhen.

Er zuckte zusammen, drehte den Kopf. Eine Lady im Paillettenkleid trat gerade aus dem Eingang der Villa, holte eine dieser dünnen Zigaretten aus einem Etui und zündete sie an. Sie genoss sichtlich den ersten Zug, fröstelte etwas und faltete die Arme vor der Brust. Ein Brillant zierte ihr Dekolleté.

In diesem Moment ließ sie ihren Blick über das Grundstück schweifen, blieb bei den schweren Karossen hängen, ihre Augen weiteten sich und ein ohrenbetäubender Schrei erklang aus ihrer rauchigen Kehle, als sie die Schmierereien bewusst wahrnahm.

Innerhalb von Sekunden würde der laute Ruf alle Anwesenden im Inneren der Villa auf sie aufmerksam machen. Das war ihm klar. Also musste er sofort handeln. Er steckte die Sprühdose in seine Jackentasche, fuhr herum und hechtete vorwärts. Er musste fliehen. Am besten auf dem gleichen Weg, den er gekommen war.

In der nächsten Sekunde flutete gleißendes Licht aus einem Scheinwerfer den Eingangsbereich, den Vorplatz, den Parkplatz und kurz darauf auch die Parkflächen an den Seiten des Grundstücks.

Ein Bediensteter stürmte heraus, das Handy in der Hand und schrie hinein: „Ja, Einbrecher. Kommen Sie sofort.“ Danach kümmerte er sich um die Lady, die sich eine Hand vor den Mund hielt und deren Beine zitterten.

Er rannte, was das Zeug hielt, aber der Schnellste war er nicht mehr. Auf der Rückseite des Gebäudes sprang plötzlich eine Tür auf, ein Mann im Smoking kam heraus und stellte sich ihm in den Weg.

Er bremste, zögerte kurz, doch dann gab er Gas, als wolle er den Mann über den Haufen rennen. Kurz vor ihm drehte er den Oberkörper nach innen und kickte ihn mit der Schulter zur Seite. Der Mann fiel wie ein nasser Sack zu Boden.

Zehn Sekunden später erreichte er die Mauerstelle, über die er hereingekommen war, kletterte hoch und auf der anderen Seite wieder herunter. Kaum berührten seine Füße den Asphalt, blickte er nach rechts und links die Straße entlang. Er war hoch konzentriert. Das Adrenalin in seinem Blut kochte.

Er musste weg hier, bloß weg!

Draußen war es zunächst ruhig. Er setzte sich in Bewegung, doch im selben Augenblick bog ein Fahrzeug mit Blaulicht um die Ecke, gefolgt von zwei weiteren.

Blitzartig sprang er vorwärts und mit einem Hechtsprung landete er hinter einer Hecke und zog den Kopf ein. Hoffentlich hatten sie ihn nicht bemerkt. Er hörte die Autos näher kommen und hielt den Atem an.

Er nahm die Motorradhaube vom Kopf, streifte die Handschuhe ab und verstaute sie in der Jackentasche.

Mist!

Die Spraydose war nicht mehr da. Musste rausgefallen sein. Aber wo? Auf dem Grundstück? Beim Landen auf der Straße? Oder erst hier beim letzten Sprung?

Er schaute sich um. Blickte die Straße auf und ab. Keine Spur von ihr. Schweißperlen traten auf seine Stirn.

Die Autos rauschten vorbei und bogen um die nächste Ecke. Gott sei Dank! Er atmete aus.

Die Straße war wieder frei. Zum Glück war das Viertel anonym. Der nächtliche Polizeieinsatz schien niemanden zu interessieren.

Mit zügigen Schritten verließ er seinen Unterschlupf, schaute sich mehrfach um, entdeckte keine Menschenseele und trabte irgendwann langsam weiter, bis er in eine normale Wohngegend kam. Er beeilte sich jetzt, denn er musste sich um einen neuen Klienten kümmern.

21

„Robert?“, rief Angelika Wentorff mit zaghafter Stimme, als sie sein Apartment betrat. „Robert? Bist du da? Hallo!“

Sie wagte kaum zu atmen und einen Schritt vor den anderen zu setzen, so angespannt war sie. Denn eigentlich durfte sie von dieser Bleibe nichts wissen. Ihr Ehemann hielt es seit Jahren vor ihr geheim.

„Robert?“, rief sie nochmals, nur lauter.

Frau Wentorff war schlank und trug ein Kostüm im Angela-Merkel-Style. Ihr erster Weg führte sie ins Schlafzimmer. Viel mehr nutzte ihr Ehemann ohnehin nicht in dieser Wohnung. Auf ihren hohen Stöckelschuhen öffnete sie leise und vorsichtig die Tür und streckte den Kopf vor, um einen Blick zu erhaschen.

Leer. Hier war niemand. Sie schien enttäuscht und ging zum Bett. Laken und Bettzeug schienen unbenutzt zu sein. Sie warf die Decke zurück. Keine Spermaspuren. Parfumduft lag auch keiner in der Luft. Diese Flittchen benutzten extrem schwere Düfte, wahrscheinlich um ihre billige Leichtigkeit zu überdecken. Sie hatte fremde Parfums schon öfter an ihm gerochen und war jedes Mal zusammengezuckt.

„Robert!“ Der Ruf verhallte in der Wohnung.

Sie wandte sich um. Lange Zeit war sie nicht mehr hier gewesen. Ihr Ehemann wusste nicht, dass sie sich einen Schlüssel für das Apartment hatte nachmachen lassen.

Sie inspizierte die kleine Küche, das Bad und einen Raum, den er hin und wieder als Büro nutzte. Kein Zeichen dafür, dass er in letzter Zeit hier gewesen wäre. Ein Blick aus dem Fenster bescherte ihr die freie Sicht auf das Museum für Moderne Kunst, das direkt gegenüber lag.

Langsam schritt sie weiter und schaute sich um. Die zweiundfünfzig Quadratmeter waren luxuriös eingerichtet. Designermöbel, helles Parkett. Alles wirkte aufgeräumt. Sauber und frisch. Vielleicht hatte er ein Verhältnis mit der Putzfrau, die sich deshalb besondere Mühe gab. Den Gedanken verwarf sie sogleich wieder.

Frau Wentorff ließ sich auf einen Stuhl gleiten und starrte die Wand an. Ein Seufzer entglitt ihren Lippen. Robert war jetzt seit knapp drei Tagen überfällig. Sein Handy war aus und auf mehrere SMS und E-Mails hatte er es nicht für nötig befunden, zu antworten. Das Apartment war die letzte Möglichkeit gewesen. Darauf hatte sie alle Hoffnung gesetzt. Mehr fiel ihr nicht ein.

Statt verärgert zu sein, war Angelika Wentorff sauer, fast schon wütend. Was bildete er sich eigentlich ein? Natürlich wusste sie, dass ihr Mann ein Schluri war und dass er jede Möglichkeit nutzte, mit jüngeren Frauen ins Bett zu steigen. Aber bisher hatte er sich spätestens nach einem Tag gemeldet. In diesen Terminsachen war er normalerweise penibel und zuverlässig. Deshalb kam ihr die Situation jetzt spanisch vor.

Sie rekonstruierte kurz, was er ihr erzählt hatte. Nach Davos zu einem Symposium wollte er, danach zu einem zweitägigen Meeting nach Stuttgart und als Letztes das Treffen mit den Parteikollegen. Da lag das Apartment nicht weit entfernt. Aber hier war er nicht und offensichtlich auch nicht gewesen die letzten Tage über.

Die kleinen Affären hatte sie ihm schon lange verziehen. Wovor sie Angst hatte, war etwas anderes. Ein Skandal, der an die Öffentlichkeit gelangte. Mit Nutten und Koks und so weiter, wie bei diesem Frankfurter FDP'ler damals. Wie hieß er noch?

Das hatte sie ihrem Mann schon Tausende Male gesagt. Alles, nur so was nicht. Wie würde sie dastehen vor ihren Freundinnen? Vor der gesamten Verwandtschaft? Er konnte alles treiben, aber bitte schön mit Gummi, ohne Drogen und im Geheimen.

Doch jetzt war er weg. Verschwunden. Sein persönlicher Sekretär wusste auch nicht, wo er war. „Keine Ahnung“, hatte Herr Kaufmann gesagt, „ich dachte, Sie wüssten, wo er steckt.“

Stecken! Um Himmels willen. Sie wollte sich lieber nicht ausmalen, wo er gerade verkehrte.

Nach dem Sekretär hatte sie seine engsten Freunde kontaktiert. Niemand wusste, wo Robert war.

Das Gefühl, das sich in ihrem Magen breitmachte, grenzte schon an Verzweiflung. Sie ging ins Schlafzimmer, wühlte sich ins Laken und begann leise zu weinen. So hilflos war sie sich schon lange nicht mehr vorgekommen.

Sie sah schon die ersten Schlagzeilen. „Hochrangiger Politiker verschwunden, oder entführt, oder gar ermordet"? Wie kam sie auf den Gedanken? Das wusste sie auch nicht und verdrängte ihn sofort wieder.

Plötzlich hatte sie eine Idee. Vielleicht die letzte. Polizeipräsident Zimmermann. Ein persönlicher Bekannter ihres Mannes und ihrer Familie. Sie musste ihn kontaktieren. Wenn jemand etwas herausfinden konnte, dann er.

22

Rauscher musterte Peter Schulz, der im Verhörraum auf einem Stuhl am Tisch saß. Der Verhaftete trug eine Anzughose und ein Jackett, welche beide genauso grau waren wie seine Gesichtsfarbe. Er kniff den Mund zusammen und auf der Stirn bildeten sich Falten. Seine Leidensmiene war nicht gespielt. Er fühlte sich unwohl in seiner Haut, das sah Rauscher und das hatte nichts damit zu tun, dass er hier im Polizeipräsidium saß und einem Verhör entgegensah.

Thaler hatte im Schnellverfahren einige Informationen über Schulz zusammengetragen. Er war Anfang 50, Versicherungskaufmann und seit geraumer Zeit krankgeschrieben wegen Überlastung. Neudeutsch: Burnout. Ansonsten wenig Auffälliges: allein lebend, Eintracht-Fan, vier Strafzettel in über 30 Jahren, nicht vorbestraft. Abgerundet hatte Thaler seine Kurzrecherche mit der Erkenntnis, dass Schulz eine Art Hobby hatte, das ungewöhnlich war. Er ging in der Vorweihnachtszeit regelmäßig in einige Seniorenstifte, sang mit den Bewohnern Weihnachtslieder und verteilte

Plätzchen. Schien ihm Spaß zu machen.

Traute Rauscher einem solch blassen Herrn, der etwas unbedarft und krank wirkte, eine Entführung und Abtrennung eines Sinnesorgans zu? Die Indizien sprachen bislang gegen Schulz, aber in seinem Blick, so meinte Rauscher erkennen zu können, lag etwas Schuldloses.

Jan Krause lümmelte auf einem Stuhl herum und schien es eilig zu haben. „Wollen wir?"

Rauscher setzte sich ebenfalls und blickte Schulz scharf an. „Achim Thelen ist entführt worden. Sein abgetrenntes Ohr wurde per Postpäckchen an uns geschickt. Auf diesem Päckchen befinden sich Ihre Fingerabdrücke. Wie erklären Sie das?", begann Rauscher forsch, weil er keine Lust hatte, um den heißen Brei herum zu reden.

„Muss ein Irrtum sein", kam es wie aus der Pistole geschossen über Schulz' blasse Lippen. „Eine Verwechslung oder was weiß ich."

„Die Sendung wurde letzte Woche Montag am Flughafen um kurz vor 18.00 Uhr am Postschalter aufgegeben. Just zu dieser Zeit waren sie vor Ort und haben gegen Fluglärm demonstriert."

„Ach, deshalb haben Sie mich gefragt ... mag ja auch sein, aber ... aber ich hatte kein Päckchen dabei und hab auch keins aufgegeben. Da muss Ihnen ein Fehler unterlaufen sein."

„Sie stehen mit Thelen in Kontakt, lesen seine Kolumnen und schreiben Leserbriefe an ihn. Sie haben ihn öffentlich der Lüge bezichtigt und ihn scharf angegriffen. Er ist Ihr erklärter Feind."

„Stimmt. Ja. Würde ich jederzeit wieder tun. Aber ... aber warum sollte ich ihm ein Ohr abschneiden?"

„Um Druck auf die Flughafenbetreiber auszuüben? Um sie zu erpressen? Um ein Zeichen zu setzen und Ihren Forderungen Nachdruck zu verleihen? Mir fallen bestimmt noch mehr Motive ein."

„Das würde ich gern, aber Gewalt lehne ich ab."

„Vielleicht sind Sie im Laufe der Zeit mürbe geworden, desillusioniert und irgendwann hat es Ihnen gereicht und Sie sind ausgetickt?“

In diesem Moment öffnete sich die Tür, Ingo Thaler trat ein und stellte ein Tablett auf den Tisch mit einer Kanne Kaffee, einer Flasche Wasser, mehreren Bechern und Gläsern.

„Ich frage Sie noch einmal“, knüpfte Rauscher an. „Wie erklären Sie sich, dass wir Ihre Fingerabdrücke auf dem Päckchen gefunden haben?“ Rauscher verschränkte die Arme vor der Brust und wartete auf eine Antwort, die er nicht erhielt. Schulz zuckte lediglich die Achseln. Wirkte in sich gekehrt.

„Wenn Sie uns nichts zu sagen haben, müssen wir Sie hierbehalten und morgen dem Haftrichter vorführen. Die Indizienlage ist eindeutig.“

Schulz sah sie leicht verwirrt an und schüttelte den Kopf. „Ich weiß doch nichts. Wenn ich was wüsste, würde ich es Ihnen sagen. Ich habe nichts zu verbergen. Darf ich?“ Er deutete auf die Kaffeekanne. Thaler schenkte ihm ein. Schulz führte den Kaffeebecher an den Mund, probierte einen kleinen Schluck, der schien ihm aber zu heiß zu sein, denn er stellte ihn sofort wieder ab.

„Auch Wasser?“

„Ja, bitte.“

Als Rauscher erneut ansetzte und den Namen Irene Handke ins Spiel bringen wollte, polterte es hinter ihnen und der Leiter der Mordkommission Markowsky und der Polizeipräsident kamen herein.

Nanu, dachte Rauscher, wenn Zimmermann persönlich hier auftaucht, muss etwas passiert sein.

Ohne Begrüßung positionierte sich Markowsky direkt vor Rauscher und blickte den Verhörten kurz an. „Ist er unser Mann?“

„Lässt sich noch nicht mit Gewissheit sagen“, meinte Rauscher und wollte zu einer Erklärung ausholen, als ihm Markowsky andeutete, er möge mit ihnen hinauskommen.

Eine Minute später stand er in einem Nebenraum seinem Chef und Polizeipräsident Zimmermann gegenüber, der lächelte. Allerdings war es ein angestrengtes Grinsen, als habe er etwas auf dem Herzen, wisse aber nicht genau, wie er es loswerden solle.

Zimmermann, um die 60, von kleiner Gestalt, aber füllig und heute ohne Schnauzbart, wirkte blass.

Endlich abrasiert, dachte Rauscher.

„Herr Rauscher", hob Zimmermann an. „Ich habe einen Anruf einer Bekannten erhalten, die ihren Ehemann vermisst."

„Dafür ist die Vermisstenstelle zuständig", sagte Rauscher prompt und wollte wieder hineingehen.

„Bitte, bitte! Nicht so hastig." Zimmermann hob seinen Arm, um Rauscher aufzuhalten. „Der Ehemann ist Politiker. Robert Wentorff."

„Oh!"

„Genau."

„Und er ist tatsächlich verschwunden?"

„Jedenfalls hat er sich so lange nicht gemeldet, dass seine Ehefrau sich Sorgen macht. Zumal das noch nie vorkam. Auch in seinem privaten und beruflichen Umfeld weiß niemand, wo er sich aufhalten könnte."

„Okay, aber was haben wir damit zu tun?"

„Wentorff hatte nicht unmaßgeblichen Anteil am Bau der neuen Nordwest-Landebahn."

Der letzte Satz hing eine Weile über ihnen im Raum wie ein Damoklesschwert.

„Und jetzt denken Sie, dass ...", vermutete Rauscher, wurde jedoch von Markowsky harsch unterbrochen. „... Ist das so abwegig?

„Nein, aber es gibt doch noch keinerlei Hinweise auf eine Entführung, oder?"

„Noch nicht. Deshalb sind wir ja hier. Sie müssen sich dahinterklemmen. Wir brauchen Informationen. Die Sache ist heikel. Wenn das an die Öffentlichkeit gelangt, dann gute Nacht", sagte Markowsky in brennendem Tonfall. „Parallel dazu informieren wir das LKA. Ich erwarte, dass Sie mit den Kollegen aus Wiesbaden kooperieren. Die werden dann entscheiden, wie es weitergehen soll. In der Zwischenzeit machen Sie hier weiter."

Und Zimmermann ergänzte: „Meine Herren, wenn wir nicht ein weiteres Ohr auf den Tisch bekommen wollen, sollten wir jetzt Gas geben."

23

Frankfurt, April 2012

„Hast du etwa gedacht, du kommst ungeschoren davon? Da hast du dich aber geschnitten. Hahahaha! Schönes Wortspiel.

Siehst du das Skalpell hier? Natürlich, kannst ja deinen Kopf nicht abwenden. Und die Augen ständig zu petzen, ist zu anstrengend. Mit dem schneid ich dir ein Ohr ab. Na, was sagst du nun?

Nichts. Kannst ja nichts sagen mit dem Stopfen im Mund. Ist auch besser so. Hast schon viel zu viel gesagt dein ganzes beschissenes Leben über. Und immer nur Unfug. Mensch, Mensch, dass immer Vollpfosten wie du auf solche Posten kommen. Ist das ein Naturgesetz oder warum passiert das ständig?

Du glaubst mir nicht, gell? Du glaubst nicht, dass ich dir dein Ohr abschneide, stimmt's? Seh ich an deinen Augen. Du hältst mich für einen verrückten Aufschneider. Dann warte mal einen Moment!

So, da bin ich wieder. Hier, schau auf das Display! Nicht die Augen zumachen, hinschauen sollst du! Hier, na, komm schon. Los!

Hahahahaha! Jetzt machst du große Augen, was? Das ganze Blut hat dir einen ordentlichen Schrecken eingejagt. Ich hab noch mehr Bilder oder ist dir die Lust vergangen?

Kennst du den Typen eigentlich? Thelen, Achim. Ja, genau. Große Fresse, nix dahinter. Ein Schnitt mit dem scharfen Skalpell und sein Ohr war ab. Ging ganz einfach. Okay, die Sauerei danach war unangenehm, aber das hatte ich einige Minuten später wieder im Griff.

Er hat davon übrigens nichts mitbekommen. Dieses Ketamin ist ein verdammt wirksames Zeug. Wird bei dir genauso sein. Du kriegst es nicht einmal mit. Ehrlich gesagt dürfte ich mit dir nicht so gnädig sein. Weißt du eigentlich, was du den Menschen da draußen angetan hast? Was ihr ihnen jeden Tag antut? Nee, gell. Haste dir noch keine Gedanken drüber gemacht. Hast ja auch Wichtigeres zu tun, wenn du mit deinen Kumpels Lachsschnittchen futterst und Champagner schlürfst. Da sind dir die Leute und ihre Probleme doch scheiß egal, gell! Das bisschen Lärm müssen sie aushalten. Ist ja für uns alle gut. Für die Gesellschaft, für die Wirtschaft, für die Arbeitsplätze.

Nee, nee, du kannst es ja nicht wissen, wohnst ja weit genug weg. Über dein Haus fliegt kein Flugzeug in dreihundert, vierhundert oder fünfhundert Metern Höhe. Das wär ja noch schöner.

Bei mir schon. Und ich sag dir, du gewöhnst dich nicht dran. Es erwischt dich immer wieder von Neuem. Abends und frühmorgens. Weißt du, wie das ist, wenn man nicht mehr schlafen kann? Nee, woher auch. Du lässt dir abends von deiner Alten einen blasen und schläfst dann wie ein Murmeltier, gell? Oder hast du nebenher was laufen? Würde mich wundern, wenn nicht.

Hey, du könntest mich ruhig etwas unterstützen, wenigstens mal nicken oder den Kopf schütteln. Ich spiel hier nicht gern den Alleinunterhalter, glaub mir. Und denk dran, dass wir es noch eine ganze Weile zusammen aushalten müssen. Also ärger mich nicht, sonst könnte ich mir noch ganz andere Sachen einfallen lassen. In so was bin ich gut.

Ich bin so was von gespannt, wie die Kripo auf meine neue Post reagiert.

Willst du noch ein paar Bilder sehen? Nein? Versteh ich nicht, sind doch prima Schnappschüsse dabei.

24

Als Markowsky und Zimmermann gegangen waren, traten Thaler und Krause zu ihrem Teamleiter Rauscher, der sofort das Wort ergriff.

„Es gibt Arbeit. Gut möglich, dass Robert Wentorff entführt worden ist."

„Die Pfeife?", raunte Thaler.

„Wie meinst du das?"

„Na ja, typischer Karrierist in meinen Augen. In der Politszene ziemlich hochgeklettert in den letzten Jahren. Er kann eigentlich nichts richtig, hat bestimmt noch nie ein Unternehmen von innen gesehen, spielt sich aber als der große Wirtschaftszampano auf und schwadroniert von Standortfaktoren und so weiter."

„Wie so viele andere auch", stimmte Krause zu.

„Der Polizeipräsident hat ihn aber etwas anders geschildert", sagte Rauscher.

„Wie auch immer", fuhr Thaler fort. „Ich erinnere mich genau, dass Wentorff im Wahlkampf große Reden gegen die neue Landebahn geschwungen hat und von heute auf morgen ist er umgekippt und hat problemlos die Genehmigung erteilt. Das hat niemand verstanden. Und er hat es damit begründet, dass die Gemeinden rund um den Flughafen extrem von der neuen Landebahn profitieren würden, mit mehr Arbeitsplätzen, Wachstum und so einem Kram. Aber es wird gemunkelt, dass Wentorff in die eigene Tasche gewirtschaftet hat. Nachzuweisen war ihm aber nichts."

„Also hat er den Bau der neuen Landebahn tatsächlich mit zu verantworten?"

„Aber hallo!"

„Dann könnte er tatsächlich entführt worden sein. Davon gehen unsere Oberen jedenfalls aus."

„Und wie gehen wir jetzt vor?", wollte Krause wissen.

„Das LKA wird eingeschaltet. Die Kollegen übernehmen den Fall. Wir machen aber vorerst weiter und müssen mit Frau Wentorff sprechen."

„Jetzt noch?"

„Klar, schlafen kann sie bestimmt nicht, so lange sie nicht weiß, was mit ihrem Mann geschehen ist. Und seinen persönlichen Sekretär müssen wir uns auch vorknöpfen. Wir müssen erfahren, wann er zuletzt gesehen wurde, um einigermaßen eingrenzen zu können, wann er abhandengekommen ist."

„Und was machen wir mit Schulz?", lenkte Thaler das Thema auf den Mann, der immer noch im Verhörraum saß.

„Aufgrund der Indizienlage müssten wir ihn hierbehalten, aber mir schwebt was anderes vor", stellte Rauscher eine Überlegung an.

„Freilassen und observieren", riet Krause.

„Genau. Wenn er was mit der Thelen-Sache zu tun hat, hängt er auch bei der Wentorff-Entführung mit drin. Wir beobachten Schulz und mit etwas Glück führt er uns zu dem Entführten. Los geht's! Wir dürfen keine Zeit verlieren."

„Nachtschicht", seufzte Thaler, „wie ich mich darüber freue."

25

Es war bereits nach 2.00 Uhr in der Nacht, als Peter Schulz vom Präsidium nach Hause kam. Er ging kurz ins Bad, putzte sich die Zähne und legte sich sofort ins Bett, obwohl er ahnte, dass er kein Auge zubekommen würde. Zu viele Gedanken kreisten in seinem Kopf. Und ab 5.00 Uhr würden die ersten Flieger kommen.

Die Schlaflosigkeit treibt dich in den Wahnsinn, dachte er.

Er drehte sich von einer Seite auf die andere, wendete die Schlafdecke mehrmals, weil es ihm darunter zu heiß geworden war. Das Laken verrutschte und bildete Falten. Was konnte er tun? Er musste unbedingt herausfinden, was mit Thelen genau passiert war. Er musste mit Kempf sprechen. Ein mieses Gefühl beschlich ihn.

5.00 Uhr. Eine weitere Nacht über wach. Scheiß Biorhythmus. Und an Schlaf war sowieso nicht mehr zu denken. Die erste Maschine flog gerade über sein Haus hinweg.

Er stand missmutig auf und verstöpselte seine Ohren. Seine Laune glich einer kalten Tasse Kaffee.

Die Polizei verdächtigte ihn nicht mehr. Sie hatten ihn nach dem Verhör gehen lassen. Das war beruhigend. Immerhin.

Er wollte gerade einen Kaffee aufsetzen, als plötzlich ein Lichtschein wie von Autoscheinwerfern durch sein Küchenfenster fiel. Schulz stand auf und schaute neugierig hinaus. Nachbar Kempf kam gerade angefahren, parkte seinen Wagen in der Einfahrt und ging hinein. Wo kam er um diese Uhrzeit her? Es war kaum 6.30 Uhr in der Früh. Das wurde ja immer merkwürdiger mit ihm.

Schulz wechselte seine Schlafshort zu Jeans und zog sich einen Rollkragenpulli über. Er verließ das Haus durch die Kellertür, huschte über den kleinen Zaun zum Nachbargrundstück, schlich ums Haus herum, an die Terrassentür und presste den Kopf an die Scheibe. Innen war nicht viel zu erkennen.

Das Wohnzimmer schien verwaist zu sein. Es sah nahezu unbewohnt aus. Nichts lag herum. Nicht mal die Fernsehzeitung. Vor dem Kamin sah er einige Scheite Holz. In diesem Moment blitzten einige Bilder vor Schulz' geistigem Auge auf.

Vor etwa zwei Wochen war es gewesen. Kempf hatte ihn gefragt, ob er ihm behilflich sein konnte. Kempf wollte einen Kellerraum neu streichen und ihn komplett leer räumen. Schulz war ihm zur Hand gegangen. Gemeinsam hatten sie ihn innerhalb von zwei Stunden ausgemistet. Leere Kisten entsorgt, Holzscheite nach oben getragen, Gerümpel zum Müll gegeben. Und dann fiel es Schulz wie Schuppen von den Augen. Es waren auch einige Pappkartons darunter gewesen. Auch kleine Päckchen.

Ja, er hatte auch kleine Päckchen in die Hand genommen und teilweise zum Altpapier geworfen. Aber nicht alle. Kempf meinte, einige brauche er noch. Dann hatte Schulz sie im Heizungsraum in einer Ecke aufgestapelt.

Sollte eines davon Thelens Ohr enthalten haben?

Aber dann wäre ja Kempf derjenige, der es verschickt hatte?

Die Dinge entwickelten sich in eine absonderliche Richtung.

Steckte etwa Kempf hinter der Entführung Thelens?

Nein. Kempf konnte keiner Fliege was zuleide tun. Er war zwar hin und wieder aufbrausend und schon immer schrullig, aber eine Entführung? Nein. Er war ja selbst Gefangener in seinem eigenen Haus, das er nicht loswurde. Und dass Kempf jemandem ein Ohr abschneiden würde. Niemals! Warum auch? Auf keinen Fall. Da musste eine Verwechslung vorliegen. Logo.

Schulz starrte weiterhin ins Wohnzimmer. Kempf war nicht zu sehen. Zu gern wäre er hineingegangen und hätte sich die Päckchen angeschaut.

Er dachte angestrengt nach, ob er in letzter Zeit noch weitere Kartons in der Hand gehabt hatte, aber es fiel ihm beim besten Willen nichts ein. Es konnte eigentlich nur Kempfs Päckchen gewesen sein.

Er musste Kempf zur Rede stellen. Musste Gewissheit erlangen. Obwohl. Warum hängte er sich da überhaupt rein? Kempf konnte manchmal ein gewaltiges Arschloch sein, das ließ er ihn auch hin und wieder spüren, aber ein Verbrecher? Er musste sich irren. Kempf war kein Entführer. Kein Erpresser. Und ein Ohrabschneider erst recht nicht.

Und wenn es doch stimmte? Was sollte das alles? Hatte Kempf der Lärm wahnsinnig gemacht? War der Kampf gegen den Lärm umgeschlagen in Gewalt? Hatte Kempf jedes Maß verloren und war vollkommen übergeschnappt? Wenn Schulz ehrlich war, wollte er das alles gar nicht so genau wissen.

Andererseits zog ihn etwas hinüber. Dabei wäre es so viel einfacher und sicherer, wieder nach Hause zu gehen und den Mund zu halten.

Wie immer. Oder meistens.

Aber dann würde vielleicht nie etwas gegen den Fluglärm unternommen werden.

Was wusste er eigentlich über Kempf? Nicht viel. Ehemaliger Polizist. Jetzt in Frühpension. Davon hatte er aber nur gerüchteweise gehört. Kempf hatte nie etwas erzählt. Was seine Person anging, war er sehr verschlossen. Nachfragen brachte nichts. Er blockte alles ab.

Einen Moment wägte Schulz ab, was er nun tun sollte. Einerseits interessierte ihn brennend, ob Kempf mit der Sache tatsächlich etwas zu tun hatte, andererseits konnte er momentan nicht viel ausrichten. Kempf würde ihm ohnehin nicht alles beichten. Also beschloss er, vorerst den Rückzug anzutreten, die Sache weiterzuverfolgen und Kempf genau zu beobachten.

Als Schulz zurück über den Zaun kletterte, sah er Frau Meyer, seine Nachbarin von gegenüber, die gerade aus dem Haus kam. Sie war immer früh unterwegs, die Alte, meistens ging sie einkaufen in das Lädchen, das um 6.30 Uhr öffnete. Die Stammkundschaft musste mit Brötchen und Zeitung versorgt werden.

Frau Meyer hatte ihn wahrgenommen, wunderte sich über seine Kletterkünste frühmorgens, ignorierte ihn aber. Wie immer. Schulz musste lächeln. Die Frau war nicht gut auf ihn zu sprechen. Auf niemanden, der gegen Fluglärm protestierte und in der Bürgerinitiative aktiv war.

Er nahm die Ohrstöpsel heraus. „Hallo, Frau Meyer. Schon viel besser geworden mit dem Fluglärm, was?“ Sie lief rasch weiter, ohne ihn eines Blickes zu würdigen. Schulz grinste breit. „Ach, das hatte ich ganz vergessen. Sie haben ja noch nie was von Fluglärm gehört.“ Er lachte jetzt herzhaft. Konnte einfach nicht ernst bleiben. Er hatte sie schon dabei erwischt, wie sie Anti-Fluglärm-Plakate im Viertel abgerissen und weggeworfen hatte. Darauf angesprochen, hatte sie vehement abgestritten, dass sich der Fluglärm mit der neuen Landebahn verschlimmert hatte. Er wusste allerdings, dass es sie enorm fuchste, dass ihr kleines Häuschen plötzlich nur noch die Hälfte wert war. Sie als alteingesessene Sachsenhäuserin hätte es jedoch niemals verkauft und wäre niemals weggezogen, also ging sie lieber derart vor, den Lärm zu dementieren und alle anderen als Spinner abzustempeln.

„Ach, Sie … Sie Miesmacher“, rief sie ihm plötzlich zu.

Schulz war überrascht von dieser Regung, diesem inneren Aufbäumen.

In diesem Moment flog ein Flugzeug über sie hinweg. Reflexartig schaute Frau Meyer hoch, bereute es aber und senkte sofort wieder den Kopf, weil es ihr peinlich war.

„Keine Sorge, Frau Meyer, das Flugzeug und den Lärm haben Sie sich nur eingebildet", rief Schulz ihr zu. „Wie alle anderen auch. Hier herrscht permanent Stille und Frieden. So schön alles. Frohe Tage noch!"

Er drehte sich weg, sonst wäre ihm übel geworden, ging zurück in sein Haus und drückte die Ohrstöpsel rein.

Teil 6

Frankfurt Februar 1988-Mai 1996

26

Als Kempf die Dienststelle erstmals wieder betrat, nachdem er knapp drei Monate krankgeschrieben gewesen war, erinnerte ihn alles an Ohlschläger. Er sah ihn die Gänge entlanglaufen, in einen Polizeiwagen steigen, am Schreibtisch sitzen, im Frühstücksraum. Er sah ihn lachen, fluchen, Späßchen machen.

Kempf schüttelte sich, als könne er so die Gedanken an frühere Zeiten loswerden.

Einige Kollegen schritten über den Flur und erkannten ihn. Die meisten nickten ihm stumm zu, aber Kempf schaute weg, wollte sie weder anschauen noch mit ihnen reden.

„Mensch, Kempf, siehst du scheiße aus." Kollege Langhaus, ein Heißsporn mit Stiernacken, lachte aus voller Kehle.

Der hatte Kempf gerade noch gefehlt. Er kannte den Kollegen Langhaus und seinen derben Humor schon lange Zeit, aber heute, an seinem ersten Tag nach den langen Monaten, war ihm ganz und gar nicht danach. „Jetzt sag nur, du hast das immer noch nicht verdaut?"

Kempf dachte sofort wieder an die Horrornacht, er konnte nicht anders. Langhaus hatte ihm das Stichwort geliefert. Er dachte an die Schüsse, an die Zeit danach. Er dachte daran, dass er seitdem ein anderer geworden war.

Er blickte Langhaus an, der ihm gerade dumm gekommen war. Ein seltsames Gefühl überkam ihn. Früher waren ihm sein Job und die Dienststelle wichtig gewesen. Heute Morgen hatte er zum ersten Mal überlegt, den Dienst zu quittieren. Er fragte sich allen Ernstes, was er hier sollte. Es kam ihm alles fremd vor, albern, wie von einem anderen Planeten, der mit seinem nicht mehr viel zu tun hatte.

„Kempf", setzte Langhaus noch einen drauf, „ich hol dir erst mal einen Kaffee. Das wird schon wieder. Selbst Weicheier kommen irgendwann drüber weg." Er lachte aus vollem Hals. „Was sagst du eigentlich dazu, dass es jetzt zwei Täter sein sollen, hä? Zwei, überleg doch mal. Der erste Verdächtige hat einen Kumpel angeschwärzt. Er hätte ihm die Pistole zugesteckt. Dumm nur, dass der andere getürmt ist. Ich sag dir, dieser Bundesanwalt tappt so was von im Dunkeln. Und wir halten die Köpfe für den hin. Die gleiche Scheiße wie immer."

Kempf, der von allem nichts hören wollte, atmete tief durch. „Lass gut sein", waren seine ersten Worte, die er auf der Dienststelle über die Lippen brachte. „Es ist vorbei, okay?"

„Nix ist vorbei. Vielleicht erwischen sie den Typen nie. Die Wichser kommen vielleicht davon. Da ist doch was oberfaul, sag ich dir. Oberfaul!"

„Hör jetzt auf damit!", beharrte Kempf grimmig und starrte Langhaus an. Er fixierte dessen hohe Stirn, das breite Grinsen, das sich langsam über seine Wange legte, bis Langhaus in hämischem Ton sagte: „Hat dich ganz schön mitgenommen, gell, mein Freund. War ein guter Kumpel von dir, stimmt's? Aber ich hab gehört, dass du dich ganz gut tröstest."

Kempfs Augen weiteten sich. „Hör! Jetzt! Auf!"

„Einer muss es ja der kleinen Manu besorgen, Ohlschläger kann das ja nicht mehr machen. Hahahaha!"

In diesem Moment verlor Kempf die Fassung und konnte sich nicht länger zügeln. Er stürzte sich auf den Kollegen, packte ihn mit der linken Hand am Hals und verpasste ihm mit der rechten eine Gerade, die ihn taumeln ließ. Sie krachten beide zu Boden, warfen sich aufeinander und schlugen sich mehrere Salven Fäuste mitten ins Gesicht. Innerhalb weniger

Sekunden spritzte Blut. Kempfs Blick sah wahnsinnig aus, so als wolle er den gesamten aufgestauten Hass herausprügeln.

Langhaus war zu überrascht, um die ersten harten Schläge abzufangen. Kempf hatte ihn überrumpelt, aber nach einer Weile landete auch er einige gute Treffer.

Durch den Krach wurden einige Polizeikollegen aufmerksam, kamen herbeigeeilt und zerrten die Kampfhähne auseinander, was nicht einfach war, denn beide wirkten extrem wütend und motiviert, den anderen alle zumachen.

„Du kleiner Pisser", schrie Langhaus. „Ich mach dich kalt, wart's ab!"

Kempf erwiderte nichts, aber seine Augen sprühten Funken voller Hass.

Inzwischen hatten die Kollegen die beiden so weit voneinander getrennt, dass sie sich mit ihren Händen nicht mehr erreichen konnten.

In diesem Augenblick bog ihr Vorgesetzter und Hundertschaftsführer Tröger um die Ecke, der sich vor Kempf aufbaute und eine ernste Miene zum Besten gab. „Kempf", rief er, „was ist denn in Sie gefahren? Gehen Sie wieder nach Hause! Das hat absolut noch keinen Wert. Gehen Sie schon! Ich will Sie nicht mehr sehen."

Während einige Kollegen Langhaus abführten und ihn in einen Nebenraum brachten, zischte er Richtung Kempf: „Tschüss, Arschloch. Auf Nimmerwiedersehen!"

Kempf blieb still, schüttelte die Hände der Kollegen ab, die ihn immer noch festhielten, und löste sich schließlich aus deren Umklammerung. Er fuhr sich übers Gesicht, wischte sich einige Blutstropfen von Nase und Stirn, hob seine Tasche auf, die zu Boden gefallen war, würdigte niemanden eines Blickes und verließ stumm, so wie er gekommen war, die Dienststelle.

Draußen lief er eine ganze Weile auf den Straßen der Stadt umher. Er war nicht mehr wütend, er war zornig. Zorn ist der große Bruder der Wut, das hatte er irgendwo gelesen. Das hatte ihm gefallen. Er spürte ihn tief in sich, den Zorn, seit jener Horrornacht, jeden Tag aufs Neue. Und er wusste nicht, wie er ihn loswerden konnte.

An Langhaus, diesen Idioten, dachte er keine Sekunde mehr.

Als er zu Hause zur Tür hereinschritt, zog Manu gerade ihre Schuhe aus, denn sie kam von einem Arzttermin. „Was ist denn mit dir passiert?“, fragte sie ängstlich, als sie seine Verletzungen und die beiden geschwollenen, blauen Augen sah. Sie ging auf ihn zu, umarmte ihn herzlich und streichelte ihm über die Wange.

„Nichts, ich lass mich wieder krankschreiben“, sagte er kleinlaut. Manus sorgenvoller Blick brachte ihn dazu, den Mund nochmals aufzumachen. „Ich glaub, ich kann noch nicht arbeiten gehen. Ich brauch noch eine Weile.“

Manu nickte vorsichtig und plötzlich grinste sie und das Grinsen entwickelte sich innerhalb von einer Sekunde zu einem strahlenden Lachen, das Kempf lange Zeit nicht mehr gesehen hatte.

„Warum freust du dich so?“, fragte er leise. „Du hast doch was.“

Er wusste nicht, was er davon halten sollte. Konnte ihr Verhalten nicht deuten, bis Manu ihm einen langen Kuss auf die Lippen gab und ihm ins Ohr flüsterte. „Und ob!“

„Na, nu mach es nicht so spannend!“ Seine Augen blickten sie erwartungsvoll an.

„Dr. Merzig hat mir eben mitgeteilt, dass du Vater wirst.“

27

Startbahn West, Sommer 1994

Kempf parkte den Wagen am Waldrand auf einem ebenen Schotterweg. Als sie ausstiegen, sahen sie den strahlend blauen Himmel. Ein sanfter Wind streichelte ihre Haare.

Im Kontrast dazu wirkte das flach daliegende Flughafengelände nackt und trostlos. Graue Landschaft. Verdorrte Grashalme ragten vereinzelt aus der verbrannten Erde. Farbtupfer Fehlanzeige.

Sie gingen den schmalen Weg entlang. Kempf wirkte angespannt. Manu trug die kleine Irene auf dem Arm. Sie hatte ein T-Shirt mit Ringelmuster und eine kurze Hose in Rosa, ihrer Lieblingsfarbe, an. Manu hatte ihr zwei Zöpfe geflochten, auf die sie stolz war.

„Mama, was machen wir hier?"

„Wir besuchen einen alten Freund."

„Aber hier ist doch niemand außer uns."

„Doch, doch. Wart's nur ab." Sie setzte Irene ab, die ein Stück vorausrannte.

Kempf nahm Manu an der Hand. Jeder Schritt, der sie näher zur Mönchbruchwiese brachte, war ein Stück hin zu ihm.

Sie gelangten nach wenigen Minuten an den Graben, hinter den sich die Demonstranten damals verschanzt hatten. Schützengraben, dachte Kempf unwillkürlich. War ja wie im Krieg.

Je weiter sie gingen, desto unruhiger wurde er, zappelte, konnte nicht schnell genug laufen und zog Manu fest hinter sich her.

Doch plötzlich blieb er stehen, hob den Kopf und schützte die Augen mit der Hand vor der Sonne, um bessere Sicht zu haben.

„Es ist weg", rief Kempf aus voller Kehle. Seine Worte drückten furchtbares Entsetzen aus.

„Was?"

„Das Kreuz ... das gibt's doch nicht ... Scheiß Chaoten. Die schrecken wirklich vor nichts zurück."

Irene kam angelaufen und fasste ihre Mutter an der Hand.

„Mama, was ist denn?"

Manu antwortete nicht. Sie gingen zögerlich weiter, als könnten sie nicht glauben, was geschehen war, bis sie die Stelle erreichten. Zwei Tonschalen, in denen Blumen geblüht hatten, lagen zerbrochen im Gras. Mehrere Kränze waren nicht auffindbar, schienen gestohlen worden zu sein. Ein kleines Loch im Boden war der letzte verbliebene Rest.

Vom Kreuz fehlte jede Spur.

Kempf und Manu fielen simultan nebeneinander auf die Knie. Seine Augen wirkten wässrig und grau.

„Mama, was macht ihr da?“ Irene kam angewackelt. Manu wehrte ihre Tochter ab und beschied ihr, still zu sein.

Erste Tränen liefen.

Das war doch nicht möglich, dachte Kempf. Das war ein Angriff auf ihre Trauer. Ein Affront gegen alle Polizisten dieses Planeten. Sie sahen sich lange und gedankenverloren an. Ihre halbe Lebensgeschichte schwirrte sekundenschnell durch ihre Köpfe.

So verharrten sie und ließen den Schmerz zu. Nach einer knappen Stunde Fassungslosigkeit und innerer Einkehr, in der Irene die ganze Zeit über vor sich hin jammerte, weil ihr stinklangweilig war, fuhren sie zurück nach Sachsenhausen.

Vor einem halben Jahr war Kempfs verwitweter Vater gestorben und hatte seinem einzigen Sohn das Haus an der Louisa vermacht. Inzwischen wohnten sie seit knapp vier Monaten darin.

Als sie in der Einfahrt parkten und ausstiegen, sagte Irene: „Das ist unser Haus.“ Sie zeigte mit dem Finger hoch. „Und das ist unser Himmel, gell?“ In diesem Moment flog ein Flugzeug über sie hinweg.

Manu lächelte, so weit ihr dies möglich war, und antwortete: „Nein, der Himmel über Sachsenhausen gehört den Flugzeugen.“

28

Frankfurter Flughafen, 1. Mai 1996

Mallorca wir kommen, dachte Kempf und gab Manu einen Kuss auf den Mund. Irene wollte auch einen und musste nicht lange darauf warten.

Es war kurz nach 15.00 Uhr. Sie saßen an Gate A15 und warteten darauf, dass ihre Maschine endlich aufgerufen werden würde. Sieben Tage Playa de Palma. Mehr war nicht drin, aber immerhin. Mal raus, was anderes sehen, ein wenig entspannen im Sand am Strand. Sie freuten sich wie noch nie, seit sie eine Familie waren.

Kempf hatte längst wieder angefangen zu arbeiten. Nach dem Zwischenfall auf der Dienststelle war er noch einmal lange Zeit krankgeschrieben gewesen, aber der Kaltstart in den Job war geglückt, weil er vorübergehend – wie ihm sein Vorgesetzter Nils Tröger mitgeteilt und versichert hatte – auf einen ruhigen Posten im Innendienst versetzt worden war. Er erledigte Schreibtischarbeit und nahm Strafanzeigen entgegen. Auf die Straße musste er nicht.

In der Boarding Zone waren alle Sitze besetzt. Die Reisenden fieberten dem Start entgegen, konnten kaum mehr still sitzen. Es war die Phase, in der alle hofften, es möge endlich losgehen. Die Boarding-Zeit war längst überschritten. Das Bodenpersonal wartete darauf, dass das Gate geöffnet werden würde, um die Fluggäste ins Flugzeug lassen zu können.

Irene malte nach Zahlen. Zwei Pferde auf einer Wiese. Ließ sich nicht ablenken. Auch nicht von einer Lautsprecherdurchsage. „Sehr geehrte Fluggäste des Lufthansa-Fluges LH 3887 nach Palma de Mallorca. Wir bitten Sie, die Verspätung zu entschuldigen. Das Boarding wird sich leider noch etwas verzögern. Wir bitten um Ihre Geduld und melden uns bei Ihnen, sobald es so weit ist. Danke." Dann folgte die englische Version.

Manu seufzte. Kempf versuchte, ein Mittagsschläfchen zu halten, was ihm aber nicht gelang. In den Nebenreihen machte sich Unruhe breit. Die Fluggäste diskutierten. Ausgerechnet heute diese Verzögerung. Warum nur?

Kempf verschränkte die Hände vor der Brust und sank mit dem Kopf auf die Rückenlehne, auf die er einen Pulli als Kissenersatz drapiert hatte. Auch das half nichts.

„Ich glaub, es geht los", Manu stieß ihn leicht in die Seite und Kempf öffnete die Augen. Eine Stewardess lief eilig hinter den Desk und flüsterte einer Kollegin etwas ins Ohr, die daraufhin die Augen weitete. Sie zuckten mit den Achseln, wirkten ratlos.

Kempf beobachtete das Ganze eine Weile und bekam ein merkwürdiges Gefühl. „Also noch machen sie keine Anstalten, uns endlich an Bord zu lassen."

„Ist da was passiert?" Manu starrte auf die Uhr und runzelte die Stirn.

„Was meinst du?"

„Keine Ahnung. Aber die sehen irgendwie hektisch aus."

„Und sie telefonieren ständig."

Zwei weitere Stewards stießen hinzu, es hatte sich inzwischen ein Pulk hinter dem Desk gebildet. Einige Fluggäste strömten hin und stellten Fragen, die Kempf nicht verstehen konnte, sie wurden aber beruhigt und abgewimmelt.

Kempf wurde unruhig. „Du hast recht. Da muss was passiert sein."

„Aber was?" Manus Stirn runzelte sich.

Kempf stand auf, ging zu der großen Frontscheibe und schaute hinaus aufs Flughafengelände. Draußen war es merkwürdig ruhig. Es rollten keine Maschinen, keine Gepäckwagen fuhren herum. Überhaupt war kaum jemand vom Bodenpersonal zu sehen.

Von rechts kam eine Maschine in sein Blickfeld, die augenscheinlich gerade gelandet war und zu einem Gate rollte. Aber Kempf vermisste etwas. Und dann fiel es ihm auf. Seit einer Weile war keine einzige Maschine gestartet. Völlig untypisch für Frankfurter Verhältnisse. Er wartete weiterhin und betrachtete die Szenerie.

Hinter ihm pfiffen einige Leute, die ihre Ungeduld nicht im Griff hatten, und riefen: „Buhhhhh!"

Auch die nächsten zehn Minuten über konnte Kempf keine Maschine ausmachen, die vom Boden abhob und himmelwärts flog. Was war da los?

Er drehte sich herum und lief zügig zum Desk. „Entschuldigung", sprach er eine beschäftigte und nervös wirkende Lufthansa-Mitarbeiterin an. „Warum starten keine Maschinen mehr?“

Die Frau schien verunsichert zu sein. „Ich möchte Sie bitten, sich noch einen Moment zu gedulden. Wir werden alle Fluggäste sofort informieren. Bitte haben Sie Verständnis, dass wir nicht alle einzeln in Kenntnis setzen können. Danke sehr.“ Sie wendete sich ab und ließ Kempf stehen. Schnepfe, dachte Kempf, Standardfloskel, auswendig gelernt.

Er setzte sich neben Manu. „Hier geht nix mehr“, stöhnte er. „Da stimmt was nicht.“

„Die haben sicher ein technisches Problem“, beschwichtigte Manu.

„Glaub ich nicht. Da steckt mehr dahinter. Der Betrieb da draußen ist wie tot. Das würden die bei einer Lappalie niemals zulassen. Hier muss es brummen, sonst geht zu viel Kohle flöten.“

„An was denkst du? Es kann doch nicht sein, dass die Piloten oder die Flugsicherung ausgerechnet heute Nachmittag in Streik getreten sind.“

Kempf schüttelte den Kopf. „Davon hätten wir in den letzten Tage gehört oder gelesen. Es muss was anderes sein.“

Mittlerweile hatten die allermeisten Fluggäste mitbekommen, dass am heutigen Tag der Betrieb am Flughafen nicht normal lief. Dementsprechend angespannt und mürrisch war die Stimmung unter den Reisenden, die sehnsüchtig auf den Aufruf ihres Fluges warteten.

Er kam nicht. Stattdessen gab es eine erneute Durchsage und es herrschte mit einem Male atemlose Stille. „Sehr geehrte Fluggäste des Lufthansa-Fluges LH 3887 nach Palma de Mallorca. Wir möchten Sie nochmals um Entschuldigung bitten, müssen Ihnen aber leider mitteilen, dass Ihr Flug heute nicht mehr starten wird und soeben storniert wurde. Dies gilt auch für alle weiteren Flüge des Tages. Die Startbahnen des Frankfurter Flughafens sind bis auf Weiteres gesperrt. Wir bitten Sie, Ruhe zu bewahren. Selbstverständlich ersetzt die Lufthansa Ihnen die Kosten. Sie können sich eine Gutschrift über die Rückerstattung Ihrer Flugkosten am Informationsschalter 1 bis 3 im Terminal B abholen. Wir möchten uns noch einmal bei Ihnen entschuldigen. Vielen Dank für Ihre Aufmerksamkeit."

Unglaublich, dachte Kempf, und sackte innerlich zusammen. Sie wollten einmal in Urlaub fliegen und dann so was.

Um ihn herum wandelte sich das atemlose Entsetzen in Wut. Manu sprang auf und rannte zum Desk, wurde aber von einigen Mitreisenden, die schneller auf den Beinen waren, gestoppt. Wilde Rufe und Beschimpfungen waren aus allen Richtungen zu vernehmen.

„Papa, warum fliegen wir nicht?", fragte Irene und legte ihr Malbuch zur Seite.

„Ich kann's dir leider nicht sagen, meine Süße. Du hast es ja gehört. Scheint so, als ob der ganze Flughafen dicht ist."

Kempf erhob sich, packte das Handgepäck zusammen, nahm Irene an der Hand und trat hinter Manu. „Lass uns abhauen und den Schrieb abholen, bevor die ganze Meute da hin stürmt. Bringt ja doch nichts."

„Verdammt, bleib hier! Wir können uns doch nicht einfach so abspeisen lassen. Ich will wissen, was da los ist."

Kempf hatte ein mieses Gefühl. Streit wollte er auf keinen Fall mit Manu haben, also fügte er sich und wartete, bis ihre Wut etwas abgekühlt war.

Nach einer Viertelstunde hatten die restlichen Fluggäste den Lufthansa-Mitarbeitern kein weiteres Statement entlocken können und Manu resignierte. Sie kam auf ihn zugelaufen und ihr ratloser Blick hatte etwas Trauriges an sich.

Sie traten den Rückzug an und besorgten sich die Gutschrift. Auf dem Weg nach Hause herrschte in der U-Bahn eiserne Stille zwischen ihnen.

Als sie bei ihrem Haus ankamen, rannte Manu augenblicklich hinein, ließ sich in einen Sessel im Wohnzimmer gleiten und knipste den Fernseher an. Nach einer Weile kam die Nachrichtensprecherin auf die Geschehnisse am Flughafen zu sprechen. Kempf, der gerade zur Tür hereinkam, wollte etwas sagen, doch Manu speiste ihn mit einem „Psssst!" ab.

„An der Startbahn West des Frankfurter Flughafens kam es heute erstmals seit 1987 zu einem Zwischenfall. Etwa hundert Vermummte überwanden die Absperrungen, zündeten Stromverteilerkästen an, legten Brandsätze, warfen Molotowcocktails in Kabelschächte und lieferten sich anschließend Gefechte mit den Polizeikräften, die massiv gegen die Eindringlinge vorgingen. Zudem brannten ein Waldstück und zwei Fluggastbrücken ab. Der Sachschaden bewege sich nach derzeitigem Stand in Millionenhöhe, so ein Flughafensprecher. Der Flughafenbetrieb wurde bis auf Weiteres gesperrt. Lediglich Maschinen, die sich bereits im Landeanflug befunden haben, konnten noch abgewickelt werden. Wie lange die Sperre andauern wird, ist derzeit noch nicht absehbar. Wir schalten jetzt live nach Frankfurt ..."

Manu schaltete den Fernseher aus, eine Träne lief ihre Wange hinunter.

„Scheiß Chaoten", kommentierte Kempf leise.

„Du immer mit deinen Chaoten!", rief ihm Manu entgegen. „Ich kann's nicht mehr hören."

Irene schaute kurz herein, verkrümelte sich aber angesichts der Lautstärke schnell in ihr Zimmer.

„Wieso denn ... ich meine ... die haben doch ...", stammelte Kempf.

„Ja, aber manchmal kann ich sie echt verstehen. Sie wehren sich wenigstens gegen den ganzen Wahnsinn. Immer mehr Flugzeuge. Immer größerer Flughafen. Immer mehr Wachstum, Wachstum, Wachstum. Das ist doch alles zum Kotzen."

Kempf wirkte konsterniert. „Aber die haben Jens getötet. Hast du das vergessen?"

„Natürlich nicht. Wie könnte ich? Aber schau doch mal genau hin. Wirtschaft und Politik verfolgen radikal ihre eigenen Interessen. Und das heißt: Profit machen bis zum geht nicht mehr. Die Bevölkerung ist denen doch schnuppe. Polizisten und Demonstranten werden benutzt, sie hetzen sie regelrecht gegeneinander auf."

„Puhhh! Also ich weiß echt nicht, ob man das so sagen ..."

Manu fuhr ihm dazwischen: „Schau doch mal genau hin! Sie holzen schon wieder mehrere Hektar Wald ab für ein Frachtzentrum und der Flughafen dient als Drehscheibe für Waffen und Soldaten für den Irak. Und morgen? Was werden sie morgen machen? Wohin soll der Irrsinn führen?" Kaum schien sie sich beruhigt zu haben, platzte sie erneut hervor: „Sie planen übrigens eine neue Landebahn, hab ich gehört."

„Das ist doch nur ein Gerücht, oder?"

„Ist doch egal. Wenn alle Politiker dementieren, kannst du deinen Arsch darauf verwetten, dass sie kommen wird. Das steht fest. Ist immer das Gleiche. Mich kotzt es einfach nur an, wie durchschaubar das alles ist."

„Aber du warst doch früher nicht gegen den Flughafen."

„Bin ich auch heute nicht, aber alles muss ein Maß haben. Seit Jens' Tod ist mir einiges klar geworden. Und seit wir hier in Sachsenhausen wohnen, weiß ich, wie verdammt nervig und störend der Fluglärm sein kann. Und stell dir doch mal vor, sie bauen eine weitere Landebahn."

„Na, und? Was wird sich dann schon ändern?"

„Mir dir kann ich nicht mehr vernünftig reden."

Sie sprang auf, verließ das Zimmer und Kempf hörte, wie sie ins obere Stockwerk stapfte. Plock! Eine Tür flog zu.

Der Flughafen war ihr Schicksal, das wusste Kempf jetzt. Er war es und würde es immer sein.

Teil 7

Unternehmer zeigen sich skeptisch

Derzeit treibt die Unternehmer der Rhein-Main-Region eine große Sorge um. Investoren könnten ausbleiben, weil sie weitere Beschränkungen für den Flugbetrieb am Frankfurter Flughafen befürchten. Die internationale Wettbewerbsfähigkeit sei dadurch gefährdet. Es gäbe Anzeichen in der Politik, eine Ausweitung des Nachtflugverbotes - derzeit von 23.00 bis 5.00 Uhr - zu befürworten.
Diese Forderungen sind populistisch und wir warnen davor, sie umsetzen zu wollen. Frankfurt Rhein-Main würde seine Funktion als Drehkreuz in Europa aufs Spiel setzen und damit Tausende Arbeitsplätze gefährden. Wir appellieren an alle Beteiligten, endlich Vernunft walten zu lassen.

Konrad Mehltau, Vorstand der Bürgerinitiative „Rhein-Main - unsere - Zukunft"

Frankfurt, April, Dienstag morgens

29

Rauscher saß an seinem Schreibtisch und schaute sich das Phantombild des Mannes an, der Nadja Berger in ihrer Wohnung bedrängt hatte. Das Gesicht kam ihm bekannt vor, ihm war, als hätte er es vor Jahren schon einmal gesehen und irgendwo in den grauen Zellen abgespeichert. Ein Name wollte ihm dazu jedoch nicht einfallen. Er konnte sich auch nicht an eine Glatze erinnern.

Es war morgens, kurz nach 7.00 Uhr. Nachts waren sie keinen Schritt weitergekommen. Frau Wentorff wusste beim besten Willen nicht, wo ihr Mann abgeblieben sein könnte, war jedoch wegen seines Verschwindens so durch den Wind, dass Rauscher wenig Hoffnung hegte, von ihr eine brauchbare Aussage zu bekommen. Ebenso sein Sekretär, der zwar Wentorffs Terminkalender auswendig kannte, aber nicht mit Sicherheit sagen konnte, ob er die eingetragenen Termine auch tatsächlich wahrgenommen hatte. Rauscher hatte ihn angewiesen, sich mit allen, mit denen Wentorff verabredet gewesen war, in Verbindung zu setzen und nachzufragen, ob und wann Wentorff zum letzten Mal gesehen worden war. Weitere Personen, die mit ihm in Kontakt standen und ihn hätten sehen können – der Chauffeur, Hotelangestellte, Parteimitglieder – waren zu fortgeschrittener Stunde nicht mehr erreichbar gewesen. Um kurz nach 3.00 Uhr hatten sie ihre Recherchen abgebrochen, um wenigstens eine Mütze Schlaf zu bekommen.

Genau so fühlte sich Rauscher gerade. Er strich sich übers Kinn, fühlte Stoppeln. Seit der abgebrochenen Hochzeit hatte er sich nicht mehr rasiert. Warum auch? Ein Mann muss auch mal Bart tragen dürfen. Selbst im Dienst. Er war noch in Gedanken versunken, als sein Handy klingelte.

„Hast du uns jetzt völlig vergessen?“, raunte Elke am anderen Ende der Leitung ohne Begrüßung.

„Elke?" Rauscher war perplex. „Äh ... jetzt mach aber mal halblang, wie kommst du denn darauf?"

„Du hast dich überhaupt nicht gemeldet."

„Aber du warst doch diejenige, die mir gesagt hat, dass sie eine Zeit lang nichts mehr von mir hören will."

„Schon, aber das wirkt jetzt so, als hättest du jegliches Interesse an mir und Max verloren."

„Quatsch. Ich denke ständig an euch. Du hast mich auf dem völlig falschen Fuß erwischt. Ich habe eine Nachtschicht hinter mir, einen Fall, der immer komplizierter wird und außerdem stehen wir enorm unter Zeitdruck."

„Genau das meine ich. Der Job bringt dich dazu, alles andere zu verdrängen."

So kühl, so abweisend.

„Nee, nee, also Moment mal. Du müsstest dich bitte mal entscheiden, was du willst. Ich hatte eine klare Ansage, an die ich mich gehalten habe. Und jetzt beschwerst du dich deswegen. Also ich weiß echt nicht, was ich dazu sagen soll."

Elke legte eine Pause ein, bevor sie fortfuhr. „Hast du dir eigentlich schon mal überlegt, nach Hamburg zu kommen? Wir fangen hier ein neues Leben an. Max, du und ich. Wir hätten mehr Zeit füreinander."

Nicht mehr so kühl und auch nicht abweisend.

„Stopp, stopp mal! Du meinst, ich soll nach Hamburg ziehen?" Rauscher starrte nachdenklich die weiße Bürowand an. „Aber ich hab hier meinen Job und die Stadt und ..."

„... deinen Ebbelwoi, ich weiß, den kannst du dir doch per Expressbote direkt aus dem Gemalten Haus nach Hamburg schicken lassen."

„Aber das ist doch nicht das Gleiche."

„Und was hält dich in Frankfurt?"

Warum konfrontierte sie ihn jetzt mit einem Umzug? Vor zwei Tagen wollte sie ihn nicht mal sprechen. Rauscher schüttelte den Kopf. „Sorry, aber das ist ziemlich viel auf einmal. Ich muss darüber nachdenken. Ich meine, du bist abgehauen ...“

„Moment, Moment. Du bist schließlich aus der Kirche gerannt!“

„Das hat doch jetzt keinen Sinn, sich gegenseitig den Schwarzen Peter zuzuspielen. Es ist dumm gelaufen, ich weiß.“

„Zwei Worte und alles ist wieder gut.“

„Und welche?“

„Ich komme!“

„So spontan bin ich nicht. Diese Entscheidung ist zu weitgreifend. Ich bin Kommissar hier in Frankfurt. Hier habe ich mein ganzes Leben verbracht. Kenne jeden Winkel ...“

„Schon gut. Ich merke, das macht keinen Sinn.“

„Jedenfalls nicht jetzt. Dienstag morgens um kurz vor 7.30 Uhr. Komm wieder her und lass uns in Ruhe drüber reden.“

„Ich überleg es mir. Mach's gut!“

Kaum hatte sie ausgesprochen, machte es klick.

„Hallo? Elke? Hallo? Mist!“

Aufgelegt. Er warf das Handy weg. In ihm krampfte sich alles zusammen. Er fühlte sich überfordert. Teilen konnte er sich nicht. Weg aus Frankfurt auch nicht. Unmöglich. Das Grübeln zerriss ihn. Er sah es kommen, dass er irgendwann in nicht ferner Zukunft eine Entscheidung treffen musste. Und dann wurde ihm übel.

Am liebsten hätte er jetzt einen Sauergespritzten getrunken. Er hatte ihn nötig, aber er sah davon ab. Eine E-Mail in seinem Postfach lenkte ihn ab. Ingo Thaler hatte sie von zu Hause aus geschrieben. Sie enthielt einen Link, den Rauscher anklicken sollte, was er auch sofort machte. Er führte ihn auf eine Webseite, auf der eine drei Tage alte Pressemeldung der Stiftung „Perspektive Rhein-Main“ abgedruckt war. Rauscher überflog den Artikel und las dann die spannenden Passagen genauer: „... verleihen wir Herrn Robert Wentorff für seine verdienstvolle Arbeit, den aufopferungswürdigen Einsatz für den Ausbau des Frankfurter Flughafens und die zukunftsorientierten Weichenstellungen für die Region die Heinrich-Treibel-Gedenkmedaille, einen der bedeutendsten und mit 500.000 Euro bestdotierten Wirtschaftspreise Deutschlands ...“

„Bingo!“, sagte Rauscher und schlug sich auf den Oberschenkel.

In diesem Moment schneiten Krause und Thaler in sein Büro.

„Ach, nee! Was wollt ihr denn schon hier?“, rief Rauscher ihnen entgegen. „Ich dachte, ich hätte mal einen Augenblick Ruhe, um die Ermittlungen zu überdenken.“

„Verdammt, Rauscher“, platzte Krause der Kragen. „Deine Laune seit Elke weg ist, kann man nicht mehr ertragen. Glaubst du eigentlich, wir sind zum Vergnügen hier?“ Krause schien beleidigt zu sein und wandte sich ab. „Ende der Durchsage.“

„Blöde Sprüche haben mir gerade noch gefehlt“, erwiderte Rauscher und starrte die beiden erwartungsvoll an.

Thaler fuhr prompt dazwischen, damit die Situation nicht eskalierte. „Hast du die E-Mail schon gelesen?“

„Klar. Ein erster Anhaltspunkt, warum Wentorff zur Zielscheibe geworden ist. Fragt sich nur, ob es eine Verbindung zwischen Wentorff und Thelen gab?“ Plötzlich stutzte Rauscher und seine Augenbrauen hoben sich. Krause hielt ein Päckchen in einem durchsichtigen Plastikbeutel bei sich.

„Wenn ich mich nicht täusche, sieht das dem ersten von Samstag verdammt ähnlich, oder?“, vermutete Rauscher.

„Wir haben noch nicht reingeschaut“, antwortete Krause zaghaft. „Wollten dir die Freude ebenso gönnen.“

„Danke für eure Anteilnahme. Wäre aber nicht nötig gewesen. Also los!“

Krause beförderte das Päckchen auf einen Tisch in der Ecke. Rauscher erhob sich und kam hinterm Schreibtisch hervor. Thaler stellte sich neben ihn und begutachtete die Überraschung.

Krause zog Handschuhe über, holte das Objekt der Begierde aus dem

Beutel, öffnete es vorsichtig und warf einen Blick hinein.

„Was ist drin?", rief Rauscher, der es kaum abwarten konnte.

„Jetzt sei doch nicht so ungeduldig", wehrte Krause ab, griff in das Päckchen hinein, bekam etwas zu fassen und zog die Hand langsam wieder heraus. Er legte einen kleinen Karton auf den Tisch. Etwa acht cm breit, acht cm hoch und acht cm tief.

„Größe würde passen", kommentierte Thaler. „Wollen wir eine Wette abschließen? Ich setze fünfzig Euro auf Wentorffs rechtes Ohr."

„Und ich zwanzig auf seine linke große Zehe", schaltete sich Krause ein, fing aber sogleich an zu lachen.

„Keine Scherze", meinte Rauscher und schaute ernst auf Krauses Hände, die gerade den Karton öffneten.

„Und?", rief Rauscher.

Krause holte einen Zettel hervor, auf dem ausgeschnittene Buchstaben aufgeklebt worden waren, und las den Text für sich.

„Was steht denn drauf?" Thaler konnte sich kaum einkriegen vor Spannung.

Krause schaute die beiden Kommissare mit ruhigen Augen an und las vor: „Wenn die Nordwest-Landebahn ab morgen nicht stillgelegt sein wird, werdet ihr im nächsten Päckchen wieder ein Ohr finden."

30

Mehrere Sekunden lang herrschte drückende Stille in Rauschers Büro. Die Anspannung wich nur langsam, nachdem Rauscher, Krause und Thaler den Inhalt des Päckchens identifiziert hatten. Sie blickten sich an.

„Und was machen wir jetzt?", reagierte Thaler als Erster. „Wir können doch nicht tatenlos zusehen, bis er uns wieder ein abgeschnittenes Ohr auf dem Servierteller schickt."

„Auf keinen Fall! Wir müssen ihn vorher finden, und wenn wir rund um die Uhr arbeiten. Es gibt keine Alternative."

„Du meinst, alternativlos?", fragte Krause.

„Wie ich das Wort hasse", kotzte sich Thaler aus.

Gleich darauf öffnete sich die Tür und Markowsky, ihr direkter Vorgesetzter trat ein. „Jetzt haben wir den Salat", sagte er ohne viel Federlesens. „Thelen will an die Öffentlichkeit gehen. Er ist stinksauer auf die Polizei, weil wir, Zitat Thelen: ‚gegen die Staatsfeinde', nicht genug unternehmen würden."

Rauscher wollte energisch seine Meinung kundtun, unterdrückte jedoch stattdessen seinen Ärger und überlegte sich einen neuen Weg. „Und wenn wir uns offensiv an die Bevölkerung wenden und um Mithilfe bitten?"

„Kommt nicht infrage", wehrte Markowsky ab. „Die Sache Wentorff ist zu delikat. Ein entführter Politiker ist kein Kinderspiel. Da verliert man schnell die Kontrolle und das ist das Letzte, was ich hier gebrauchen kann. Wir müssen sehr diskret agieren, Rauscher." Markowskys Stimme nahm einen ernsten Klang an, wie immer, wenn er um seinen eigenen Arsch besorgt war.

„Wir haben noch etwas für Sie, Chef. Sehen Sie mal her." Rauscher deutete auf das neue Päckchen und schilderte Markowsky mit kurzen Worten dessen Inhalt und die Forderung des Erpressers.

„So was hab ich befürchtet." Seine Worte versiegten ratlos. „Jetzt handelt es sich um einen Fall, der die oberen Chargen interessieren dürfte. Vielleicht müssen wir sogar den Generalstaatsanwalt einschalten. Ich muss umgehend mit Zimmermann sprechen. Entschuldigen Sie mich."

Markowsky wollte sich gerade umdrehen und gehen, als hinter seinem Rücken zwei Männer auftauchten. Der eine trug einen schwarzen Anzug, der andere Jeans und Poloshirt.

Der erste gab Markowsky die Hand. „Kastner, LKA", stellte er sich vor und schaute in die Runde. „Das ist mein Kollege Fillinger, Staatsschutz." Die Begrüßung ging reihum, nur Rauscher entzog sich der Händeschüttelorgie. „Leute, wir übernehmen“, fuhr Kastner fort. „Ich brauche nicht zu betonen, dass die Presse bis auf Weiteres tabu ist. Was habt ihr denn da Schönes für uns?“ Er deutete auf das Päckchen.

„Kümmer dich um die“, flüsterte Rauscher Krause zu und machte Anstalten zu gehen.

„Du kannst doch jetzt nicht einfach abhauen!“

„Und ob!“ Rauscher öffnete die Tür und war keine Sekunde später aus seinem eigenen Büro verschwunden. Sollten sich Krause und Thaler mit den LKA-Leuten rumärgern. Sein Weg führte ihn direkt in die Kantine, die um diese Uhrzeit fast leer war. Er genehmigte sich am Buffet eine Rindswurst mit Brot und Senf. Dazu einen starken Kaffee. Irgendwie hatte er das Gefühl, wach werden zu müssen.

Beim letzten Bissen, den er genüsslich kaute, stand plötzlich Krause vor ihm.

„Wusste ich doch, dass ich dich hier treffe.“

„Was soll denn das heißen?“ Rauscher wischte sich mit einer Serviette den Mund ab.

„Gesundheitsfood am frühen Morgen. Sehr, sehr lecker!“ Krause hockte sich neben ihn und stöhnte.

„Was willst du?“ Rauscher trank seinen Kaffee aus und überlegte, sich noch eine Tasse zu besorgen.

„Wie geht’s jetzt weiter?“ Krause schaute ihn mit ratlosem Blick an.

„Wir sind aus dem Rennen“, meinte Rauscher. „Wenn wir dem LKA dazwischenfunken, kann es richtig Ärger geben und darauf hab ich absolut keine Lust.“

„Sie beziehen uns immerhin in ihre Ermittlungen mit ein, ne! Aber mehr als Handlangerdienste springen für uns wahrscheinlich nicht raus. Und Informationen sind dünn gesät. Ich habe gehört, dass sie innerhalb weniger Stunden ein achtzehnköpfiges Team zusammengestellt haben, das das komplette Umfeld Wentorffs durchleuchten soll.“

„Eine Sondereinheit? So schnell ging das?"

„Ja, Mann."

„Na, siehste. Wenn's um die Oberen geht, werden keine Kosten und Mühen gescheut und alles geht ratzfatz."

„Sie hängen es ganz hoch."

„Klar, wenn die Staatssicherheit gefährdet ist, kriegen sie, was sie wollen. Das volle Programm."

„Ist ja auch einleuchtend, der Wentorff ist ein Spezi des Innenministers."

„Wenn was nach außen dringt und nicht bald brauchbare Ergebnisse vorliegen, brennt hier die Hütte. Das kann ich dir versichern."

„Ein Spaß wird das nicht. Mach dies, mach das", äffte Krause die LKA-Beamten nach. „Wie mir diese arroganten Schnöseln zuwider sind. Als könnten die alles besser. Die tun immer so, als hätten sie alles im Griff. Dabei wissen sie nicht, was sie tun."

„Meinst du was Konkretes?"

„Sie haben gerade Schulz' Observation aufgehoben. Nachdem sie das Vernehmungsprotokoll gelesen hatten, wurde er als nicht dringend tatverdächtig eingestuft. Dabei ist er unsere einzige Spur."

„Sehe ich genauso."

„Jetzt kann er uns jedenfalls nicht mehr zum potenziellen Täter führen."

„Ob das geklappt hätte, steht ohnehin auf einem anderen Blatt."

„Hast du eine bessere Idee?"

„Nö, spielt auch keine Rolle mehr. Wir sind raus."

„Aber wir müssen kooperieren. Und dem LKA zuarbeiten, sonst flippt Markowsky aus."

„Mir doch egal."

„Du bist aber echt auf Krawall gebürstet, ne! Also, was schlägst du vor?"

„Feierabend."

„Wie jetzt?"

„Ingo wird's freuen."

„Da kommt er ja." Krause drehte sich herum und blickte den Kollegen Thaler an. „Du hast frei."

Der Angesprochene machte eine Miene, als habe er sich gerade verhört. „Äh, würden mich die Herren bitte kurz aufklären."

„Wir bauen heute Überstunden ab", erklärte Rauscher. „Den Fall sind wir sowieso los. Ingo, gibt's eigentlich was Neues aus dem Markus-Krankenhaus?"

Jetzt nahm auch Thaler am Tisch Platz. „Nein. Der Wachbeamte weiß, dass er mich umgehend informieren soll, falls es Stress gibt oder was Auffälliges passiert."

„Und was ist mit dem Phantombild?"

„Der Typ darauf muss ja nicht zwingend etwas mit dem Fall zu tun haben. Die Berger kann sich den Überfall auch ausgedacht haben."

„Und die grünen und blauen Flecke im Gesicht auch?"

Thaler zuckte die Achseln.

„Und das zweite Päckchen?", wollte Rauscher wissen.

„Hat das LKA beschlagnahmt."

„Mit anderen Worten, wir haben nichts. Absolut nichts." Das Deprimierte in Rauschers Stimme war nicht zu überhören.

„Korrekt, Herr Teamleiter", antwortete Thaler. „Vollkommen korrekt!"

31

Im Prinzip war Rauscher ganz froh, den Fall los zu sein. Er konnte politisches Aufsehen erregen und das war nie gut. Zu schnell geriet man in die Mühlen der einzelnen Interessen. Es ging in den oberen Rängen der Bürokratie, der Politik und der Polizei im Grunde nicht darum, den Fall zu lösen, sondern darum, möglichst wenig Wirbel zu entfachen und die Wogen zu glätten. Dabei konnten alle Parteien nur verlieren.

Deshalb beschloss er für sich: Erstens wollte er nicht dem LKA zuarbeiten.

Zweitens wollte er den Kopf frei kriegen. Und last, but not least wollte er sich, wenn möglich, etwas von den nervlichen Strapazen der letzten Tage erholen. Dass ihm Letzteres gelingen würde, bezweifelte er am meisten.

Sein Ehrgeiz und sein Pflichtbewusstsein machten Rauscher schon jetzt einen Strich durch die Rechnung. Denn seine Gedanken kreisten wie selbstverständlich um den Fall.

Und genau aus diesem Grund verließ er das Polizeipräsidium über die Tiefgarage und fuhr Richtung Louisa. Er war nicht mehr dazu gekommen, Schulz eine wichtige Frage zu stellen. Genau das musste er nachholen.

Er ließ seinen Wagen an der Buchscheer vorbeirollen und staunte nicht schlecht. Oben am Haus, oberhalb der Gartenterrasse der Ebbelwoiwirtschaft, hing ebenfalls ein Banner mit der Aufschrift ‚Stoppt den Fluglärm!' genau wie an zahlreichen Häusern in der Gegend.

Die Buchscheer zählte zu den traditionellsten Frankfurter Schoppenwirtschaften. Seit 1876 wurde hier in der fünften Generation Ebbelwoi selbst gekeltert. Rauscher verspürte einen leichten Drang, den Blinker zu setzen und einen Buchscheer-Gespritzten zu probieren, aber er versagte sich diese Gelüste, weil er dringend mit Schulz reden wollte. Hundert Meter weiter parkte er und klingelte, wieder einmal, bei ihm.

Während er vor der Tür wartete, zuckte er unwillkürlich zusammen, als ein Flugzeug über ihm vorbeidonnerte. Welch ein Unterschied zu Bockenheim oder Ginnheim, dachte er. Kein Wunder, dass die Leute hier auf die Barrikaden gehen.

Er war noch am Grübeln, als er eine bekannte Stimme hörte. „Sie schon wieder. Können ja gar nicht genug von mir kriegen."

Schulz stand vor ihm. Sein Gesichtsausdruck schien noch verbitterter zu sein, die Gesichtsfarbe noch grauer. Ein dunkler Rand um die Augen signalisierte, dass er nachts wenig Schlaf abbekommen hatte.

„Was wollen Sie?"

„Wir wurden unterbrochen im Präsidium. Aber mir ist noch was eingefallen."

„Muss ja super wichtig sein."

„Könnte schon sein. Kennen Sie eine Irene Handke?"

Schulz' Augenlider zuckten. Er starrte den Kommissar an. Eine Weile passierte nichts, dann schüttelte Schulz den Kopf, bevor er leise „Nein" sagte und folgende Frage anfügte: „Wer soll das sein?"

„Sind Sie sich sicher? Und wieso haben Sie eben so lange gezögert?"

„Ich brauche immer eine gewisse Zeit, wenn ich überlege."

„Okay, und wie erklären Sie sich dann, dass sich neben den Ihren auch Irene Handkes Fingerabdrücke auf dem Päckchen befanden?"

„Fragen Sie sie doch am besten selbst."

„Würde ich gerne, aber sie liegt im Koma."

Diese Information ließ Schulz nicht kalt, er zuckte zusammen. Rauscher hatte das Gefühl, dass der Mann versuchte, sich zusammenzureißen und sich nichts anmerken zu lassen, deshalb bohrte er nach. „Wirklich noch nie gehört?"

„Irene Handke sagten Sie? Nee, der Name ist mir noch nie über den Weg gelaufen."

„Also gut, das war's schon. Danke auch." Rauscher wandte sich ab und sagte im Davongehen: „Bis bald. Wir sehen uns sicher wieder."

„Der Lärm scheint es Ihnen ja wirklich angetan zu haben." Schulz lächelte und schloss die Tür.

Der Mann war wie zugeknöpft, aber er wusste mehr, als er zugegeben hatte. Eindeutig. Aber was? Rauscher musste dahinterkommen. Zu dumm, dass das LKA die Observation abgeblasen hatte. Was sollte er tun? Er konnte sich nicht Tag und Nacht ins Auto setzen und Schulz' Haus beobachten.

Außerdem spürte Rauscher etwas anderes. Irenes Krankenbett zog ihn an, als sei dort die Lösung des Falles zu finden. Er machte einen Abstecher nach Ginnheim ins Markus-Krankenhaus.

Als er auf der Intensivstation ankam, sah er den Wachposten vor Irenes

Zimmer. Der Mann saß auf einem Stuhl, hielt in der einen Hand einen Becher Kaffee und in der anderen sein Handy.

„Sie können eine Pause machen", sagte Rauscher und zeigte ihm seinen Dienstausweis.

Sofort setzte sich der Beamte gerade hin. „Nicht nötig, ich werde sowieso in zwei Stunden abgelöst."

„Vertreten Sie sich ruhig die Beine. Ich bleibe hier drin, bis Sie wieder kommen." Rauscher schob die Tür auf und ging leise hinein.

Irene lag fast genau so da, wie er sie letztes Mal verlassen hatte. Nur fehlte der Schlauch im Mund. Sie atmete selbst. Eine Sonde steckte in ihrem Hals und war mit Pflastern festgeklebt. Schläuche ragten heraus und führten zu einem Ständer mit Flaschen, der nahe bei ihrem Kopf stand. Ein Monitor überwachte die Herzfrequenz.

Er nahm einen Stuhl und schob ihn langsam an die rechte Seite des Bettes. Er konnte keine Bewegung ausmachen, es schien, als atme sie überhaupt nicht. Obwohl ihm bewusst war, dass sie ihn nicht hören konnte, sprach er mit ihr. „Hallo, Irene", sagte er. „Na, wie geht's dir? Ich find's schade, dass wir uns nicht unterhalten können, weißt du. Ich hätte so viele Fragen an dich. Wir wissen immer noch nicht, warum deine Fingerabdrücke auf dem Päckchen zu finden waren. Hast du etwa was mit Thelen zu tun gehabt? Kennst du diesen Schulz, Peter Schulz? Seine Fingerabdrücke haben wir nämlich auch gefunden."

Rauscher legte eine nachdenkliche Pause ein. „Zu allem Überfluss habe ich gerade Stress mit Elke. Oh, entschuldige. Die kennst du ja gar nicht. Meine Freundin. Wir wollten letzte Woche heiraten, du hast aber dazwischengefunkt. Mäxchen ist unser gemeinsamer Sohn, mit ihm ist Elke nach Hamburg gefahren. Sie stammt ursprünglich von dort und jetzt will sie, dass ich nachkomme. Ich! Tse! In Hamburg. Kannst du dir das vorstellen? Oh, Mensch. Ich spüre, wie mein Herz pocht, wenn ich an all das denke." Er beugte sich übers Bett, nahm Irenes Hand und legte sie auf seine Brust. „Fühlst du es? Heftig, was? Gefühlsduselei, meinst du? Wirklich. Gefühlschaos würd ich sagen. Kann ich absolut nicht gebrauchen. Oh, Mann. War alles so schön geplant. Ich hatte ihr sogar meinen Seitensprung gebeichtet. Doch, echt. Rauscher, hat sie gesagt, gut, dass es raus ist. Jetzt haben wir freie Bahn. Irre cool, oder? Sie hat mir keinen Vorwurf gemacht, nur noch hinterher geschoben, dass ich das nie wieder machen soll. Und weil ich ihre Reaktion so gut fand, hab ich ihr kurz darauf den Heiratsantrag gemacht. Nee, wirklich. War so. Spontan halt, aber unromantisch, ohne Kerzen, Dinner und sonstiges Zeug." Rauscher schmunzelte. „Leider schiefgegangen. Wär auch zu schön gewesen, oder? Die Hamburger Deern und der Frankfurter Bub. Knall auf Fall waren wir verliebt. Vielleicht ging alles etwas schnell. Auch Elkes Schwangerschaft. Aber es war auch spannend. Und dann kam der Stress dazu. Die Geburt, Mäxchen, der Dienst. Ihre Nörgelei, weil sie auch wieder arbeiten wollte. Wir hatten wenig Zeit füreinander. Und wenn ich zu Hause war, stand Mäxchen im Mittelpunkt. Logo. Elke war manchmal sauer. Und nun? Was hat uns auseinandergebracht? Dass ich meinen Job machen musste? Dass ich Verantwortung übernommen habe? Ehrlich gesagt, habe ich mir nichts vorzuwerfen, auch wenn alle Welt mir Vorwürfe macht. Meine Mutter hat sich seit über einer Woche nicht mehr gemeldet. Oh, oh! Ich kann mir denken, wie es in ihr brodelt." Rauscher merkte plötzlich, dass er in einen Redeschwall geglitten war. Musste alles mal raus, dachte er und fügte an: „Ist ja jetzt egal. Hier geht es um dich und mich. Irgendwas wolltest du mir sagen. Es muss verdammt wichtig gewesen sein, sonst hättest du mich nicht angerufen nach so vielen Jahren." Irgendwo in seiner Gedankenkette hakte es. Er kam nicht weiter. Es klopfte. Dr. Mittag steckte ihren Kopf zur Tür herein. „Hallo, Herr Kommissar. Ich habe Sie vorhin hineingehen sehen. Störe ich?"

„Nein." Er erhob sich und wandte sich der Ärztin zu, die auf den Monitor schaute, um sich über Irenes Zustand Gewissheit zu verschaffen.

„Oder möchten Sie lieber wieder allein mit ihr sein?"

„Ich war gerade ... also, ich wollte sowieso gerade aufbrechen."

„Ach so. Na dann. Moment. Ich schaue gerade noch einmal nach ihr ..." Während Rauscher neben dem Bett stehen blieb, kontrollierte Dr. Mittag die Infusionsflaschen. Er konnte nicht anders, als die Ärztin von oben bis unten zu begutachten. Sie war etwa 1,70 Meter groß und wirkte in ihrem weißen Krankenhauskittel sehr schlank. Obwohl ihre Stimme sehr weich klang, vermittelte ihr Auftreten etwas Bestimmendes.

„Alles in Ordnung", sagte Dr. Mittag und wandte sich zu Rauscher um. Ihre Augen waren blaugrau, ihre Gesichtszüge fein und die reine Haut, auf der kein noch so kleines Fältchen auszumachen war, erschien so, als habe sie nicht selten einen Termin im Kosmetiksalon.

Eine Minute später standen sie sich auf dem Flur gegenüber und verabschiedeten sich. Sie drückte ihm die Hand, grinste und ging.

Er schaute ihr hinterher. Ihr Gang federte etwas. Er erinnerte ihn an Ballettunterricht, den sie bestimmt in ihrer Kindheit und Jugend genommen hatte. Dann fiel ihm etwas ein. „Dr. Mittag", rief er ihr hinterher. Er rannte zu ihr und gab ihr seine Karte. „Können Sie mich vielleicht direkt anrufen, falls Irene aufwacht?"

„Gern", sagte die Ärztin und zog beide Augenbrauen hoch, als wolle sie damit andeuten, dass sie es schade fände, wenn Rauscher jetzt gehen würde. „Vielleicht sehen wir uns ja mal wieder?", brachten ihre Lippen zaghaft hervor.

„Heute Abend beispielsweise. Wann haben Sie Feierabend?"

Flott, flott, dachte Rauscher.

„Äh ... ich?" Ihre Stimme verriet, dass sie diese Frage nicht jeden Tag zu hören bekam.

„Sehen Sie hier sonst noch jemanden?"

„Äh, nein. Um 18.00 Uhr. Ich bin nur ein wenig ... erstaunt."

„Was halten Sie von 19.00 Uhr?", fragte Rauscher und als sei es Magie, kam Rauscher ein Gedanke. „Im Gemalten Haus?"

„Warum nicht?"

Allein bei dem Gedanken daran hatte Rauscher den Geschmack von Ebbelwoi und Handkäs auf der Zunge. „Dann sehen wir uns später."

Und als er beim Ausgang des Krankenhauses einen Moment innehielt, dachte er, nichts kann so trist sein wie ein Geripptes ohne Ebbelwoi.

32

Ein Politfall hatte Markowsky gerade noch gefehlt. Er schwitzte, während er mit Zimmermann telefonierte, dabei war es in seinem Büro kühl.

„Ganz meine Meinung, Herr Polizeipräsident, kommt überhaupt nicht infrage", bekräftigte er Zimmermann, der die Forderung des Erpressers nach einer Stilllegung der neuen Landebahn strikt abgelehnt hatte. „Wäre ja noch schöner. Hier ist eine harte Hand erforderlich. Staat und Polizei dürfen sich nicht erpressen lassen. Sonst haben wir morgen hundert Nachahmungstäter, die mit noch absurderen Forderungen ankommen."

„Der Ministerpräsident und die Regierung stehen zwar hinter uns", fügte Zimmermann hinzu, „aber sie erwarten eine rasche Lösung des Falles. Sollte das nicht der Fall sein, wird es ungemütlich. Halten Sie mich auf dem Laufenden."

Als der Polizeipräsident aufgelegt hatte, wischte sich Markowsky eine Schweißperle von der Stirn. Der Job war nichts mehr für ihn, aber bis zur Pension würde er noch einige Jährchen durchhalten müssen.

Die entscheidende Frage war: Konnte er den LKA-Leuten trauen oder ging es denen vordringlich darum, alles unter den Teppich zu kehren, um möglichst nichts nach außen dringen zu lassen? Ermitteln, vertuschen, weitermachen, als sei nichts geschehen. Eine beliebte Strategie.

Markowsky entschied, die Sache selbst in die Hand zu nehmen und parallel dazu auch noch zu ermitteln. Er wählte Rauschers Nummer, dieser nahm jedoch nicht ab. Dann versuchte er es bei seinen Teamkollegen.

„Ingo Thaler am Apparat."

„Herr Thaler, wissen Sie, wo Rauscher steckt?"

„Nein, aber ich könnte ..."

„Er soll sofort hier antanzen, sagen Sie ihm das, wenn Sie ihn erreichen."

„Geht in Ordnung, Herr Markowsky."

Der Leiter der Mordkommission klickte das Gespräch weg und hatte das vage Gefühl, dass die nächsten Tage recht ungemütlich werden konnten.

33

Hey, Arschloch. Nicht einschlafen. Ich will dir was erzählen. Brennt mir auf der Seele, verstehst du? Die Horrornacht. Ich denke immer daran, wenn ich wach liege und nicht schlafen kann. Dann seh ich die Bilder von damals. Es läuft ab wie ein Gruselfilm. Sie haben uns da rausgeschickt zum Flughafen. Schwarzer Himmel. Lichter. Mündungsfeuer. Schüsse. Schreie. Entsetzte Gesichter. Kollegen, die wie angestochen herumliefen und retten wollten, wo es nichts mehr zu retten gab.

Da staunste, was? Damit hättest du nicht gerechnet, gell?

Das war die Nacht, in der meine Zukunft gestorben ist. Und seine Zukunft auch.

Jens hieß er. Und tot war er plötzlich. Draußen an der Startbahn ist er erschossen worden.

Kannst du dir vorstellen, wie ich den Flughafen hasse seitdem? Seit 25 Jahren macht er mich fertig. Ich hatte mich aber irgendwie mit der Situation abgefunden, bis deine verfickte neue Landebahn in Betrieb ging. Dann eskalierte die Situation. Mit den Maschinen ist es viel schlimmer geworden. Konnte ich mir auch nicht vorstellen, war aber so.

Zoooinnnng! Zoooinnnng! Zoooinnnng!

Manche pfeifen aus ihrem dicken Bauch heraus.

Zooooinnnng! Ich kann das so schlecht nachmachen. Die kommen wie Blitze, so schnell, schwappen in meinen Kopf und lassen mich nicht mehr los.

Zoooooooing! Zoooooooing!

Und am schlimmsten ist es abends oder frühmorgens, wenn rundherum Stille herrscht. Dann hört man sie noch früher kommen. Dann beginnt es sehr leise, steigert sich in atemberaubendem Tempo und mündet in einem Donnerhall.

Boooooooing! Boooooooing! Boooooooing!

Wenn sie direkt über dir fliegen. Das ist die Hölle, verstehst du?

Zawummmm. Zawummmm. Zawummmm.

Manchmal habe ich das Gefühl, sie werden immer lauter. Dabei kann das gar nicht sein. Eigentlich sind die jeden Tag dabei, den Schallschutz zu verbessern und die Maschinen leiser zu trimmen. Aber das sind nur Nuancen. Leider. Ich krieg das alles einfach nicht aus dem Kopf. Mein Gehirn ist wie Reisbrei. Fast wie Matsch. Da helfen nur Tabletten. Selbst Schnaps gibt mir nichts mehr. Der Flughafen ist ein Monster, das in mir spukt. Tag und Nacht. Immer.

Zuerst dachte ich, Scheiße, langsam, aber sicher wirst du verrückt. Doch dann habe ich gemerkt, dass es nicht nur mir so ging, sondern vielen anderen auch. Der Krach ging einfach nicht mehr weg. Oder besser gesagt: Er kam wieder und wieder. Immer wieder.

Zawummmm. Zawummmm. Zawummmm!

Und dann dachte ich, nö, deshalb brauchst du nicht verrückt zu werden. Das ist real. Er ist da. Man kann da so lange drüber nachdenken, wie man will. Bringt alles nix. Ich bin nervöser geworden als früher. Irgendwie dünnhäutiger im Laufe der Lärmbelästigung. Kann mich nicht mehr dagegen abschotten.

Hörst du sie? Ja, irre, oder?

Zawummmm! Zawummmm! Zawummmm!

Vielleicht muss ich töten, um sie loszuwerden. Irgendwann muss doch einfach wieder Ruhe herrschen, Teufel noch mal.

34

Frankfurt Sachsenhausen, Anfang April, Mittwoch

Schulz war verwirrt. War er immer noch verdächtig, weil dieser Rauscher schon wieder bei ihm aufgetaucht war? Oder wollte er ihn einfach nur verunsichern?

In der Zeitung hatte nichts über den Vorfall mit Thelen gestanden. Hatten ihn die Polizisten angelogen? Spielten sie ein Spiel mit ihm? Andererseits würden sie ihn wohl kaum verhört haben, wenn nichts an der Sache dran wäre.

Und vor allem: Was hatte Irene mit der Sache zu tun, warum lag sie im Koma und warum hatten sie auch ihre Fingerabdrücke gefunden? Den Namen Handke hatte Schulz lange nicht gehört, aber er wusste, dass Kempfs Tochter verheiratet gewesen war und offensichtlich trug sie noch den Namen ihres Ex.

Schulz brauchte Gewissheit. Er dachte an Kempf, an sein merkwürdiges, fast feindliches Verhalten und an die Leinentücher mit roter Farbe. War das womöglich Blut gewesen? Er beschloss, der Sache auf den Grund zu gehen.

Nur wie?

Er fasste allen Mut zusammen und schlich, wieder einmal, unbemerkt aufs Nachbargrundstück. Die Einfahrt und der Bürgersteig waren seit Wochen nicht mehr gefegt worden. Aus den Fugen spross Unkraut. Es wucherte auch zwischen den Pflanzen im Vorgarten. Seit Manu weg war, ging hier alles zugrunde. Kempf schien sich um andere Sachen kümmern zu müssen. Tat geschäftig. Jeden Tag. Schulz hatte die Nase voll von der Geheimnistuerei. Seine Inspizierung des Kempfschen Besitzes wurde permanent vom Lärm überfliegender Flugzeuge gestört, was ihn aber nicht davon abhielt, weiter zu spionieren.

Er stand gerade hinter einer Wassertonne, die randvoll war, der Boden ringsherum deutete an, dass sie bereits mehrfach übergelaufen war, als sich plötzlich die Haustür öffnete und Kempf heraustrat. Schulz duckte sich hinter das Fass und beobachtete, wie er mit einer schweren Kiste in den Händen die Treppenstufen herunterstieg und sie vor dem Kofferraum seines Wagens abstellte, bevor er in die Tasche griff, um den Wagenschlüssel herauszuholen.

Schulz kam rasch aus seinem Versteck, sprang hinter ihn und klopfte ihm auf die rechte Schulter. „Weißt du eigentlich, dass die Polizei hinter deiner Tochter her ist?", fragte er mit fester Stimme.

Kempf fuhr herum, als sei der Teufel hinter ihm her. „Bist du irre? Mich so zu erschrecken." Er atmete tief durch.

„Hab dich mal nicht so. Was hast du denn in der Kiste?"

„Geht dich einen Scheißdreck an. Und was soll diese beschissene Anspielung mit Irene? Wie kommst du überhaupt darauf?" Kempfs Glatze glänzte.

„Bei mir waren sie auch."

Kempf hielt inne und starrte Schulz an. „Die Polizei?"

„Ja, sicher."

Kempf schaute sich um, als fühle er sich beobachtet. Er inspizierte die Straße – schaute hoch und runter. Mit einem Klicken öffnete er den Kofferraum, bückte sich, hob die Kiste an und verstaute sie im Wagen. Während er den Kofferraumdeckel wieder schloss, klopfte er Schulz auf den Arm. „Hast du Lust auf ein Bier?" Sein Ton änderte sich.

„Morgens schon?"

„Wir wollten doch reden wegen der Demos."

„Also gut. Und wie kommt dein Sinneswandel zustande?"

„Ich bin wieder dabei. So einfach ist das."

„Okay, Zeit hab ich."

Kempf ging vor und Schulz folgte ihm auf dem Fuß. „Irene hab ich lange nicht gesehen", fügte Schulz an. „Du?"

„Ich auch nicht. Wenn sie Ärger hat, muss sie ihn selbst auslöffeln. Ist ja alt genug."

„Wird schwierig."

Kempf horchte auf. „Wieso? Erzähl doch mal, was die Polizei von ihr will."

„Das weiß ich auch nicht, aber momentan kriegen sie nichts aus ihr raus."

„Ständig diese Anspielungen", fuhr Kempf auf. „Was soll das heißen?"

„Sie liegt im Koma."

„Im Koma? Nein! Jetzt lass dir doch nicht alles aus der Nase ziehen." Kempf konnte es kaum abwarten.

„Erst will ich ein Bier. Du hast dich die ganze Zeit nicht um deine Kleine gekümmert, also kannst du die zehn Minuten auch noch warten."

Kempf nickte, schloss hinter Schulz die Haustür und führte ihn in die Küche. Und Schulz hatte das merkwürdige Gefühl, die Höhle des Löwen betreten zu haben.

35

Rauscher erwachte um 7.35 Uhr und wusste im ersten Moment nicht, wo er war. Rasch erkannte er sein Schlafzimmer. Wie war er hierhergekommen? Sein Kopf fühlte sich schwer an und brummte. Unverwechselbares Zeichen eines sich anbahnenden Katers.

Rauscher stöhnte. Ein Blick zur Seite ließ ihn erkennen, dass das Laken und die Decke benutzt worden waren. Hatte jemand neben ihm übernachtet? Er hatte keine Ahnung, wer das gewesen sein könnte. War Elke zurückgekehrt?

Gemächlich stieg er aus dem Bett und ging ins Badezimmer, weil die Blase drückte.

„Hallo?", rief er in die Wohnung, bekam aber keine Antwort.

Er setzte sich auf den Klodeckel und rieb sich die Augen. Verdammt. Ebbelwoi, Mispelchen. Da musste noch was anderes im Spiel gewesen sein. Und jetzt sah er es vor sich: dieses dunkle Zeug. Averna. Richtig. Dr. Mittag hatte sie bestellt. Und sie waren recht schnell beim Du gelandet.

Rauscher erhob sich, spülte und stützte sich auf dem Waschbecken ab. Aus dem Augenwinkel erkannte er, dass in der Dusche ein halb volles Geripptes stand. Im Spiegel blickte er in Horroraugen. Rot zerfurcht und tief unterlaufen. Der Dreitagebart ließ seine Visage noch versoffener aussehen, als er ohnehin war.

Das war keine gute Idee gewesen. Nein! Aber nun war es zu spät.

Seine kurzen schwarzen Haare standen in alle Richtungen ab. Sah witzig aus, fast hätte er schmunzeln müssen, aber der saure Geschmack im Mund hinderte ihn daran. Er ließ sich nur mit frischer Zahnpasta übertünchen, also nahm er die Zahnbürste und schraubte die Tube auf. Plötzlich vernahm er ein Geräusch.

Da war jemand in der Wohnung. „Hallo?", rief er wieder, aber nicht zu laut. Er wollte seinen Kopf nicht überfordern.

Da er nichts mehr hörte, putzte er sich weiter die Zähne und verspürte einen stotternden Neustart seines Herz-Kreislauf-Systems. Wie ein Hauch Leben nach dunkler Nacht. Er fühlte sich etwas besser. Doch das änderte sich schlagartig.

„Auch schon wach?"

Rauscher zuckte zusammen, als sich von hinten eine Hand um seinen Bauch legte. „Ich konnte nicht mehr schlafen und hab einen Kaffee aufgesetzt. Steht in der Küche."

Rauscher spuckte die Zahnpasta-Wasser-Mischung aus und sah im Spiegel Verena, also Frau Dr. Mittag. Konsterniert wirbelte er herum, aber die Ärztin lief schon wieder aus dem Bad hinaus. Sie trug eines seiner alten Hemden und es schien, als sei sie darunter nackt. Ihre langen Beine waren leicht gebräunt. Die blonden Locken bedeckten den Nacken und wedelten beim Gehen hin und her. Kam es ihm nur so vor oder wackelte sie demonstrativ mit dem Po?

Außerdem neigte sie den Kopf ein wenig zur Seite, was etwas Provokatives an sich hatte. Obwohl er nur ihren Rücken und ihren Hinterkopf sah, konnte er sich ein verschmitztes Lächeln auf ihren Wangen wunderbar vorstellen.

Noch war er zu perplex, um etwas sagen zu können. Außerdem wollte er sich zunächst den Mund ausspülen.

„Mit Milch und Zucker?", rief Verena Mittag über ihre Schulter hinweg, ohne ihn dabei anzublicken.

„Äh ... ja ... nur Milch bitte." Zucker hasste er. Er fasste sich reflexartig an den Bauch, der eindeutig drei bis fünf Kilo zu viel aufwies, und realisierte erst jetzt, dass er nur Boxershorts anhatte.

Er räusperte sich, denn seine Stimme klang belegt.

„Guten Morgen übrigens", hörte er aus der Küche. „Viel Essbares gibt es hier ja nicht gerade. Außer Babybrei im Glas natürlich."

Wie konnte sie jetzt ans Essen denken? Ihm war speiübel. Und der Rest an Zahnpastageschmack machte es nicht besser.

Rauscher entschloss sich, Zeit zu gewinnen und sich im Schlafzimmer etwas überzuziehen. Im Schrank fand er eine alte Adidas-Jogginghose und ein Sweatshirt. Was sollte er sagen? Wie sollte er sich verhalten? Sollte er sie fragen, was in der Nacht passiert war?

Mensch, Rauscher, sagte er sich, so geht das nicht weiter.

Er pustete dreimal tief durch und ging in die Küche.

„Ach, schade", sagte Dr. Mittag, als sie ihn kommen sah, und ein besonders süßes Lächeln funkelte in ihren Augen. „Vorhin hast du mir besser gefallen."

„Meinem Kopf geht's nicht so gut."

„Moment. Ich habe ASS in einer Schublade gesehen. Hier." Sie reichte ihm ein Blister mit Tabletten. Er schluckte eine, setzte eine Flasche Wasser an, die auf der Anrichte stand, und spülte nach. Das tat gut.

„Brauchst du keine?", fragte er.

„Ich habe höchstens jeden Dritten oder Vierten mitgetrunken. Aber du warst sehr durstig gestern." Sie grinste wieder.

Rauscher senkte die Augen. Die Erinnerung war wie ausgelöscht. Warum wusste er nichts mehr? Es kam ihm vor, als habe ihm jemand K.-o.-Tropfen ins Glas gemischt.

Sollte er sich die Blöße geben und zugeben, dass er nicht die geringste Ahnung hatte, wie sie heimgekommen waren und was danach gelaufen war? Ob überhaupt etwas gelaufen war? Hoffentlich nicht, schoss es ihm durch den Kopf.

Er entschied sich, zunächst eine Tasse Kaffee zu trinken, um wach zu werden. Währenddessen positionierte sich Dr. Mittag so, dass er gar nicht umhin konnte, ihre Beine anstarren zu müssen.

„Trinkst du oft so viel?"

„Nein. Eher selten." Er schwieg missmutig.

„Nette Altbauwohnung", sagte sie unvermittelt, vermutlich, um die sich anbahnende Stille zu durchbrechen.

Ihm war eigentlich nicht nach Sprechen zumute, aber er wollte auch nicht unhöflich sein. „Mir gefällt sie. Ich wohne schon sehr lange hier."

„Wird ja immer teurer in Bockenheim. Ich wohne im Holzhausenviertel."

„Auch nicht billiger. Aber genauso schön."

„Stimmt. Da will ich nie mehr weg."

Als Rauscher die Tasse leer getrunken hatte, machte sich sein Magen bemerkbar. Mussten doch etliche Sauergespritzte gewesen sein. Er konnte sich kaum zurückhalten und stürzte Richtung Toilette.

Auf dem Klo verrichtete er sein Geschäft und hörte unterdessen das Telefon klingeln. Einmal, zweimal, dreimal. Dann war es still. Entweder hatte der Anrufer aufgegeben, oder …? Hoffentlich hatte Verena nicht abgenommen. Ihm schwante nichts Gutes.

Nach zehn Minuten kam er aus dem Bad und erkannte sofort an ihrer Miene, dass etwas nicht stimmte.

„Ich glaube, ich habe Mist gebaut", sagte sie.

„Wieso?"

„Also, ich hatte heute früh, als ich aufgestanden bin, im Markus-

Krankenhaus angerufen, weil ich weder mein Handy noch meinen Piepser dabeihabe und habe denen deine Nummer durchgegeben."

„Und?"

„Na ja, als eben das Telefon klingelte, dachte ich, es sei die Klinik und bin ran gegangen."

„Und wer war es?"

„Eine Elke. Sie klang mächtig sauer."

36

Alles war taub. Irene Handke spürte ihren Körper nicht, nahm aber einen Luftzug um die Nase wahr und einen Geruch nach Putzmittel.

Langsam öffnete sie ihre Augen. Alles verschwommen. Sie versuchte, den Kopf zu drehen, was ihr misslang. Am Rande ihres Blickfeldes sah sie die Umrisse von einigen medizinischen Gerätschaften. Der Raum erinnerte sie an etwas. Die weiße Decke, die Infusionsflaschen, das komische Piepsen. Klar, sie lag in einem Krankenhaus.

Eine gefühlte Stunde lang verbrachte sie mit Grübeleien, wie sie wohl hierhergekommen war, aber sie konnte die Lösung dafür nicht ausfindig machen. Dann fragte sie sich, wo sie ihr Handy ... Handy ... Handy ... und dann fiel ihr alles wieder ein. Der Anruf, das Uni-Dach, der Ausrutscher. Autsch! Von da ab war alles schwarz. Es war alles so schnell gegangen, mehr wusste sie nicht mehr.

Erschöpft fühlte sie sich wie nach drei Tagen und Nächten durchfeiern. Ihre Augen fielen wieder zu und die nächsten Stunden verbrachte sie in einem Dämmerzustand. Halb schlafend, halb wachend. Sie konnte weder denken noch fühlte sie etwas. Einmal glaubte sie, eine Schwester oder ein Pfleger schaue nach ihr.

Später kam Irene Handke wieder zu sich. Sie war allein im Raum. Ihr Blick war klarer, die Zunge belegt. Am liebsten hätte sie ausgespuckt. Ging aber nicht. Sie musste an Andreas Rauscher denken. Hatte er herausgefunden, wer sie war? War er womöglich hier gewesen und hatte sie besucht? Ein leichtes Zucken flog über ihre Augen, aber ihr Kopf dröhnte. Sie konnte sich kaum bewegen. Nur ihre Hände. Mit den Fingerspitzen tastete sie sich vorwärts. Spürte etwas Kaltes. Das Bettlaken. Und dann konnte sie auch ihre Arme leicht anheben.

Ein Geräusch schreckte sie auf. Es kam von draußen. Ein Flugzeug. Selbst hier hörte man sie. Sie versuchte, es zu ignorieren und sich auf ihren Körper und die Situation im Bett zu konzentrieren. Wie schwer war sie verletzt? Aufgrund des Verbandes erkannte sie, dass es sich um eine Kopfverletzung handeln musste. Zudem trug sie eine Halskrause. Mit den Händen erforschte sie den Oberkörper und die Beine. Sie schienen unverletzt zu sein.

Ich könnte also laufen, dachte sie. Sie war eine stabile Natur und von so einem lächerlichen Sturz würde sie sich keinesfalls aus der Bahn werfen lassen.

Wie viel Uhr mochte es sein? Sie hatte keinerlei Zeitgefühl. Aber es musste nach 5.00 Uhr morgens und vor 23.00 Uhr abends sein. Der Fluglärm war doch für was gut.

Wie lange mochte sie hier schon liegen? Was war draußen geschehen? Was mochte ihr Vater zwischenzeitlich angestellt haben? Oh Gott. Ihr Vater. Hatten sie ihn etwa schon dingfest gemacht?

Eine Weile später ging die Tür auf und ein Putzmann kam herein. Aus den Augenwinkeln begleitete sie ihn durchs Zimmer. Er zog sich einen grünen Schutzkittel an und widmete sich zunächst dem Boden, dann den Schränken und dem Nachttisch. Einen Abfalleimer stellte er vor die Tür, ließ sie einen Spalt breit offen stehen.

Von draußen erklang ein Lachen. Ein Gespräch folgte. Zwei Männerstimmen.

Eine Panikattacke ergriff Irene, die sie sich von oben bis unten verkrampfen ließ. Er war auf dem Flur. Unmittelbar vor ihrer Zimmertür.

Die eine Stimme. Das war ihr Vater gewesen.

Der Putzmann ging hinaus, brachte kurz darauf den leeren Abfalleimer wieder herein und beendete seine Putzvisite. Den Schutzkittel hängte er an einen Haken und schob die Tür hinter sich zu.

Mit geschlossenen Augen dachte sie darüber nach, hier zu verschwinden. War das möglich? Sie fühlte sich schwach, aber sie würde die Energie aufbringen.

Aufbringen müssen.

Irene schwitzte unter der Decke. War das Angstschweiß oder strengte sie das Nachdenken so sehr an? Sie wusste es nicht, wollte sich aber nicht allzu viel Zeit lassen. Jede Minute konnte wichtig sein.

Mühsam hob sie ihren Oberkörper an, doch die Prellungen schmerzten. Ihr tat plötzlich alles weh. Ihr Körper war wie Blei. Die kleinste Bewegung strengte sie an. Nur mit viel Willenskraft schaffte sie es, sich aufzusetzen. So verharrte sie eine Minute lang. Sie riss sich die Sonde aus ihrem Hals, entfernte drei Elektroden von der Brust, pustete energisch durch, drehte langsam ihre Beine nach rechts und ließ sie aus dem Bett hängen. Jetzt würde es wohl nicht mehr lange dauern, bis eine Schwester hereinplatzen und nach ihr schauen würde.

Zwischendurch lauschte sie, ob sie von draußen etwas hören konnte. Es war aber still. Als Nächstes ließ sie sich aus dem Bett gleiten, bis sie unter den Füßen den Boden wahrnahm. Einerseits war es ein gutes Gefühl, andererseits fühlten sich ihre Beine nach dem langen Liegen taub an. Aber es half nichts. Sie musste aufstehen. Ihr Kopf dröhnte und fühlte sich steif an. Sie kam sich wie ein Roboter vor. Eine Schmerzwelle pochte den Rücken entlang und verlor sich in den Beinen. Mechanisch drückte sie sich vom Bett ab und stand eine Sekunde später auf beiden Füßen. Aufrecht. Ohne die Balance zu verlieren. Na, also! Ging doch.

Es drehte sich alles im Kopf. Der erste Schritt fiel ihr schwer. Aber sie mobilisierte alle Kräfte und es funktionierte. Normal laufen war zwar etwas anderes, aber sie schleppte sich schwankend Richtung Tür. Dort wartete sie zwei Minuten lang, holte Atem und schob sie vorsichtig, um ja kein Geräusch zu verursachen, auf und legte ihr Ohr an den Spalt. Auf dem Flur war es mucksmäuschenstill.

Sie zog die Tür ein Stück weiter auf und wollte hinausschauen, aber die Halskrause hinderte sie daran. Sie öffnete den Klettverschluss und legte sie ab. Der Kopfverband musste dranbleiben.

Sie war jetzt erschöpft, aber sie musste weitermachen. Sie klemmte ihren Kopf durch den Türspalt und linste in den Flur. Fünfzehn Meter weiter rechts standen ein Polizist in Uniform, eine Schwester und eine dritte Person, die aber verdeckt war. Sie unterhielten sich angeregt, lachten und schienen Spaß miteinander zu haben. Als die zuvor nicht sichtbare Gestalt einen Schritt zurück machte, erkannte sie ihn. Ihr Vater. Alarm!

Jetzt oder nie, dachte Irene, sie redeten miteinander und waren abgelenkt. Mit etwas Glück würde sie unbemerkt davonkommen.

Plötzlich merkte sie, dass sie halb nackt war. Was tun? Sie schaute sich um und ihr Blick fiel auf den grünen Schutzkittel am Haken. Sie schnappte ihn, zog ihn über und verschnürte die Bänder. Dann schlüpfte sie nach links aus dem Zimmer, presste sich an die Wand und glitt lautlos über den schimmernden Klinikboden. Nach etwa acht Metern, die sie für ihren Zustand recht schnell zurückgelegt hatte, machte der Flur eine Biegung nach links. Nachdem sie um die Ecke geschlurft war, atmete sie tief durch. Jetzt war sie zunächst einmal aus deren Blickfeld verschwunden. Sie konnte es schaffen. Und schon erkannte sie den Fahrstuhl, setzte Fuß vor Fuß und drückte den Knopf. Ein leises Bling signalisierte ihr, dass er angekommen war. Sie betrat ihn. Er war leer. Sie drückte „E“ für Erdgeschoss und erreichte es eine Minute später. Als sich die Türen öffneten, sah sie hinter der Rezeptionsscheibe einen Mann sitzen, der in einem Magazin blätterte. Sie fasste allen Mut, ging seelenruhig an ihm vorbei und stand kurz darauf vor der Kliniktür.

Ihr erster Blick fiel auf ein Taxi, das unmittelbar davor geparkt war. Sie bewegte ihren schmerzenden Körper hin und öffnete die Tür.

„Robert-Mayer-Straße", sagte sie, setzte sich auf den Beifahrersitz, sackte in sich zusammen und stöhnte.

Der Taxifahrer blickte sie erstaunt an. „Sind Sie sicher?"

„Wir könnten schon da sein", rief sie ihm mit letzter Kraft entgegen.

37

Der Schock verursachte ihm Gänsehaut. Elke hatte mit Verena Mittag telefoniert. In ihrer Wohnung. Morgens um kurz vor 8.00 Uhr.

Was Elke jetzt wohl dachte? Unnötig, sich Gedanken zu machen. Er musste ohnehin mit ihr reden. Ihr erklären, wie es dazu gekommen war. Oder besser doch nicht? In jedem Fall würde es schwer werden, eine plausible Erklärung zu finden. Dessen war er sich sicher. Doch es führte kein Weg daran vorbei.

Verena Mittag war vor einer halben Stunde gegangen. Sie hatten sich verabschiedet, als sei nichts geschehen. Rauscher war zu kaputt, um sich aufzuregen. Und Verena schien ein schlechtes Gewissen wegen Elke zu haben. Etwas Bittendes hatte in ihrem Blick gelegen, als sie zur Tür hinaustrat. Ganz so, als erwarte sie einen Kommentar oder eine Frage. Sehen wir uns wieder? Oder etwas Ähnliches.

Rauscher hatte ihr nicht den Gefallen getan, war gedanklich bereits mit anderen Dingen beschäftigt, die ihn schwer belasteten.

Während er noch überlegte, ob er Elke gleich zurückrufen sollte, klingelte das Telefon.

„Morsche", sagte Thaler, als Rauscher abgenommen hatte. „Wo steckst du eigentlich?"

„Na, überleg mal!", pflaumte Rauscher los. „Wenn du mich jetzt am

Apparat hast, wo bin ich dann wohl?“

„So war die Frage nicht gemeint. Markowsky tobt und fragt nach dir. Die Leute vom LKA übrigens auch. Was soll ich denen sagen, verdammt?“

„Reg dich nicht auf. Ich habe Urlaub, schon vergessen? Alles ist ordnungsgemäß eingetragen, genehmigt und ich gedenke, ihn zu nehmen. Das kannst du allen ausrichten, die dich danach fragen.“

„Ist ja toll, dass du uns hier hängen lässt.“

„Hast du gestern nicht Feierabend gemacht?“

„Leider bin ich auf dem Flur einem der LKA-Leute über den Weg gelaufen und er hat mich sofort vereinnahmt. Aber das Gute ist, dass ich einiges mitbekommen habe.“

„Schieß los!“

„Auf dem zweiten Päckchen befinden sich nur die Fingerabdrücke von einer einzigen Person. Sie ist nicht in der Datenbank verzeichnet und es handelt sich weder um die von Schulz noch die von Irene Handke.“

„Und was fangen wir jetzt mit dieser Information an?“ Rauschers ganze Haltung hatte etwas Resignierendes angenommen.

„Keine Ahnung. Ich dachte, du hast eine Idee.“

„Ich habe Urlaub und den werde ich genießen. Also bis dann.“ Er legte auf, bevor sich Thaler verabschiedet hatte.

Genießen? So ein Unfug! Was redete er für ein Zeug in letzter Zeit?

Er musste sich zusammenreißen, sich konzentrieren, denn das Unvermeidliche stand an. Bei Elke anrufen. Jetzt oder nie.

Kurz überlegte er, sich zur Stärkung einen Sauergespritzten zu genehmigen, nahm aber sogleich wieder Abstand davon, als er an gestern dachte. Und an die Nacht, von der ihm nach wie vor jede Vorstellung fehlte.

Er nahm sich den Rest Kaffee aus der Kanne und trank ihn in einem Schluck. Bitter. Wie sein Gemütszustand. Aber jetzt gab es kein Zurück mehr. Er wählte Elkes Nummer. Es klingelte an die zehn Mal, doch sie ging nicht ran. Also schrieb er ihr eine SMS: *Bitte ruf mich an.*

Er spürte, wie sein Herz schneller schlug, als keine dreißig Sekunden später sein Handy eine Antwort anzeigte. Er hatte ein Déjà-vu, als er Elkes Antwort las: *Vorerst Sendepause. Ich hoffe, du verstehst das!*

Vorerst? Wie lange war vorerst?

Teil 8

38

Frankfurt, November 1997

Die Kälte zog Kempf in die Glieder. Seit Stunden standen sie in Reih und Glied vor dem Haupteingang des Sheraton Airport Hotels und harrten aus. Sie trugen die volle Einsatzmontur, schwarze Kampfanzüge und Helme. Der Ostwind frischte ab und zu auf und malträtierte sie mit scharfen Böen.

Kempf blickte sich um. Er wusste, dass dort drinnen gerade der Lufthansa-Chef, der Fraport-Chef und der hessische Ministerpräsident eine Pressekonferenz abhielten. Das Treffen war offiziell als Gespräch über die Zukunft des Flughafens und der Rhein-Main-Region deklariert worden.

Seine Abteilung der Bereitschaftspolizei, für die er seit einiger Zeit wieder auf die Straße ging, war zur Abschirmung abkommandiert worden, weil einige Bürgerinitiativen und andere Berufsdemonstranten ihr Kommen angesagt hatten. Aber nur wenige Aufmüpfige und Schreihälse waren vor Ort.

Die Truppe wartete. Niemand sagte etwas. Kempf gähnte. Ihm war langweilig. Natürlich fragte er sich, was da drinnen beschlossen wurde. Noch mehr aber interessierte ihn, was Manu morgens gemeint hatte, als sie sagte, sie habe abends eine Überraschung für ihn. Und Irene hatte ihm zum Abschied einen Knutscher auf die Wange gedrückt und gesagt: „Ich hab dich lieb."

Er schaute in den Himmel und verfolgte ein Flugzeug, das gerade im Landeanflug auf Rhein-Main war. Kaum hatte er den Kopf gedreht, sah er eine Maschine, die startete. Bis Feierabend würden noch viele aufsteigen und landen. Es war erst kurz vor 14.00 Uhr. Und wer wusste schon, was noch passieren würde und wie lange sie hier ausharren mussten.

Kempf beobachtete, wie sich innerhalb der Reporterschar, die fast alle mit Kamerateam angerückt waren, Hektik breitmachte. War das Treffen etwa schon vorbei? Vermutlich schon, denn auch die vereinzelten Demonstranten rafften sich auf, kamen auf den Eingang zu und hoben Transparente hoch. „Lärmfolter“ las Kempf. Und „Stoppt den Flughafenausbau!“

Kempf lachte innerlich. Vor den paar Hanseln hatten die Angst und bestellten eine ganze Abteilung der Bereitschaftspolizei. Oder war das nur für die Kameras gedacht? Fürs Fernsehen? Nach dem Motto: Seht her, wir müssen den Staat und die Wirtschaft vor ihren Feinden schützen!

In letzter Zeit tobten vermehrt solche Gedanken in seinem Kopf und er wurde sie nicht los. Manu hatte ihn damit angefixt. Kempf bekam ein unschönes Gefühl, das noch weiter zunahm. Denn hinter ihnen waren die Honoratioren aus dem Hotel getreten. Blitzlichtgewitter begleitete sie. Sie traten abwechselnd vor einige Mikrofone, positionierten sich vor den Kameras, grinsten ihr schönstes Lächeln, gaben Statements. Kempf war neugierig zu erfahren, was sie sagen würden und vor allem, was sie beschlossen hatten.

Einige Wortfetzen bekam er mit. „Ausbau ... Landebahn ... Planfeststellungsverfahren.“ Der Wind verhinderte, dass er alles hören konnte. Er fühlte eine innere Unruhe aufkommen und blickte sich um. Die Lage war entspannt. Die Demonstranten ruhig. Einige bliesen kräftig in ihre Trillerpfeifen.

Kempf trat vor, scherte aus dem Verbund der Polizisten heraus und ging Richtung Kameras.

„Verdammt, Kempf!“, schrie ihm ein Kollege nach. „Wohin willst du?“

„Ich will mir das anhören.“

„Bist du verrückt geworden? Du kannst doch nicht einfach hier abhauen.“

Kempf kümmerte sich nicht darum, sondern ging weiter, bis er einen Platz gefunden hatte, von dem aus er alles mitbekam.

„Haben Sie denn keine Bedenken, dass es zu enormem Widerstand kommen könnte, ähnlich wie Anfang der 80er-Jahre an der Startbahn West?", fragte gerade ein Reporter den Lufthansa-Chef.

„Auf keinen Fall. Ich warne vor solchen Vergleichen. Die Menschen heute schätzen den Flughafen und wissen um die vielen Vorteile. Wir brauchen die neue Landebahn für weitere Arbeitsplätze und Wachstum. Wir müssen die Region zukunftssicher machen und der Flughafenausbau trägt ein gutes Stück dazu bei."

Tatsächlich eine neue Landebahn, dachte Kempf. So deutlich hatte das bisher noch niemand formuliert. Er merkte, wie er eine Gänsehaut bekam. Sie machten immer weiter, wollten immer mehr.

„Haben Sie auch über ein Nachtflugverbot gesprochen?", bohrte der Reporter nach.

„Ein Nachtflugverbot können wir uns nicht leisten", antwortete der Lufthansa-Chef mit souveräner Stimme. „Frankfurt ist der Dreh- und Angelpunkt für Frachtflüge mitten in Deutschland. Hier werden Waren aus aller Welt ein- und ausgeflogen. Ein Nachtflugverbot würde diese Position zunichtemachen, weil viele Airlines auf Köln oder München ausweichen würden. Aber wir haben über einen Anti-Lärm-Pakt gesprochen ..."

In diesem Moment platzte Kempf der Kragen. Er stürmte vor, schubste den Reporter beiseite und schrie den sichtlich irritierten Lufthansa-Chef an. „Ich habe Ihre scheiß Phrasen satt. Haben Sie eigentlich mal an die Menschen gedacht und an die Polizisten, die ..."

Weiter kam er nicht, denn ein Security-Mitarbeiter schoss nach vorne, warf sich auf Kempf, der nach hinten zu Boden fiel, und überwältigte ihn. Zwei weitere sprangen ihm zu Hilfe. Ein anderer schrie in sein Mikro: „Wir brechen ab!" Die drei Security-Mitarbeiter hielten Kempf in Schach, während der andere den Lufthansa-Chef am Arm in die Hotellobby führte.

Kempf schrie und wehrte sich nach Kräften, hatte aber keine Chance, aus dem Griff der drei zu entkommen. Nach einer Weile wurde er stiller. Sein Blick versteifte sich.

Einige seiner Kollegen waren in der Zwischenzeit zu ihm gekommen und halfen ihm hoch. „Er gehört zu uns“, sagte einer. „Wir kümmern uns um ihn.“

39

Frankfurt Sachsenhausen, Juni 2002

Manu kam ins Wohnzimmer und stemmte die Hände in die Seiten. „Wolltest du nicht das Grillfleisch holen?“

„Später. Ich muss mir erst die Nachrichten ansehen.“

„Du interessierst dich mehr für den Flughafen als für uns.“

„Quatsch!“

In diesem Moment kam Irene zur Tür herein, streifte ihren Schulranzen ab und setzte sich neben ihren Vater. „Habt ihr schon gehört, wir kriegen die neue Landebahn.“

„Sie bringen es in den Nachrichten.“

Die Nachrichtensprecherin sagte gerade, dass das Regierungspräsidium in Darmstadt zum Abschluss des Raumordnungsverfahrens eine neue Landebahn grundsätzlich als raumverträglich eingestuft habe und die Variante einer Nordwest-Landebahn favorisiere.

„Jetzt wird sie gebaut“, sagte Kempf und klang resigniert.

„Abwarten“, meinte Manu, „es gibt doch Tausende, die dagegen klagen werden.“

„Bringt alles nichts mehr. Sie lassen sich nicht aufhalten. Von niemandem.“

„Da müsste man mal was machen“, sagte Irene.

„Was meinst du damit?“ Kempf schaute seine Tochter an.

„Keine Ahnung.“

„Demonstrieren zum Beispiel“, schaltete sich Manu ein.

„Die Demonstranten haben Jens erschossen, hast du das vergessen?“ Kempf blickte Manu ernst an.

„Jetzt hack nicht immer wieder darauf rum. Außerdem war das Notwehr.“

„Notwehr? Das kann doch nicht dein Ernst sein.“

Manu blickte ihn scharf an. „Die letzte Form, sich zu wehren“, sagte sie in bestimmendem Tonfall. „Wenn sonst nichts bleibt.“

Die Worte verhallten im Raum. Niemand sagte etwas.

40

Frankfurt Sachsenhausen, Januar 2009

Kempf pustete dreimal kräftig durch und zog die Schnürsenkel seiner Outdoor-Stiefel fest.

„Wo willst du denn hin?“

„In den Kelsterbacher Wald.“

„Zu dem neuen Hüttendorf?“

„Genau.“ Kempf hatte schon mehrfach von dem Camp gelesen und der Gedanke daran erfüllte ihn mit einer seltsamen und für ihn unerklärlichen Zufriedenheit.

„Warum kannst du das Thema Flughafen nicht einfach mal ruhen lassen?“, insistierte Manu.

„Weil es mein ganzes Leben bestimmt hat und immer noch regiert.“

Irene beugte sich von hinten über ihn und schmiegte sich an ihren Vater. „Kann ich mitkommen?“

„Klar, wenn du möchtest“, antwortete Kempf, was beiden ein Schmunzeln aufs Gesicht zauberte. Sie schauten sich lange an.

„Na, toll", polterte Manu. „Vater und Tochter vereint. Du hast schon eine Dienstaufsichtsbeschwerde kassiert wegen deinem Ausraster damals vorm Sheraton. Sei froh, dass du deinen Job noch hast!"

„Der ist mir scheißegal."

„Aber wenn du ihn verlierst, können wir das Haus nicht halten. Denk doch auch mal an mich und Irene."

Kempf und Irene schlüpften in ihre dicken Winterjacken, flüchteten aus dem Haus und ließen eine perplex dreinschauende Manu zurück.

Eine Dreiviertelstunde später kamen sie im Kelsterbacher Wald an. Es hatte geschneit, der Boden war mit einer weißen Pulverschicht bedeckt. Ihr sichtbarer Atem begleitete sie, während sie Richtung Camp liefen.

Bevor sie es erreichten, trafen sie auf einen Fernsehreporter eines privaten Senders, der vor einem Absperrzaun stand und mit ernster Miene in die Kamera sprach. „Nach der Rodung von hundertundfünfzehn Hektar Bannwald der höchsten Schutzstufe für die Werft des A-380 sollen hier direkt hinter mir weitere Bäume für die sogenannte Nordwest-Landebahn fallen. Dagegen wehren sich seit Wochen etwa hundert Aktivisten. Sie haben ein Camp errichtet, Hütten, Zelte und Baumhäuser gebaut, Pfähle angespitzt, Erdlöcher und Tunnel ausgehoben und sie verweilen nun im Wald. Wie der Innenminister heute Morgen betonte, drohe er nicht nur mit einer Räumung des Camps, sondern er werde mit allen ihm zur Verfügung stehenden Kräften, Zitat: bürgerkriegsähnliche Zustände verhindern, um nicht in eine Eskalation wie an der Startbahn West hineinzuschlittern. Zitatende. In den nächsten Stunden könnte es zu einer Konfrontation zwischen den Belagerern und den Hundertschaften der Polizei kommen. Eric Meister, live aus dem Kelsterbacher Wald."

Sie wandten sich ab. Ein Banner begrüßte sie mit den Worten *Willkommen im Baum-Camp*. Von Weitem erkannten sie einige Robin Wood-Aktivisten, die gerade ein weiteres Plakat spannten, auf dem in großen Lettern geschrieben stand: *Auch ohne Flugzeuge hoch hinaus.* Neben etlichen

Hütten, Zelten und Baumhäusern war auch ein Wohnwagen zu sehen. An den meisten Bäumen waren weiße Kreuze auf die Stämme gemalt worden.

Einige Bereitschaftspolizisten umringten den Zaum und beobachteten die Campbewohner. Einer filmte mit einer Digicam das Gelände.

„Schau mal", sagte Irene und klopfte Kempf auf den Oberarm. Er wandte sich um. Im Hintergrund karrten Sicherheitskräfte schweres Gerät heran. Traktoren, Bagger, eine Hebebühne.

„Jetzt geht's gleich los", kommentierte er.

„Ich hab Angst", flüsterte sie ihm ins Ohr.

„Du brauchst nichts zu befürchten. Ich bin hier."

Kempf spürte, wie sich langsam Wut breitmachte, bis in die Haarspitzen vordrang und auch die Kopfhaut elektrisierte.

Die Campbewohner schienen die Ruhe gepachtet zu haben. Aus den Baumhäusern schauten einige herunter und beobachteten die Szenerie. Manche machten Musik, spielten Gitarre oder Bongos und sangen dazu. Eine andere Gruppe, die an einer Reihe Bäumen stand, diskutierte darüber, wie sie sich am besten festketten konnten. Einer verteilte Ketten, Schlösser und Seile. Immer mehr Polizisten und Sicherheitskräfte kamen im Wald an und verteilten sich auf und neben dem Campgelände. Noch blieb es ruhig.

Doch schon wenige Minuten später schien sich die Lage zu drehen: Offensichtlich hatten einige Polizisten den Befehl zum Vorrücken erhalten. Allerdings standen drei Bäume im Weg, um an eine große Hütte gelangen zu können. Ein Polizist winkte einen Traktor herbei, der sogleich kehrtmachte und rückwärts heranfuhr. Zwei weitere Einsatzkräfte legten eine schwere Kette um die Stämme und befestigten sie an der Kupplung des Traktors. Langsam zog er die Bäume um, wobei zwei der drei brachen.

Es knallte.

Peng! Peng!

Kempf zuckte zusammen und es schien sich eine Art Ventil gelöst zu haben. Er schloss die Augen und erinnerte sich an früher. Sah Jens Ohlschläger von einer Kugel getroffen zusammenbrechen, dann sein Gesicht, sterbend, in seinen Armen.

Von diesem Zeitpunkt an war Kempf nicht mehr zu bremsen. Er rannte wie von der Tarantel gestochen vor den Traktor und wollte ihn daran hindern, weiterzufahren. Als ihn einige Sicherheitskräfte zurückzerren und aus dem Weg räumen wollten, schlug er wie wild um sich, haute auf alles drauf, was in seine Nähe kam und brüllte wie am Spieß. Er schlug einem Beamten mit der Faust aufs Auge. Ein anderer bekam einen Tritt in die Glocken. Einem dritten verpasste er einen Kinnhaken.

Irene wollte zu ihm, wurde aber von einigen Polizisten abgedrängt und in Schach gehalten. Sie schrie „Papa, Papa!" und heulte.

Um Kempf entwickelte sich ein Tumult, weil einige Campbewohner zu ihm wollten, um ihm Beistand leisten zu können. Als sie merkten, dass kein Durchkommen war, hagelten wüste Beschimpfungen auf die Beamten ein. Sie sollten ihn freilassen. Er habe nichts getan.

Es dauerte jedoch noch weitere zehn Minuten, bis die Beamten Kempf überwältigt und sich die Wogen geglättet hatten.

Kempf lag am Boden im Schnee und im Dreck und rührte sich nicht mehr. Sein Gesicht war aufgeschürft. Er hatte einige Schläge abbekommen. Als Irene zu ihm trat und ihm aufhelfen wollte, weinte er. Es waren nicht nur einzelne Tränen, es war ein Weinkrampf, der seinen ganzen Körper erfasste, ihn aufrüttelte und durchschüttelte und der, so schien es zwischenzeitlich, nicht aufhören wollte.

Zwei Polizisten legten ihm Handschellen an und führten ihn zu dem bereitstehenden Einsatzwagen. Irene blieb an seiner Seite.

Teil 9

Studie belegt Gesundheitsgefährdung durch Lärm

Gefäßfunktionsstörungen, erhöhter Stresshormonspiegel und Auswirkungen auf das Herz-Kreislauf-System - das sind nur die häufigsten Folgen von dauerhafter Beschallung durch erhöhte Lärmbelastungen, wie eine groß angelegte Studie zeigt. Über 5.000 Probanden, die alle in der Nähe von europäischen Großflughäfen wohnen, wurden eigens für die Untersuchung ausgewählt und monatelang beobachtet. Auch und gerade nachts. Das verheerende Ergebnis legt nahe, dass insbesondere die verminderte Schlafqualität zu schweren gesundheitlichen Schäden und Beeinträchtigungen führen kann.

Statement aus dem Blog „Krawallschachtel"

41

Frankfurt Sachsenhausen, April 2012

Sie fliegen immer noch. Und ich weiß auch, dass sie immer weiter fliegen werden. Unaufhörlich. Die denken gar nicht daran, die Landebahn stillzulegen. Dein Kopf, also dein Ohr, ist denen scheißegal. Kapierst du das? Denen geht es nur darum, dass der Flugbetrieb aufrechterhalten bleibt. Dass alles reibungslos weitergeht. Dass die Rendite steigt und die Gewinne fließen. Alles andere ist schnuppe. Sie opfern dafür dein Ohr und natürlich würden sie auch über Leichen gehen.

Hahahaha!

Über Leichen. Klar. Wie 1987. Da haben sie uns als Kanonenfutter missbraucht. Um den Betrieb aufrechtzuerhalten. Oder besser, um ihn auszubauen.

Erinnerst du dich überhaupt daran?

Ja, ich war draußen auf der Mönchbruchwiese.

Hab miterleben müssen, wie mein Kumpel Jens in meinen Armen gestorben ist.

Da guckst du, was? Damit hättest du nicht gerechnet, nee!

Aber seitdem ist viel passiert. Früher hatte ich nie Zweifel an irgendetwas. Ich war unbefangen, konnte das Leben genießen, liebte meinen Job, ging gern auf die Straße für den Staat und die Politik, habe nichts hinterfragt, stand hinter der Sache wie eine deutsche Eiche. Und heute? Nichts davon ist geblieben, verstehst du? Nichts! Der Flughafen und der Lärm haben aus mir einen anderen Menschen gemacht. Meine Welt ist ins Wanken geraten. Mein Weltbild ist mir abhandengekommen. Wer sind die Guten? Wer die Bösen? Für wen lohnt es sich, den Kopf hinzuhalten? Der Wahnsinn schreitet unaufhaltsam voran.

Apropos: Thelen hat wirklich Pech gehabt. Ich hatte ihn gar nicht auf dem Zettel, bis ich ihn mit dir zusammen in der Brau-Bar gesehen habe. Das

Großmaul ging mir sofort auf die Eier. Widerlich seine Sprüche. Wie er sich lustig gemacht hat über die Fluglärmopfer. Herablassend. Und skrupellos natürlich. Dafür hat er was auf die Ohren bekommen. War quasi ein Testlauf. Denn jetzt komme ich zu dir. Es wird ernst, wenn sie nicht auf meine Forderung eingehen. Und das werden sie nicht tun. Oder glaubst du daran? Sag schon! Ach, du kannst ja nix sagen.

Meine Frau hat mich übrigens drauf gebracht. Notwehr, die letzte Form, sich zu wehren, wenn sonst nichts bleibt. Man muss sich wehren, zur Not mit Gewalt. Ich habe vor, uns von dem bösen Lärm zu erlösen. Glaub mir, ich werde nicht eher ruhen.

42

Frankfurt Bockenheim, April 2012

Um sich abzulenken, hatte Rauscher den Fernseher eingeschaltet. Beim Zappen war er prompt auf eine Dokumentation des SWR gestoßen, die die Flughafenproblematik in und um Mainz analysierte. Sie zeigten einige Bewohner der besonders betroffenen Stadtteile und Vororte, eine witzige Aktion der Bürgerinitiative am Mainzer Hauptbahnhof und einen Schlaftest unter dem Einfluss von Fluglärm. Ergebnis: niederschmetternd.

Da er tatsächlich fast nichts mehr zu essen zu Hause hatte, ging er einkaufen auf der Leipziger Straße. Beim Bäcker holte er ein feistes Schmand-Teilchen und verdrückte es im Nu. Im Supermarkt erstand er Frankfurter Würstchen im Glas, Senf und ein Graubrot.

Noch vor 11.00 Uhr war er wieder zu Hause und mixte sich den ersten Sauergespritzten, setzte sich in einen Sessel und trank. Nach den ersten Schlucken sah er klarer. Er hatte das Gefühl, wieder normal denken zu können.

Die nächste Stunde verbrachte er damit, die Würstchen zu essen und die Puzzleteile zusammenzusetzen. Der Sturz vom Dach. Thelens Ohr. Die Fingerabdrücke von Irene und Schulz. Die Entführung Wentorffs. Der Erpresserbrief. Die LKA-Ermittlungen. Inzwischen kam einiges zusammen.

Er wollte sich bei Thaler erkundigen, wie der Stand der Ermittlungen war. Kaum hatte er das Telefon in der Hand, klingelte es.

„Rauscher", nahm er den Anruf an.

„Verena Mittag", hörte er eine zarte, fast zögerliche Stimme. „Die Klinik hat gerade angerufen. Irene Handke ist aus dem Koma aufgewacht."

„Endlich mal gute Nachrichten."

„Nein, eher schlechte. Sie ist getürmt."

„Wie bitte? In ihrem Zustand?"

„Ja, ich weiß auch noch nicht genau, wie das passieren konnte. Jedenfalls ist sie weg. Ab 14.00 Uhr habe ich Dienst, dann erfahre ich Näheres."

„Okay. Du, ich wollte dich noch was fragen ..."

„Ja ...?

„Also, heute Nacht, haben wir ...?"

„Wieso, bereust du es schon?"

„Also haben wir?"

„Wäre es so schlimm?"

„Äh, nein ... also, um ehrlich zu sein, doch. Ich bin verheira..., also, ich wäre um ein Haar verheiratet gewesen, musst du wissen."

„Du bist es aber noch nicht. Und deine Frau scheint dich extrem zu vernachlässigen. Also bis später. Vielleicht?" Sie legte auf, ehe Rauscher etwas erwidern konnte. Jetzt war er keineswegs schlauer als zuvor.

Rauscher war müde und kaputt, er fuhr sich mit der Hand übers Gesicht. Er fühlte sich porös, durchsiebt von zu vielen Fragen und zu wenigen Antworten und konnte sich nicht gegen den Drang wehren, ein wenig Schlaf nachzuholen. Er legte sich auf die Couch im Wohnzimmer und wälzte sich zunächst hin und her. Sobald er die Augen geschlossen hatte, sah er Elke, roch ihren heißen Atem, spürte ihre zarte Haut, küsste ihren weichen Mund. Er umarmte sie, als wolle er sie nie mehr loslassen, doch je fester er sie hielt, desto heftiger wollte sie sich von ihm befreien. Schließlich löste sie sich mit Gewalt aus seiner Umklammerung. Entfernte sich. Drehte ihm den Rücken zu. Und sie enthielt ihm Mäxchen vor, den er auf die Arme nehmen wollte.

In diesem Moment erwachte er aus dem Tagtraum. Es war hell im Raum. Keine zehn Minuten waren vergangen. Er rieb sich die Augen. Schlafen war auch keine Lösung. Jetzt musste er mit Thaler sprechen. Wie er ihn kannte, hatte er bestimmt eigene Nachforschungen angestellt.

„Hey, Ingo. Wie läuft's?", platzte Rauscher raus.

„Du hast vielleicht Nerven. Ich musste Markowsky jetzt schon dreimal vertrösten."

„Den meinte ich nicht. Was treibt das LKA?"

„Ermitteln, was denn sonst. Die stellen hier alles auf den Kopf. Sei froh, dass du das nicht mit ansehen musst."

„Kommen sie voran?"

„Ich tippe eher auf Stillstand, so wie denen die Düse geht."

„Gibt es keine weiteren Spuren?"

„Wentorff scheint wie vom Erdboden verschluckt zu sein."

„Aber irgendwas müssen sie doch haben."

„Es dringt so gut wie nichts nach draußen. Da wird viel vertuscht und verschleiert. Du musst bedenken, dass Wentorff in den höchsten Wirtschafts- und Politkreisen ein- und ausgeht. Immerhin saß Wentorff in mehreren Kommissionen, bei denen es um den Flughafenausbau ging. Er war Bürgermeister von Kelsterbach und nachdem er sein Wort, das er im Wahlkampf gegeben hatte, gebrochen hatte und nach der Wahl unverblümt für die neue Landebahn gestanden hatte, musste er sich nach einem neuen Job umsehen und hat ihn prompt gefunden. Im Landtag als Staatssekretär unmittelbar dem Innenminister unterstellt. Er hat seine Schäfchen längst im Trockenen und zieht jetzt die Fäden von Wiesbaden aus."

„Momentan zieht er gar nichts."

„Klugscheißer. Du verstehst schon, wie ich das meine. Es ist eben genau so, wie man sich das vorstellt. Im Prinzip wäre es denen am liebsten, es käme gar nichts an die Öffentlichkeit."

„Wie kommst du darauf?"

„Na ja, das Ganze würde einen Riesenskandal heraufbeschwören und daran hat niemand Interesse. Stell dir nur mal vor, was morgen in allen Zeitungen stünde, wenn herauskäme, dass Wentorff entführt worden ist und der Flughafen und die Politik erpresst werden."

„Ich kann's mir ausmalen. Okay, dann verrate ich dir jetzt was, das dir die Kollegen vom LKA wahrscheinlich noch nicht gesteckt haben. Irene Handke ist aus dem Krankenhaus abgehauen."

„Woher weißt du das?"

„Spielt keine Rolle."

„Du kannst die Füße wohl nie still halten, gell?"

„Bis später", sagte Rauscher und legte auf.

Er lehnte sich gemütlich zurück, verschränkte die Arme hinterm Kopf und versuchte zu ergründen, wohin sich Irene nach ihrer Flucht aus dem Krankenhaus zurückgezogen haben konnte. Nach einer Weile war er sich sicher. Er konnte sich nur einen Ort vorstellen. Also machte er sich schleunigst auf den Weg.

43

Frankfurt Sachsenhausen, April 2012

4.53 Uhr. Heute war der erste Flieger sieben Minuten früher gekommen. Schulz schnaubte. Das passierte manchmal. Er wusste, dass es etliche Ausnahmegenehmigungen gab, die auch nachts Flüge erlaubten.

Da es noch früh war, setzte er sich mit einer Tasse Kaffee an den Computer und las einige Bekanntschaftsanzeigen. Da waren ein paar nette dabei, aber er wollte es selbst noch einmal probieren und studierte die Texte einiger Männer. Einer inspirierte ihn: *Willst du die 4 „L"? Lustiger, liebevoller Lausbub Lothar wartet auf dich.*

Daraus machte er: *Peppiger Prinz Peter, gute Partie, hofft auf eine perfekte Antwort.*

Er neigte den Kopf, las sich das Ganze noch einmal durch und löschte den Text wieder. Nein. Das konnte er unmöglich inserieren.

Nach dem Blick in die Morgenzeitung informierte er sich auf der Internetseite der Bürgerinitiative, ob es etwas Neues gab. Aber er hatte zunehmend das Gefühl, der Widerstand plätschere nur noch vor sich hin oder war sogar schon am Versiegen. Warum beteiligten sich nicht mehr Leute? Gemeinsam könnte man so viel auf die Beine stellen. Die meisten taten so, als ginge es sie nichts an. Als sei ihre Lebensqualität nicht eingeschränkt. Das ärgerte ihn gewaltig. Er hatte plötzlich richtig Brass. Und dann stieß er auf einen Kommentar, der mit den Worten „Großangriff auf alle BIs" betitelt war. Er fand keine Erklärung dafür, deshalb las er ihn komplett durch. Achim Thelen hatte wieder einmal zugeschlagen und forderte die Einstellung aller Bürgerinitiativen, die gegen Fluglärm aktiv waren, weil sie gegen das Allgemeinwohl und die Entwicklung ganzer Regionen seien. Die Masse der Bevölkerung könne sich nicht von wenigen den Weg und die Richtung diktieren lassen. Man müsse zur Not rechtliche Schritte einleiten, um dagegen vorzugehen. Der Kommentar dazu fiel dementsprechend aus. Thelen wurde als Agitator bezeichnet, der Öl ins Feuer kippe. Man wolle sich gegen die Denunziation wehren, wenn nötig auch vor Gericht.

Schulz überlegte noch, was er davon halten sollte, als es an seiner Haustür klingelte.

Es war Kempf, der ihm ein „Guten Morgen" entgegenschmetterte, was Schulz sogleich verdächtig vorkam. Diese Launen bei Kempf waren seltsam. Von himmelhoch bis zu zu Tode betrübt innerhalb von Sekunden. Gab es einen Grund dafür, warum er plötzlich so gut drauf war?

„Komm mit“, sagte Kempf. „Ich muss dir was zeigen.“

„Was gibt's denn so Wichtiges?“

„Wir machen einen kleinen Fluglärm-Workshop.“

„Einen was?“

„Das wirst du schon sehen, los jetzt!“

„Moment, ich muss mir erst was überziehen.“

Zehn Minuten später stand Schulz in Jeans und Jogginganzug-Oberteil vor Kempf und war bereit. Sie gingen hinüber.

Während sie so dahinschritten, konnte Schulz seine Neugier nicht zügeln. „Hast du was für die nächste Demo vorbereitet? Ein Banner?“

„Viel, viel besser“, rief Kempf und musste lachen.

Drüben angekommen, führte Kempf Schulz in den Keller und zwar in jenen Raum, den sie vor nicht allzu langer Zeit leer geräumt hatten. Schulz erinnerte sich an den ganzen Krimskrams und natürlich auch an die leeren Kisten und Päckchen, die er in der Hand gehabt hatte.

Nachdem Kempf den Raum aufgeschlossen und Schulz hinter ihm den Raum betreten hatte, schaute er sich um, konnte aber aufgrund der Dunkelheit nichts erkennen. Es war kein Geräusch zu hören. Durch die Stille wirkte das Dunkel um ihn herum bedrohlich und kalt. Schulz bekam ein flaues Gefühl im Magen.

„Also, was soll das? Mach endlich Licht, sonst sehe ich nix“, rief er Kempf zu.

„Bitte sehr, der Herr!“, sagte Kempf und drückte den Schalter.

Es dauerte einen Augenblick, bis Schulz registrierte, was hier vor sich ging, aber als er das Ausmaß verstanden hatte, traute er seinen Augen nicht. Er zuckte heftig zusammen, wurde blass um die Nase und starrte Kempf fassungslos an.

„Das ist nicht dein Ernst.“

„Mein voller!“

„Bist du jetzt total übergeschnappt?"

Vor den beiden saß ein Mann auf einem Stuhl. Seine Hände und Füße waren mit einem Band gefesselt, sein Mund zugeklebt. Er wirkte abwesend, seine Augen glänzten, sein Blick war starr.

„Das ist doch ... dieser, dieser Wentorff?", stotterte Schulz.

„Exakt. Fucking Fluglärm Wentorff!" Der Gefangene ließ seine Augen von einem zum anderen hin und her schweifen. Irgendwann suchte er Schulz' Blick, als könne er ein Verbündeter werden.

„Ich hab ihn schon öfter im Fernsehen gesehen."

„Ja, einer unserer schlimmsten Feinde und Verräter."

„Aber du kannst doch nicht ..."

„Ich kann alles, wenn ich will. Siehst du doch. Wentorff aufzutreiben war übrigens nicht schwierig. Er geht ein- oder zweimal die Woche in diese Bar in der Braubachstraße am Römer. Wie heißt sie noch? Ach, ist ja egal. Auf jeden Fall liegt sein Apartment um die Ecke. Seine Gorillas lässt er vorher Feierabend machen, damit er in Ruhe auf Beutefang gehen kann. Ohne Getratsche und so, du verstehst?"

„Und wie hast du ihn ...?"

„Ganz einfach. Da kam diese Studentin mit Brille rein. Hochgesteckte Haare. Kurzer Rock. Und Titten sag ich dir. Ich wusste sofort, dass Wentorff es bei ihr probieren wird. Das hat er auch getan. Keine fünf Minuten später saß er an ihrem Tisch und trank einen Cocktail mit ihr."

„Und was hast du unternommen? Ich meine, wenn sie mitgegangen wäre, hättest du die Sache vergessen können."

„Kein Problem. Als sie vom Klo zurückkam, hab ich mich so hingesetzt, dass sie an mir vorbeilaufen musste. Und da hab ich ihr zugeflüstert, dass sie vorsichtig sein soll, weil Wentorff ein Perverser ist. Sie war sofort wie ausgewechselt. Und keine fünf Minuten später war sie verschwunden."

„Hast ihm ordentlich die Tour vermasselt."

„Genau. Danach hatte er keinen Bock mehr. Draußen hab ich ihm aufgelauert, ihn an der nächsten Ecke niedergeschlagen, ihn in einen Hinterhof gezerrt, dann bin ich mit dem Wagen reingefahren, habe ihn in den Kofferraum gehievt und nachts hab ich ihn dann hier ausgeladen. So einfach war das."

Schulz war so konsterniert, dass er sich kaum zu bewegen traute. Aber eine Frage brannte ihm auf den Lippen. „Und was hast du mit ihm vor?"

„Das Gleiche wie mit Thelen", frohlockte Kempf. „Und wenn sie nicht spuren, vielleicht auch ein bisschen mehr."

Ein bisschen mehr. Was mochte er darunter verstehen? Nachfragen wollte Schulz lieber nicht, deshalb sagte er: „Das mit Thelen ist also auch auf deinem Mist gewachsen?"

„Klar. Ihn habe ich in der Bar auch zum ersten Mal live erlebt. Hat mit Wentorff große Pläne geschmiedet. Die Sache dürfte so sein: Thelen schmiert Wentorff, damit er beim Flughafenbetreiber ein gutes Wort für Thelen einlegt, wenn es um die Vergabe von Bauaufträgen am Flughafen geht. Demnächst zum Beispiel beim Terminal 3. Da ist mir wieder mal klar geworden, wie Politik und Wirtschaft unter einer Decke stecken. Und da hab ich beschlossen, mit Thelen anzufangen. Weißt du, es ärgert mich einfach, dass so wenig über all das berichtet wird."

„Wie meinst du das?"

„Na, hast du in der Zeitung was über Thelen gelesen?"

„Nein. Hab mich auch schon gewundert."

„Eben. Die vertuschen alles. Ich habe auch eine Villa im Taunus mit schönen Parolen verziert. Nicht mal ein klitzekleiner Artikel darüber. Noch kein Zweizeiler war ihnen das wert. Sie wollen alles unter dem Deckmantel halten, aber das wird ihnen nicht gelingen."

Kempf war ihm noch nie geheuer gewesen, aber jetzt musste er geisteskrank geworden sein. Das alles konnte er doch nicht ernst meinen. An seiner Miene las er jedoch das Gegenteil ab. Er schien fest entschlossen und sich absolut sicher über sein Vorhaben zu sein.

Schulz atmete tief durch. Hier war er in eine verdammt verzwickte Lage geraten. Warum hatte ihn Kempf eingeweiht? Was bezweckte er damit? Wollte er ihn etwa mit hineinziehen in diese Gewaltorgie?

Nicht mit ihm!

Das würde er nicht mit sich machen lassen.

Niemals!

Doch schon ploppte ein neuer Gedanke auf, den er so gar nicht denken wollte. Mitgegangen, mitgefangen!

Er steckte schon mitten drin. Und Kempfs nächste Frage machte es ihm vollends bewusst. „Spürst du nicht auch manchmal Wut und Hass in dir?

44

Frankfurt Bockenheim, April 2012

Sie lagen sich in den Armen und weinten.

Nadja Berger drückte Irene so heftig an sich, dass sie kaum Luft bekam. „Ist ja gut“, hauchte ihr Irene ins Ohr. „Mein Kopf. Du musst ein bisschen aufpassen.“

„Ich hatte solche Angst um dich“, flüsterte Nadja und ließ ein wenig ab von ihr.

Wieder einmal spürte Irene Nadjas Liebe, die sie nicht erwidern konnte. Noch nicht.

Irene löste sich etwas und entdeckte in Nadjas Gesicht das blaue Auge und die rote Wange. Ihre Mitbewohnerin erzählte in Kurzform, was vorgefallen war. Nach einer knappen Beschreibung des Mannes, der sie überfallen hatte, stand für Irene fest, dass das nur ihr Vater gewesen sein konnte.

Er suchte sie. Deshalb war er auch im Krankenhaus gewesen. Und er würde nicht eher ruhen, bis er sie gefunden hatte. Sie wusste zu viel. Sie war wohl die Einzige, die den derzeitigen Aufenthaltsort ihrer Mutter kannte, nachdem sie von zu Hause geflüchtet war. Und sie war wohl auch die Einzige, die wusste, was Kempf im Schilde führte. Die Thelen-Entführung hatte sie sogar hautnah mitbekommen. Immerhin hatte sie sein Ohr zum Postamt gebracht.

Bei dem Gedanken daran ekelte sie sich. Sie verdrängte ihn aber schnell wieder, denn ihr war bewusst, dass sie hier nicht lange würde bleiben können.

Ihr ganzer Körper schmerzte. Sie zog sich frische Klamotten an, einen Jogginganzug und dicke Socken. Danach bat sie Nadja, nach dem Kopfverband zu schauen. Ihre Mitbewohnerin prüfte den Sitz und hob kurz darauf den Daumen hoch. „Kann vorerst so bleiben. Wechseln kann ich ihn ohnehin nicht." Nach einer kurzen Pause, in der sie in sich zu gehen schien, platzte sie heraus: „Was hast du jetzt vor?"

„Ich könnte einen heißen Tee gebrauchen. Hast du frische Minze?"

Nadja nickte und ging in die Küche. Irene sah ihr nach. Nadja war zwar besorgt um sie, aber sie schien sich auch zu freuen, dass sie sich um sie kümmern konnte.

Langsam humpelte Irene zum Fenster und schaute hinunter auf die Straße. Sie hätte wetten können, dass Kempf in nächster Zeit hier auftauchen würde. Oder saß er etwa schon unten im Wagen und wartete nur darauf, dass sie wieder rauskommen würde? Es gab nur eine Möglichkeit. Sie musste ihm zuvorkommen.

„Ich ruf meinen Vater an", rief sie Richtung Küche.

Nadja streckte den Kopf heraus. „Ist das wirklich eine gute Idee?"

„Und ob. Wirst schon sehen." Nadjas Sorgenfalten auf der Stirn traten hervor, während Irene die Nummer ihres Vaters wählte.

Keine zehn Sekunden später war er dran. „Irene, verflucht. Wo steckst du?", schnaubte er.

„Papa, ich hab dich im Krankenhaus gesehen. Was ist los mit dir?"

„Du erzählst mir jetzt sofort, wo deine Mutter ist."

„Aber Papa, ich ..."

„Nix da! Ich will es wissen. Und auch, wo du bist."

„Papa, jetzt beruhige dich. Mich findest du garantiert nicht. Du musst dich der Polizei stellen, bevor noch mehr passiert. Bitte!"

„Da müsste ich ja total behämmert sein. Gerade läuft es so gut. Sie kriegen alle, was sie verdient haben. Du weißt, dass ich recht habe."

„Papa, du hast dich komplett in diese Sache verrannt. Man kann nicht Gewalt mit Gewalt beantworten."

„Es ist Notwehr, Irene, Notwehr. Verstehst du? Frag deine Mutter, die wird es dir erklären."

In diesem Moment verlor sie den Faden, denn es klingelte an der Wohnungstür. Das schrille Geräusch brachte sie völlig aus dem Konzept. Und Nadja, die inzwischen neben ihr stand und das Gespräch verfolgte, sah aus, als stünde unmittelbar ein Erdbeben bevor.

„Papa", fragte Irene ins Telefon. „Wo steckst du eigentlich?"

45

Frankfurt Sachenhausen, April 2012

„Karsten, was ist nur mit dir los?" Schulz' Stimme klang zittrig. „Ich mach da auf keinen Fall mit."

Er blickte sich scheu um. Wentorff saß auf seinem Stuhl und konnte sich nicht rühren. Als sich Kempf für einige Sekunden wegdrehte, um etwas aufzuheben, richtete Schulz eine kaum wahrnehmbare Geste an Wentorff, die ihm signalisieren sollte, dass er ihn befreien werde, er sich jedoch gedulden müsse. Er wusste zwar noch nicht, wie er das anstellen sollte, aber er würde sich etwas einfallen lassen. Schulz wusste allerdings nicht, ob Wentorff ihn verstanden hatte. Der Politiker machte einen komischen Eindruck. Hin und wieder verdrehte er die Augen, die glasig schimmerten. Größtenteils starrte er die Decke an.

Kempf wandte sich wieder an Schulz. „Genau so hab ich dich eingeschätzt“, sagte er mit einer Gelassenheit, die etwas Arrogantes ausstrahlte. „Du warst schon immer ein Feigling und wenn's drauf ankam, hast du den Arsch zusammengekniffen und bist abgehauen.“

„Und dir wächst die Sache über den Kopf, Karsten. Du übernimmst dich. Wie soll das hier weitergehen? Nimm Vernunft an!“

„Aber verstehst du denn nicht? Thelen musste ich einen Denkzettel verpassen, diesem Schmierfinken und Hetzer, der glaubt, er könne alles schreiben und ungestraft davonkommen. Ich hoffe, das fehlende Ohr ist ihm eine Lehre für alle Zeiten.“

„Komm, lass uns hochgehen. Wir reden in Ruhe darüber und finden sicher eine Lösung.“

„Und wie soll die aussehen, hä? Kannst du mir das sagen? Nichts da! Du gehst nirgendwohin!“

Kempf stellte sich ihm breitbeinig in den Weg und verschloss die Arme vor der Brust. Sein Gesichtsausdruck zeigte Entschlossenheit.

„Aber Karsten, jetzt entspann dich mal! Wir sollten ...“

„Ich bin ganz ruhig, keine Angst.“ Kempf lächelte breit. „Du bist derjenige, der sich in die Hosen scheißt.“ Kempf nahm einen Anflug an Irritation bei Schulz wahr und bohrte weiter. „Bei den Demos spielst du immer den großen Zampano, aber da steckt nichts dahinter. Das dachte ich mir gleich. Irgendwann musst du aber mal Farbe bekennen und dieser Zeitpunkt ist jetzt. Und deshalb frage ich dich: Stehst du auf meiner Seite oder nicht?“

„Selbstverständlich“, rief Schulz laut und deutlich. „Mit dem ganzen Flughafenpack will ich doch nichts zu tun haben.“ Dann: „Aber das heißt nicht, dass ich jemanden entführe und die Ohren abschneide.“

Plötzlich ging Kempf an einen Arbeitstisch, zog eine Schublade auf und holte eine Art Skalpell heraus. Er hielt es Schulz direkt vor die Augen. „Komm, mach schon! Heute hast du die Chance, allen zu zeigen, dass du ein echter Kerl bist.“

Schulz war einige Sekunden sprachlos und brauchte eine Weile, bis er realisierte, was Kempf gerade von ihm verlangt hatte. Seine Augenlider flatterten, er bekam sie nur schwer wieder in den Griff.

Kempf ist wie eine ungesicherte Handgranate, dachte Schulz, kann jeden Moment hochgehen.

„Du brauchst dir keine Sorgen zu machen", fügte Kempf an. „Wentorff spürt nix davon. Er ist bis oben vollgepumpt mit Ketamin. Die Droge fängt gerade an, schön zu wirken. Schau dir seine Augen an. Irre gut das Zeug, was? Und sein Blut fange ich auf. Also, los! Es geht ganz schnell. Nur ein Schnitt. Zack! Und ab ist das Ohr!"

Schulz zitterte zwischenzeitlich am ganzen Körper. In welch jämmerliche Lage hatte er sich manövriert! Ihm wurde in diesem Augenblick gnadenlos bewusst, dass er große Scheiße gebaut hatte, mit Kempf in dessen Keller zu gehen. „Du spinnst wirklich", rief er. „Du glaubst doch nicht allen Ernstes, dass ich das tun werde."

„Ich weiß, dass du es tun wirst", erwiderte Kempf gelassen und lächelte. Und nach einer Pause fügte er an: „Wir brauchen vielleicht noch eine Weile, bis du so weit bist, aber hör doch mal tief in dich hinein! Ja, hör auf dein Herz! Du weißt doch genau, dass Wentorff ein Schwein ist. Er ist hinsichtlich der Landebahn umgefallen, als es darauf angekommen ist. Er hat kassiert und wir leiden darunter. Nicht wir, sondern er ist der Verbrecher. Wir wehren uns nur dagegen. Was wir machen, ist Notwehr. Verstehst du? Notwehr. Die letzte Form des Widerstands, wenn sonst nichts mehr bleibt. Kapierst du das?"

Schulz' Beine zitterten so sehr, dass er nicht mehr stehen konnte. Er schnappte sich einen Stuhl und setzte sich hin. „Tut mir leid, aber das ist zu viel für mich." Er vergrub das Gesicht in seinen Händen. „Ich halte das nicht mehr aus."

Kempfs Stirn zeigte erste Falten. „Ich weiß echt nicht, was du hast. Es ist doch noch gar nichts passiert. Wentorff sitzt vollkommen ungeschoren da. Er sieht fast fröhlich aus. Schau ihn dir doch mal genau an. Er lächelt doch oder irre ich mich?" Kempf holte tief Atem und bemerkte dann mit ernster Stimme: „Willst du ihn etwa laufen lassen? Er muss doch büßen für all seine Taten. Das weißt du doch genau. Warum sperrst du dich dagegen?"

Schulz schien innerlich zusammenzusacken. Er wusste nicht, was er sagen, wie er sich verhalten sollte. Kempf machte ihm Angst. So cool, wie er hier sprach, schien er sich von nichts und niemandem aufhalten zu lassen. Und Schulz zweifelte daran, dass er dazu in der Lage sein würde. „Ich kann nicht mehr", sagte er, fast schon flehend. „Gib doch einfach auf! Noch ist nicht viel passiert. Du kommst mit einer geringen Strafe davon. Die sitzt du ab und dann wird alles wie früher."

„Wie früher!", schrie Kempf plötzlich. „Nichts wird wie früher. Kapierst du das nicht? Diese Arschlöcher haben mein Leben zerstört, als ich Anfang 20 war. Draußen an der Startbahn West hat alles angefangen. Damals haben sie uns verheizt." Kempf redete sich in Rage, aber genau das wollte Schulz vermeiden, deshalb versuchte er, ihn zu beschwichtigen, indem er die Hände hob und ihn ermahnte, nicht so laut zu sein. Aber Kempf fuhr fort. „Zwei Kumpels mussten dran glauben. Sechs weitere wurden schwer verletzt. Ich habe unverletzt überlebt, aber zu welchem Preis? Und heute? Ich war im Kelsterbacher Wald. Sie machen einfach weiter, als hätte es die Horrornacht nie gegeben. Immer weiter." Er schwang das Skalpell durch die Luft, fuhrwerkte Wentorff vor den Augen herum. „Blut wird mit Blut vergolten. Das ist der Preis."

Wentorff, der bislang unbeteiligt dagesessen war, schien nun gewahr zu werden, was Kempf mit ihm vorhatte. Er bebte innerlich und schloss die Augen, sonst wäre er kollabiert.

Schulz wäre ihm gern zur Hilfe geeilt, aber etwas hielt ihn zurück. Es war die Panik, die sich langsam breitmachte. Er hatte Schiss davor, hier und jetzt zu sterben. Kempf traute er inzwischen alles zu. Er spürte Abneigung und war angewidert, dann kam Wut hinzu. Auf sich selbst. Wie konnte er nur so dumm gewesen sein, Kempf blindlings in den Keller zu folgen? Er hätte nur eins und eins zusammenzählen brauchen, dann wäre alles klar gewesen. Aber jetzt war es zu spät. Hier war er. Und hier würde er nicht mehr herauskommen. Es sei denn ... ein vager Hoffnungsschimmer flackerte auf.

Eine Idee blitzte in seinem Kopf auf. Er schien eine Metamorphose durchzumachen. Seine Augen leuchteten. Er stand auf, hastig, als habe er es plötzlich eilig. „Gib mir das Skalpell!", rief er. „Ich mache es! Hier und jetzt. Du hast völlig recht. Ich muss es tun. Wir müssen ein Zeichen setzen."

Kempf kratzte sich am Schädel. Was war denn in Schulz gefahren? Dieser Sinneswandel kam so plötzlich, dass sie ihn überraschte. Einen Moment lang überlegte er, doch dann fiel seine Entscheidung und er drückte Schulz das Skalpell in die Hand.

46

„Der steht schon hier oben vor der Tür", flüsterte Nadja Irene ängstlich ins Ohr und klammerte sich fest an sie.

Irene legte ihren rechten Zeigefinger auf die Lippen und bedeutete ihr, still zu sein. Auf Zehenspitzen schlich sie zum Fischauge und schaute nach draußen. Der Rücken eines Mannes. Schwarze Haare. Kurzhaarschnitt. Das konnte nicht Kempf sein, es sei denn, er trüge eine Perücke.

Irene beobachtete ihn weiter, bis er sich langsam umdrehte und Richtung Tür lächelte.

„Rauscher", schrie Irene. Augenblicklich riss sie die Tür auf und fiel ihm um den Hals. „Mensch bin ich froh, dich zu sehen."

Hoppla, dachte Rauscher. Mit einer solchen Begrüßung hatte er ganz und gar nicht gerechnet und hatte alle Mühe, nicht nach hinten zu kippen. Er riss die Augen auf und versuchte zu überspielen, dass er ziemlich verwirrt war.

„Das ist ja nett", sagte er. „Nach wie vielen Jahren?"

Irene löste sich von ihm. „Über fünfzehn." Sie bereute jedoch ihren Gefühlsausbruch und löste sich von ihm, denn die Schmerzen kamen schnell wieder und sie hatte das Gefühl, ihr Kopf drohe auseinanderzuplatzen.

„Damals warst du noch so klein", sagte er und machte eine Geste mit der rechten Hand, die eine Höhe unterhalb seiner Brust markierte. Doch sogleich erkannte er, dass sich Irene krümmte und es ihr nicht gut zu gehen schien. „Leg dich hin! Du musst dich schonen." Und dann: „Wieso bist du überhaupt aus dem Krankenhaus abgehauen?", fragte Rauscher forsch.

„Genau!", pflichtete Nadja ihm mit besorgter Miene bei. „Das hättest du nicht tun sollen."

„Erklär ich euch später. Erst müssen wir hier weg."

„Warum? Was ist denn los?", erkundigte sich Rauscher.

„Später, okay? Kannst du mich irgendwo hinbringen, wo ich sicher bin?"

Irene blitzte Rauscher aus ihren stahlgrauen Augen verschlagen an und er merkte, wie ernst es ihr damit war. „Also gut", antwortete er nach kurzem Überlegen. „Wir fahren zu mir. Das geht am schnellsten."

„Und du kommst mit", wandte sich Irene an Nadja. „Wir packen ein paar Sachen und schwupp sind wir weg."

„Aber ich ...", wollte Nadja entgegnen, doch Irene würgte ihre Einwände ab. „... Keine Widerrede. Ich lass dich hier nicht allein. Basta!"

„Willst du dich nicht lieber hinlegen?", sagte Rauscher, als sie sich fünfundzwanzig Minuten später in seiner Küche gegenübersaßen.

„Geht schon. Tut ganz gut, mal zu sitzen nach der langen Zeit in der Horizontalen."

„Okay", meinte Rauscher, „dann bitte mal ganz von vorne!"

Er hatte Kaffee gemacht. Irene trank ihn mit Milch und Zucker und inspizierte die Einbauküche, den hellen Fliesenboden und die antiquarischen dunklen Holzstühle. Nadja durchstöberte im Wohnzimmer die Regale, griff nach einzelnen Büchern und blätterte darin herum.

Rauscher betrachtete Irene lange und lächelte bemüht. Sie wirkte auf ihn nicht gerade, als sei sie am Boden zerstört, so wie er es eigentlich erwartet hatte. Sie schien froh zu sein, endlich mit ihm reden zu können.

„Boah", sagte Irene, spitzte die Lippen und stieß eine Menge Luft aus. „Jetzt hab ich zum ersten Mal seit Wochen das Gefühl, es könnte alles in normale Bahnen geraten." Sie nippte an ihrem Kaffee. Sie hatte schmale, zarte Hände. Ihre Fingernägel waren kurz und nicht lackiert. „Erinnerst du dich nicht daran, dass du mein Babysitter warst und mir immer Gutenachtgeschichten vorgelesen hast?"

„Doch, doch. Ist mir wieder eingefallen, als ich deinen Mädchennamen gehört habe."

„Ich hab mich immer so darauf gefreut, am liebsten hätte ich es gehabt, meine Eltern wären jeden Abend weggegangen. Ihr habt damals drei Häuser weiter in der gleichen Straße gewohnt. Da müsstest du so fünfzehn Jahre alt gewesen sein. Das ging so lange weiter, bis ich sechs oder sieben Jahre alt war."

„Und seitdem haben wir uns nicht mehr gesehen?"

„Noch zwei- oder dreimal. Wir waren bei euch eingeladen zu Gartenpartys. Ich erinnere mich noch genau."

„Und warum hast du ausgerechnet mich angerufen?"

„Mein Vater war ja auch Polizist und hatte irgendwann erfahren, dass du auch bei dem Verein angefangen hattest. Er hat oft von dir gesprochen und deine Karriere verfolgt."

„Karriere? Aha!" Rauscher schmunzelte.

„Na ja. Mir ist sonst niemand eingefallen, der mir mal zuhören würde. Ich habe mich an die Polizei gewandt, aber sie haben mich weggeschickt."

„Du warst auf dem Präsidium?"

„Nein, auf der Dienststelle in Bockenheim. Ich solle wiederkommen, wenn etwas passiert sei. Irgendwie war ich ganz schön verzweifelt, weil ich gesehen habe, dass mein Vater sich immer tiefer in diesen Sumpf manövriert. Da bin auf die Idee gekommen, dich anzurufen. Du bist der einzige

Polizist, den ich noch kenne und so was wie meine letzte Hoffnung ..."

„Stopp, Stopp! Ich komme nicht mit. Wie hat das alles angefangen?"

„Na ja, mein Vater hatte mich gebeten, dieses Päckchen am Flughafen aufzugeben."

„Das Päckchen mit dem Ohr drin?" Rauscher klatschte sich an die Stirn.

„Ja, ich war ja sowieso auf der Montagsdemo."

„Dein Vater also! Und du hast es für ihn verschickt? Kein Wunder, dass deine Fingerabdrücke drauf sind."

„Natürlich ..."

„Moment, Moment, das ist jetzt wichtig. Du musst mir jetzt wirklich die Wahrheit sagen, obwohl du dich und deinen Vater belasten könntest. Versprichst du mir das?"

„Logo. Hätte ich dich sonst angerufen? Also, noch mal. Natürlich wusste ich nicht, was in dem Päckchen drin ist, sonst hätte ich es niemals zum Postamt gebracht. Ich hatte meinen Vater zwar danach gefragt, weil er mir so komisch vorkam, aber er wollte es mir erst sagen, wenn ich es abgegeben habe. Und als er mir dann offenbart hat, dass es sich hierbei um Thelens abgeschnittenes Ohr gehandelt und dabei gelacht hat, das war das Schrecklichste, was ich in meinem Leben je gehört hatte. Ich habe ihn angeschrien, dass ich ihn nie, nie, nie mehr sehen will und bin getürmt. Mir war klar, dass er völlig ausgetickt war und hab als letzten Ausweg dich angerufen."

„Du hast den besten Zeitpunkt erwischt, den man sich nur vorstellen kann." Rauscher grinste gezwungen. „Während meiner Hochzeit."

„Sorry, das konnte ich nicht ahnen." Rauscher sah Irenes Gesichtsausdruck an, dass es ihr wirklich leidtat.

„Und warum hast du das mit dem Uni-Dach veranstaltet?"

„Ich wollte halt zu hundert Prozent sichergehen, dass du mit mir sprichst."

„Ist dir ja prächtig geglückt." Rauscher schüttelte den Kopf. „Ich bin erst mal nicht darauf gekommen, wer du bist, weil mir dein Nachname nichts gesagt hat."

„Ach, ja. Zu Beginn des Studiums habe ich meinen späteren Ehemann kennengelernt und geheiratet. Zum Glück bin ich die Luftpumpe jetzt los."

Rauscher schmunzelte. „Ist das sein Spitzname?"

„Genau. Er hat mir zum Geburtstag eine Luftpumpe geschenkt, damit ich öfter mit ihm Radfahren gehe. Sein Hobby. Aber meins nicht. Und später fand ich, der Name passt perfekt zu ihm. Viel Luft, nix dahinter."

„Okay, zurück zu unserem Fall. Diesen Thelen, woher kannte dein Vater ihn?"

„Mein Vater hat sich ja sehr mit dem ganzen Thema Flughafen beschäftigt und sich in alles reingesteigert, was damit zu tun hat. Und ich glaube, Thelen kannte er von einem Vortrag über den Flughafenausbau. Seitdem hat er ihn auf dem Kieker gehabt und ihn auch verfolgt." In den nächsten zehn Minuten erklärte Irene Rauscher haarklein, was 1987 an der Startbahn West vorgefallen war und wie die Dämonen von damals Kempf noch heute verfolgten.

„Eines Abends bin ich ihm hinterher geschlichen. Er ist in die Brau-Bar gegangen und hat zwei Männer beobachtet. Thelen und einen anderen ..."

„Groß, schlank, kurze braune Haare, Brille, trägt meistens einen schwarzen Anzug und Krawatte?"

„Kommt hin."

„Robert Wentorff!"

„Ach, jetzt weiß ich auch, warum er mir so bekannt vorkam. Jedenfalls habe ich danach meinen Vater zur Rede gestellt und ihn damit konfrontiert, dass ich wüsste, was er vorhabe. Er hat aber nur gelacht und gemeint, ich wüsste gar nichts. Er ließ nicht mehr mit sich reden. Hat alles abgeblockt und war völlig unzugänglich. Und als ich dann erfahren habe, was in dem Päckchen war, wusste ich, dass es böse enden würde." Rauscher bemerkte ihre Bestürzung. „Mein Vater steckt dahinter", sagte sie ohne Bitterkeit. „Ich habe es kommen sehen. Aber jetzt ist es ja ohnehin zu spät ..."

„Sag das nicht!", fiel ihr Rauscher ins Wort. „Er hat zwar Wentorff entführt und als Ultimatum gestellt, dass die Landebahn geschlossen werden soll, aber vielleicht können wir noch rechtzeitig reagieren und dem Mann passiert nichts. Warte einen Moment!"

Rauscher ging in sein Arbeitszimmer und rief Thaler, den Recherchemeister, an. „Hey, Ingo. Du musst ein paar Sachen für mich in Erfahrung bringen."

„Hast du vergessen, dass ich inzwischen der Lakai des LKA bin?"

„Dann zweig dir Zeit ab, oder was weiß ich. Es ist wichtig."

„Ich tu mein Bestes."

„Gut, hör zu! Karsten Kempf, ehemaliger Polizist. Versuch alles über ihn rauszufinden."

„Karsten Kempf, Karsten Kempf, das sagt mir was ..."

„Das ist Irene Handkes Vater."

„Ach so. Okay, noch was?"

„Die Brau-Bar in der Braubachstraße ..."

„... Liegt um die Ecke von Wentorffs Apartment."

„Genau. Prüf mal, ob er am Vorabend seines Verschwindens dort gewesen ist und wenn ja, mit wem."

„Entschuldige, aber was treibst du eigentlich die ganze Zeit? Ich dachte, du machst Urlaub." Thaler lachte aus vollem Hals.

„Hauptsache, du hast deinen Spaß", sagte Rauscher und wollte ihn wegklicken, als Thaler rief: „Moment, Moment! Da will dich noch jemand sprechen."

„Was fährst du eigentlich für einen Alleingang, he?", hörte Rauscher Jan Krauses erboste Stimme.

„Ich bin im Hochzeitsurlaub."

„Die Hochzeit ist geplatzt, wenn ich dich daran erinnern darf."

„Darfst du nicht. Und mach hier nicht so einen Tamtam."

„Das sagt der Richtige. Wer macht denn Thaler rebellisch? Nee, nee. So läuft das nicht. Teamarbeit stell ich mir anders vor."

„Das muss ich mir nicht länger anhören. Tschö!“

Rauscher klickte das Gespräch weg und versuchte, sich zu sammeln. Als er wieder in die Küche kam, war Irene verschwunden. Sie hatte sich ins Wohnzimmer verdrückt und lag auf der Couch neben Nadja, die den Fernseher angemacht hatte.

„Steht dir übrigens gut“, sagte Irene, deutete auf Rauschers Gesicht und lachte.

„Was?“

„Dein Fünftagebart.“

„Findste?“, warf Nadja ein und machte ein skeptisches Gesicht.

„Bin seit Tagen nicht zum Rasieren gekommen“, erklärte Rauscher kurz angebunden und wandte sich sofort wieder an Irene. „Sagt dir der Name Schulz etwas, Peter Schulz?“

„Klar. Der Nachbar meines Vaters an der Louisa.“

Bei Rauscher klingelte es. Er kniff die Augen zusammen und klopfte sich an die Stirn. „Verfluchter Mist aber auch! Ich war schon zweimal bei ihm, weil wir auch seine Fingerabdrücke auf dem Päckchen gefunden haben. Aber ich konnte ja nicht ahnen, dass dein Vater daneben wohnt und in die Sache verstrickt ist. Sag mal, könntest du dir vorstellen, dass die beiden das zusammen ausgeheckt haben?“

„Ich kann mir alles vorstellen“, sagte Irene lapidar.

Teil 10

Start frei für die neue Landebahn

Bundeskanzlerin Angela Merkel wird heute als erste Passagierin mit dem Airbus A319 „Konrad Adenauer“ auf der neuen Nordwest-Landebahn in Frankfurt landen. An dem Festakt nehmen auch der hessische Ministerpräsident Bouffier und Fraport-Chef Schulte teil. Der reguläre Flugbetrieb beginnt erst einige Tage später auf der 2,8 Kilometer langen Piste. Die neue Landebahn könnte die Kapazität des Flughafens um 50 Prozent steigern, so der Sprecher des Betreibers. Zunächst erhöhen sich die Flugbewegungen pro Stunde von 82 auf 90. In weiteren Schritten sollen sie an das Ziel von 126 angepasst werden.

Frankfurter Nachrichten, 21. Oktober 2011

47

Frankfurt Sachsenhausen, Januar 2009 bis November 2011

So schlecht drauf hatte Kempf Manu lange Zeit nicht mehr erlebt. Kein Wort der Begrüßung. Keine freundliche Geste. Keine Berührung. Nichts.

Sie hatte ihn mit Irene von der Sicherungsverwahrung abgeholt. Weil er sich nicht hatte beruhigen wollen, war diese Maßregel zum Schutz der Allgemeinheit vorübergehend angeordnet worden. Nach zwei Tagen in einer Verwahrzelle war Kempf entlassen und wieder auf freien Fuß gesetzt worden.

Manus eiserner Blick verhieß nichts Gutes, als sie den Wagen bestiegen. Äußerlich ließ sie sich nichts anmerken, aber innerlich kochte sie. Das wusste Kempf. Auf der Fahrt nach Hause sprach er sie nicht an, ließ sie in Ruhe.

Beim Mittagessen, Irene hatte sein Leibgericht Rippchen mit Kraut und Kartoffelpüree vorbereitet, konnte sich Manu schließlich nicht mehr zurückhalten und explodierte. „Was hast du dir dabei gedacht, hä? Du musst mit einer Anklage wegen Widerstand gegen die Staatsgewalt rechnen. Die hängen dir ein Disziplinarverfahren an und wenn du eins und eins zusammenzählen kannst, weißt du, dass du aus dem Dienst fliegst."

Kempf schwieg weiterhin und hatte bislang keinen Bissen angerührt. Er wusste nicht, was er erwidern sollte. Ob er überhaupt etwas erwidern und zu seiner Entschuldigung vorbringen konnte. Er wusste nur, dass sich alles in ihm aufgestaut hatte und er sich nicht hatte beherrschen können.

„Mama, jetzt beruhige dich mal", ging Irene dazwischen. „Im Grunde hat Papa recht gehabt. Wir können uns nicht alles gefallen lassen."

„Aber man darf Gewalt nicht mit Gewalt begegnen. Was geht bei euch im Kopf vor?"

Kempf stand abrupt auf, sodass sein Stuhl nach hinten fiel und einen lauten Knall verursachte. Seine beiden Frauen sahen ihn überrascht an.

„Ich weiß auch nicht, was mit mir los ist", sagte er, drehte auf den Hacken um und ging aus dem Raum.

Im Bad warf er sich Wasser ins Gesicht und starrte in den Spiegel. Wieso hatte er sich nicht mehr unter Kontrolle? Wieso zweifelte er an allem? Und wieso ließ er es zu, dass der Flughafen und der Lärm in sein Leben eingedrungen waren und es zunehmend bestimmten?

Er wusste es nicht, aber das Thema ließ ihn nicht mehr los. Es wurde sogar schlimmer. In den nächsten Wochen und Monaten beobachtete Kempf die Geschehnisse rund um die neue Landebahn sehr genau. Er las jeden Zeitungsartikel im Internet, wovon es Hunderte gab, und schaute sich diesbezüglich alle Fernsehberichte an. So bekam er alle Begebenheiten, die sich rund um den Flughafen abspielten, unweigerlich mit. Die Stadt Kelsterbach verkaufte das Areal mit dem Wald, auf dem die neue Landebahn gebaut werden sollte, an die Fraport. Das Waldcamp wurde endgültig geräumt und die Rodung begann. Fünfhundert Meter weiter wurde eine Mahnwache installiert. Der erste Spatenstich für die neue Landebahn erfolgte am 8. Mai. Zwar fanden etliche Demonstrationen vor Ort statt, aber Kempf blieb zu Hause, weil er jeglichen Ärger mit Manu vermeiden wollte. Im November startete eine groß angelegte Kampagne für ein Nachtflugverbot. Anfang 2010 wurde der Vortrag von Prof. Dr. Greiser „Fluglärm macht krank" vorgestellt. Im April musste Kempf tagelang schmunzeln. Was die Flughafenausbaugegner nicht erreicht hatten, schaffte ein Vulkan. Die Vulkanasche des Eyjafjallajökull legte den gesamten Flugbetrieb am Frankfurter Flughafen und weiteren Flughäfen lahm. Im Juni besetzten vier Robin Wood-Aktivisten einen Kran der Baustelle der Nordwest-Landebahn und hängten ein Transparent auf: „Rettet das Klima – Stoppt den Flughafenausbau". Im September entzog die Stadt Kelsterbach der Mahnwache die Erlaubnis und löste sie auf.

Zudem verbrachte Kempf viel Zeit damit, sich die Protokolle des Startbahn-Prozesses von 1988 aufs Gründlichste durchzulesen und die

Vorfälle aufzuarbeiten. Er besorgte sich zahlreiche Bücher, die sich mit der gesamten Startbahnproblematik auseinandersetzen. Kempf sog jede Nachricht, jeden Schnipsel und jeden Fetzen ein, doch in gleichem Maße, wie sich Kempf in das Thema hineinbiss, ging es Manu auf die Nerven. Sie konnte das Gerede darüber nicht mehr hören. Die Klagen der Nachbarn, das Gejammere und die beunruhigenden Vorhersagen, was geschähe, wenn die neue Landebahn in Betrieb gehen würde, gingen ihr gegen den Strich. Es wurde ihr zu viel. Während es früher längere Phasen gab, in denen das Thema Flughafen und Fluglärm keine Rolle gespielt hatte oder bewusst vermieden wurde, kochte es jetzt immer häufiger und in immer kürzeren Abständen hoch. Es war permanent präsent in den Medien und unvermeidlich, sich darüber auszutauschen. Es gab kein Entrinnen.

Je näher der Tag der Eröffnung der neuen Landebahn rückte, desto größer wurde Kempfs innere Anspannung. Manu merkte das und bekam Angst. Am liebsten hätte sie sich unsichtbar gemacht, damit niemand sie darauf ansprechen konnte.

Und dann kam noch etwas hinzu. Mittlerweile war Kempf seit Monaten zu Hause und vom Dienst suspendiert. Manu hatte mit ihrer Vermutung richtig gelegen. Kempfs Vorgesetzter hatte ein Disziplinarverfahren eingeleitet, weil das Strafverfahren gegen ihn lief und ihm gravierendes Fehlverhalten im Privatbereich zur Last gelegt wurde.

Kempf äußerte sich schriftlich zu den Vorwürfen. Er schilderte den Vorfall beim Hüttendorf sachlich, beschönigte und bestritt nichts. Als Zeugin des Vorfalls nannte er seine Tochter Irene. Nach einigem Hin und Her zwischen Polizeiführung und -gewerkschaft kam man überein, eine Disziplinarklage zu erheben. Der Eingabe wurde zwei Monate später vor dem Verwaltungsgericht stattgegeben. Kempf flog aus dem Dienst.

48

Frankfurt Sachsenhausen, Morgen des 28. Oktober 2011

„Was war das?“

Nachts schreckte Kempf aus dem Schlaf hoch und schaute auf den Wecker. 5.00 Uhr. Ein Grollen hatte ihn geweckt. Er hatte das Gefühl, das Haus bebe.

Manu, die ebenfalls wach geworden war, schaute ihn verunsichert an. „War das ein Flugzeug?“, fragte sie verschlafen.

„Vielleicht das erste auf dem Anflug zur neuen Landebahn.“

„Mach keine Scherze!“, rief Manu und erhob sich. Gerade hatte sie ausgesprochen, da donnerte schon die nächste Maschine übers Haus hinweg.

„Das kann nicht sein.“

Sie zogen sich etwas über und liefen auf die Terrasse. Es war dunkel und kalt. Manu fror. Kempf blickte zum Himmel hoch, streckte den Arm nach vorne und deutete mit dem Zeigefinger hinauf. „Dort weiter drüben, die Maschine, das ist die Anflugroute der alten Landebahn.“ Etwas zurückversetzt und etwa zweihundert Meter parallel daneben flog eine weitere Maschine, unmittelbar über dem Haus. „Und die hier fliegt wohl die neue Nordwest-Landebahn an.“

Den letzten Teil des Satzes hatte Manu nicht verstanden, weil der Lärm Kempfs Worte übertönt hatte. Sie schaute ihn aus gläsernen Augen an. „Ich hätte mir niemals vorstellen können, dass es noch schlimmer wird“, sagte sie und die Bitterkeit war nicht zu überhören. „Niemals!“

„Schlimmer geht immer“, kommentierte Kempf. „Oder wie war das noch?“

In diesem Moment kam Irene aus dem Haus gelaufen und stellte sich neben sie. „Was läuft denn hier ab? Feiert ihr ’ne Fluglärmfete?“

Niemandem war zum Lachen zumute.

„Wenn das so bleibt, raste ich aus!“, waren Manus letzte Worte, bevor sie sich wieder ins Innere des Hauses zurückzog.

Die nächsten Tage über beobachtete Kempf das ungläubige Gesicht seiner Frau. Der Schock über das Lärmausmaß der neuen Landebahn saß tief. Sie starrte wie apathisch in den Himmel, konnte und wollte es nicht begreifen. Niemand hatte das vorhersehen können.

„Bist du okay?", fragte Kempf und musterte sie aufmerksam.

Manu legte ihm eine Hand auf die Wange. „Ich beruhige mich schon wieder." Aber so wie es Manu gesagt hatte, klang es nicht sehr überzeugend.

Als das Dröhnen des nächsten Fliegers im Anmarsch war, verriet ein Zucken ihres rechten Augenlids ihre Gefühlswelt. Keine Sekunde später warf sie sich an Kempfs Schulter und begann hemmungslos zu weinen.

Die Bilder der ersten Montagsdemo am 14. November versetzten Kempf in eine Art Schockstarre. Er saß vor dem Fernseher und war erfreut, natürlich, denn mit einem solchen Andrang und so viel Engagement der Bevölkerung hatte niemand rechnen können. Aber er war auch traurig, nicht dabei gewesen zu sein. Gleichzeitig elektrisierten ihn die Bilder so, dass er sie nicht mehr loswerden konnte und sein Drang, zu den Demos zu gehen, zunahm.

In Peter Schulz, ihrem Nachbarn, fand er einen Verbündeten. Die beiden saßen stundenlang beisammen, diskutierten, palaverten, tranken Bier und heckten neue Aktionen und Banner für die Demos aus.

Eines Tages saßen sie in Kempfs Keller im Arbeitsraum und Schulz pinselte „Fluchlärm" in roten Lettern auf ein Banner. „Hessisch für Krawall", kommentierte er laut lachend.

„Malt ihr wieder Plakate?", fragte Manu, die den Kopf zur Tür hereinsteckte.

Schulz nickte, ließ sich aber nicht von seinen Malarbeiten abhalten, und Manu zog weiter.

„Apropos", sagte Kempf an seinen Nachbarn gerichtet. „Ich will demnächst drüben den Kellerraum neu anlegen. Könntest du mir helfen, ihn auszuräumen?"

„Entmüllen meinst du wohl? Der ist doch bis oben hin voll mit Krempel und Kisten."

„Genau deshalb bräuchte ich ja deine Hilfe."

„Geht in Ordnung. Hier unten ist es am erträglichsten."

„Stimmt." Kempf lauschte. „Hier hört man kaum was."

„Wie im Luftschutzbunker früher."

„Fliegeralarm", schrie Kempf, „Zoinnggggg! Zoinnggggg! Zoinnggggg!" Er lachte und schlug sich auf die Oberschenkel.

49

Frankfurt Sachsenhausen, März 2012

Irene kam zu Besuch und schloss die Haustür auf. Sie war zwar mittlerweile ausgezogen, verfügte aber weiterhin über einen eigenen Schlüssel.

„Irene?", rief Kempf aus der oberen Etage. „Bin gleich bei dir. Moment noch. Mama kommt auch gleich."

„Wo steckst du?", fragte Irene. „Ich muss dir was zeigen." Sie hatte eine Seminararbeit zurückbekommen. Note 1. Stolzer war sie noch nie auf sich gewesen. Es war zum Bäume ausreißen. Sie rannte die Treppe hoch und wollte ihrem Papa um den Hals fallen, doch als sie auf der obersten Treppenstufe angekommen war und geradeaus ihren Vater im Bad am Waschbecken stehen sah, wäre sie fast rückwärts wieder heruntergefallen.

„Papa!"

Ihr Schrei brach ab.

Zum Glück bekam sie das Treppengeländer zu fassen und klammerte sich fest. In ihren Augen spiegelte sich Unverständnis gepaart mit leichtem Entsetzen. Doch als sie vollständig erkannte, was ihr Vater im Bad trieb, zuckte kurz darauf ein leichter Schmunzler über ihre Wangen.

Karsten Kempf stand vor ihr mit kahl rasiertem Schädel.

An einigen Stellen über den Ohren und an der Schläfe war noch Rasierschaum zu sehen.

Irene hielt sich die Hand vor den Mund, denn jetzt musste sie wirklich lachen.

„Was soll das?"

„Frischluft fürs Gehirn", sagte Kempf. „Oder denk dir einfach, was du willst."

„Was wird Mama sagen?"

„Das fragst du sie am besten selbst. Sie kommt nämlich gerade."

Von unten war tatsächlich eine zufallende Tür zu hören.

„Hallo, ich bin zurück", rief Manu.

„Am besten du kommst gleich hoch und guckst dir die Bescherung selbst an", antwortete Irene, zur Treppe hin gebeugt.

„Wieso? Ist was passiert?"

Manu nahm die ersten Stufen und blickte nach vorne. Als sie Kempf entdeckte, blieb sie stehen. Er sah so ganz anders aus, fast schon bedrohlich. „Das gibt's doch nicht."

„Und ob!", kommentierte Irene.

Manu kam die letzten Stufen hoch, blieb vor dem Badezimmer stehen und betrachtete Irene, die mit der rechten Hand über den glatten Schädel strich. „Fühlt sich komisch an", meinte sie. „Aber nicht unangenehm."

„Du hast 'ne Meise!", wandte sich Manu an ihren Mann und langsam machte sich ein Gefühl breit. Sie war sauer auf ihn, weil er solche Eskapaden hinter ihrem Rücken veranstaltete und sie nicht vorher fragte, ob es ihr gefallen würde oder nicht.

„Mir ist jetzt doch etwas frisch da oben", sagte Kempf, rubbelte sich den Kopf vollständig trocken und zog eine Basecap über. „Muss mich wohl erst dran gewöhnen."

„Wem sagst du das!", kommentierte Manu. „Wem sagst du das!"

Mit butterweichen Knien stand sie da. Am liebsten hätte sie laut losgebrüllt, aber sie wollte sich keine Blöße geben und bewahrte Stillschweigen.

50

Frankfurt Sachsenhausen, Ende März 2012

Kempf saß auf dem Wohnzimmerboden über diversen Papieren, die verstreut herumlagen, und studierte sie. Er hatte mittlerweile ein ganzes Archiv mit Materialien zum Flughafenausbau angelegt.

Als Manu nach Hause kam und die Unordnung sah, baute sie sich vor Kempf auf und stemmte sich die Hände in die Seite. „Karsten!" Er reagierte nicht.

„Hey, Karsten. Was ist los? Hörst du mich nicht?"

„Äh, ja, doch ..." Kempf hob den Kopf. „Ich war in Gedanken. Was willst du?"

Manu griff sich mit der einen Hand an die Stirn und strich mit der anderen ihre blonden Haare hinters Ohr. „Willst du nicht wieder arbeiten gehen?"

„Wo denn?"

„Bei einem Sicherheitsdienst vielleicht?"

„Da kriege ich das Gleiche raus wie jetzt von der Behörde. Wieso soll ich mich da bucklig machen?"

„So geht das hier nicht weiter. Du würdest mal rauskommen."

„Willst du mich loswerden?"

„Nein, aber es tut dir nicht gut, den ganzen Tag hier im Haus zu hocken und über irgendwas nachzugrübeln."

„Das mach ich doch nicht. Wie kommst du darauf?

„Das sehe ich dir an, verdammt. Du kannst dich nicht verstellen."

„Warum regst du dich so auf?"

„Ich habe kein gutes Gefühl bei dem, was du treibst. Seit du zu Hause bist, hast du nur Flausen im Kopf." Sie biss sich auf die Unterlippe. „Ich merke doch genau, dass es dir nicht gut geht."

„Aber das hat doch nix mit der Arbeit zu tun."

„Fühlst du dich abgeschoben?"

„Ach was! Bei der Polizei könnte ich sowieso nicht mehr arbeiten. Da verteidigen sie ein falsches Wirtschaftssystem, einen korrupten Staat und eine verlogene Politik. Ich will mir noch ruhigen Gewissens in die Augen schauen können. So einfach ist das."

„Ich hab das miese Gefühl, dass du irgendwas ausheckst und es mir verheimlichst."

Kempf schüttelte den Kopf.

„Komm, sag schon! Sprich mit mir! Ich bin deine Frau. Mir kannst du alles erzählen. Was geht in deinem Kopf vor?"

Da Kempf nicht reagierte und sie nur wortlos anstarrte, drehte sich Manu um und ging hinaus. Sie musste noch die Wäsche machen. Doch kaum war sie um die Ecke Richtung Waschraum gebogen, fing sie an zu schreien. „Was zum Teufel ist das?"

Unmittelbar vor ihr baumelte eine Art selbst gebastelte Puppe. Sie war etwa fünfundzwanzig Zentimeter lang und trug um den Hals eine Schlinge, die an der Decke befestigt war. Ihr fehlten beide Ohren. Stattdessen trat an diesen Stellen eine rote Flüssigkeit heraus. Das Gesicht der Puppe ähnelte jemandem, aber sie wusste nicht auf Anhieb wem.

Kempf wurde vom Schrei seiner Frau aufgeschreckt und eilte zu ihr. „Was ist denn los?"

„Das will ich von dir wissen. Aber schnell! Was zur Hölle soll das?"

„Das ist unser ehemaliger Ministerpräsident. Den habe ich doch gut getroffen, findest du nicht?"

51

Frankfurt Sachsenhausen, Anfang April 2012

Irene und ihre Mutter hatten sich in einer Stehpizzeria auf der Darmstädter

Landstraße verabredet, nicht weit vom legendären Apfelweinviertel Alt-Sachsenhausens entfernt. Sie bestellten eine Pizza Funghi, eine Pizza Tonno und zwei Cola. Der kleine Raum duftete nach gebackenem Pizzateig und dem Holzkohleofen. Während sie an einem Tisch standen und aufs Essen warteten, machte Manu einen verzweifelten Eindruck. Irene nahm sie in die Arme und streichelte ihr über den Kopf.

„Es geht nicht mehr lange so weiter. Ich halte es nicht mehr aus mit ihm."

„Aber was ist denn passiert?"

„Er vergräbt sich im Keller und liest tausendmal die gleichen Bücher. Flughafen, Flughafen, Flughafen. Ich kann über nichts anderes mehr mit ihm reden."

„Das sind ja ganz neue Töne", sagte Irene. „So kenne ich dich gar nicht." Sie gab ihr einen dicken Kuss auf die Wange. „Aber du hast schon recht. Dass er immer seltsamer wird, ist mir auch aufgefallen. Er ist so einsilbig in letzter Zeit ..."

„Ja, er spricht eigentlich nur noch mit mir, wenn ich ihn direkt anrede und auch dann nur widerwillig."

„So hab ich ihn noch nie erlebt."

„Das Zusammenleben verlangt einem manchmal einen hohen Preis ab, aber ich bin nicht bereit, ihn länger zu zahlen."

Irene holte die zwei Pizzen an der Theke ab, aber Manu aß ohne Genuss.

„Ich fühle mich außerstande, ihm zu helfen", sagte sie. „Ich kann einfach nichts tun. Auf mich hört er nicht." Sie verdrückte eine Träne, was ihr vor ihrer Tochter peinlich war.

„Er hört auf niemanden."

„Und schert sich einen Scheißdreck um meine Argumente und um meine Gefühle schon gar nicht."

So resigniert hatte Irene ihre Mutter noch nie erlebt. Sie war völlig von der Rolle. „Das stimmt nicht. Er liebt dich wie niemanden sonst auf dieser Welt."

Jetzt nahm Manu Irene in den Arm und es schien, als wolle sie sie nie mehr loslassen.

52

Manu biss die Zähne zusammen, nachdem sie das halbe Haus nach Kempf abgesucht hatte. Es war abends, schon nach 21.00 Uhr. Sie war gerade nach Hause gekommen.

Sie riss die Kellertür auf, aber von unten drang kein Lichtschein nach oben. „Hallo!", rief sie. „Karsten? Bist du da?"

Stille. Sie lief ein paar Stufen hinunter und rief wieder: „Hallo?"

Da sie keine Antwort bekam, wollte sie schon wieder hochgehen, entschied sich aber anders und lief die restlichen Stufen hinunter, bis sie vor Kempfs Arbeitsraum stand und drückte dann die Klinke hinunter. Verschlossen.

„Karsten? Bist du da drin?" Sie klopfte mit der Faust. Erst sanft, dann fester. Von drinnen hörte sie ein Geräusch. „Karsten, mach sofort die Tür auf!" Sie schlug wie wild dagegen. Fünf Mal. Zehn Mal. Dann raschelte etwas. Der Schlüssel wurde von innen gedreht. Die Tür öffnete sich.

Manu trat ein und schaute sich verwundert um. Kempf setzte sich gerade in einer Ecke auf einen Hocker. Es war stockdunkel, bis auf einen Lichtschein neben ihm. Offensichtlich sein Leselicht, denn auf dem Boden und auf dem Arbeitstisch lagen mehrere Bücher und Zettel verstreut.

„Du schließt dich hier im Keller ein", sagte Manu leise. „Was treibst du hier?" Die letzte Frage kam etwas forscher als geplant.

„Ich lese. Das siehst du doch."

„Hier im Dunkeln. Allein. Wie lange schon?"

„Keine Ahnung."

„Was liest du?"

„Ich muss einige Vorgänge zur neuen Landebahn aufarbeiten."

„Warum kannst du nicht mal einen Tag verbringen, ohne an den scheiß Flughafen zu denken? Alles schön und gut, aber das macht dich doch fertig."

„Hör zu, ich finde ..."

„Sei ruhig! Jetzt rede ich. Erklär mir mal, was das mit der Puppe sollte."

„Mensch, Manu. Das war ein Spaß. Und das weißt du auch."

„Toll. Und was planst du noch?"

„Nichts, wieso?"

„Ich weiß echt nicht, warum du mir ins Gesicht lügst."

„Also, jetzt übertreib mal nicht."

„Du weichst mir schon die ganze Zeit über aus. Glaubst du, ich merke das nicht?"

„Wie kommst du denn darauf?"

„Weil ich überzeugt bin, dass du hier irgend ein Ding drehst hinter meinem Rücken und hoffst, dass es nicht rauskommt."

„Albern!" Kempf sprang auf.

„Der Einzige, der sich albern verhält, bist du!"

„Ach, was!", schrie er ihr ins Gesicht. „Lass mir einfach die Ruhe!"

Er wandte sich ab und wollte hinausgehen, Manu hielt ihn jedoch zurück. „Pass auf, Karsten. Ich mach das nicht länger mit. Wenn du mich wirklich liebst, hörst du sofort auf mit dem Scheiß. Hast du das verstanden?"

Er riss seinen Arm aus ihrem Griff und blickte sie noch einmal scharf an, bevor er aus dem Haus verschwand.

53

Es war noch sehr früh am Morgen. Während Kempf noch schlief, mit Stöpsel in den Ohren, weil er erst gegen 3.00 Uhr ins Bett gekommen war, stand Manu auf und kochte sich einen Kaffee. Sie hatte sehr schlecht geschlafen. War spät eingenickt und noch vor der ersten Maschine aufgewacht. Aber der Fluglärm war nur ein Grund. Die andere Hälfte hatte mit Karsten zu tun.

Manu stellte das Radio an und hörte sich die Morgennachrichten an. Eurokrise. Finanz-Crash. Grass schreibt ein Gedicht, das sich gegen Israel richtet und der norwegische Massenmörder Breivik prahlt vor Gericht mit seinen Taten.

Erschütternd!

Das Bundesverwaltungsgericht Leipzig erklärt, dass das Nachtflugverbot am Frankfurter Flughafen von 23.00 bis 5.00 Uhr bestehen bleibt.

Immerhin!

Ein Sprecher der Lufthansa kommentiert: „Schwerer Schlag für den Wirtschaftsstandort Deutschland."

Manu lächelte und stellte das Radio, einigermaßen beruhigt, wieder ab. Sie fühlte jedoch eine innere Unruhe. Karstens Verhalten machte ihr mehr und mehr zu schaffen. Gestern hatte er sich wieder einmal den ganzen Tag über vergraben. Und vor allem hatte er sich geweigert, ihr zu sagen, was er gemacht hatte.

Sie musste dem Ganzen auf den Grund gehen.

Auf leisen Sohlen schlich sie in den Keller hinab und betrat sein Reich. Allein war sie noch nie hier gewesen. Früher hatte er hier herumgeschraubt, gesägt, gehämmert. Heute las er hier. Und genau danach sah es aus. Sie blätterte in Ordnern, Büchern, Heften, Ausdrucken. Vieles aus dem Internet. Alles rund ums Thema Flughafen. Was faszinierte ihn so daran? Wollte er zum wandelnden Lexikon werden?

Hier unten war es frisch. Sie fror etwas und schloss den Reißverschluss ihrer Sportjacke.

Als sie ein weiteres Buch aufschlug, stutzte sie plötzlich, da etwas herausgefallen war. Zunächst dachte sie an Bilder oder Fotos, aber es waren Buchstaben. Aus Zeitungen ausgeschnittene Buchstaben. Ein b, ein e und ein a. Das hatte sie zuletzt in einem Krimi gesehen.

Ihr Kopf war plötzlich schwer wie Blei.

Eine geraume Zeit über blieb sie starr sitzen und sah sich um, dann erwachte sie aus ihrer Lethargie und suchte den Raum ab. Sie hob hektisch alle Bücher und Dokumente auf und schaute nach. Sie blätterte alle Ordner durch. Sie überprüfte die Schubladen. Nichts.

Sie strengte ihre Gehirnzellen an. Wo würde er etwas verstecken?

Manchmal ist der banalste Einfall der richtige. Instinktiv stöberte sie auf dem Arbeitstisch herum. Sie erkannte ein Fläschchen Uhu. Es stand auf Zeitungspapier. Sie hob den Stapel an, hielt ihn schräg und wedelte damit herum. Sofort erblickte sie in der Mitte einen weißen Zettel und zog ihn hervor.

Aufgeklebte Buchstaben.

Das Lesen fiel ihr durch die unterschiedlichen Farben und Größen der einzelnen Buchstaben schwer.

Wenn Ihr das SChwein lebend ZurückhabEn wollt, müsst Ihr die neue Landebahn stilllegen.

Mit einem Male lief es Manu eiskalt den Rücken herunter.

Ein Erpresserbrief.

Das konnte er doch nicht wahrhaftig ernst meinen?

Was, wenn doch?

Sie ging in sich und nach einer Weile fiel es ihr wie Schuppen von den Augen. Selbstverständlich. Er dachte tatsächlich darüber nach. Er plante eine Entführung oder etwas Ähnliches. Und das Schlimmste: Sie traute ihm das alles zu.

Sie spürte Panik aufkommen, gemischt mit einem weiteren Gefühl. Wut! Sie spürte es mehr denn je, das hier würde in einer Katastrophe enden.

Wie konnte er ihr das alles antun?

Nach einem Moment der Stille packte sie der Zorn. Sie flitzte die Treppen hoch, so schnell wie noch nie zuvor, stürmte ins Schlafzimmer und zerrte an Karsten herum, der völlig verschlafen überhaupt nicht wusste, was los war.

„Das ist es also."

„Das ist was?"

„Du planst eine Entführung."

„Quatsch!"

Sie drückte ihm den Brief in die Hände. „Was soll der Scheiß?", brüllte sie ihm mitten ins Gesicht. „Sag schon! Los! Du planst eine Entführung, stimmt's?" Sie rüttelte an ihm, die ersten Tränen liefen. „Du bist so ein Arschloch." Ihre Haare, die sie offen trug, flogen wild hin und her. Sie war inzwischen so aufgebracht, dass sie sich nicht mehr unter Kontrolle hatte. Sie schlug ihrem Mann auf Brust und Oberarme, mit so einer Wucht, dass er ihre Fäuste nicht zu fassen bekam.

„Jetzt beruhig dich doch!", rief er ihr entgegen.

„Du mieses Schwein! Denkst immer nur an dich und deinen ... deinen Schmerz. An uns denkst du überhaupt nicht." Sie prügelte weiter auf ihn ein. Mit voller Kraft boxte sie ihm auf die Nase, auf die Wange, und weil er sich wegdrehte, traf sie ihn am Ohr.

Ihre Schreie wurden begleitet von Jammern und Schluchzen. „Du bist so ein Idiot! Du machst alles kaputt."

Kempf hatte ihre Impulsivität anfangs unterschätzt und fing sich ein paar harte Schläge ein. Einige wehrte er ab, die meisten verfehlten ihr Ziel. Aber es dauerte eine Zeit lang, bis er Manu einigermaßen im Griff hatte. Sie stürzte sich immer wieder auf ihn, holte aus und landete weitere Treffer.

„Wir könnten es hier so schön haben", wimmerte sie, „oder weggehen oder was weiß ich, aber du ... du ziehst hier alles runter mit deiner Scheißlaune. Du denkst nur noch an den beschissenen Flughafen, an den Lärm. Kein Wunder, dass wir alle irgendwann durchdrehen." Sie holte wieder aus und schwang ihre Faust kräftig nach vorne. Ziel Auge. Doch Kempf machte jetzt seinerseits ernst, weil er erkannt hatte, dass sie so schnell keine Ruhe geben würde. Er fing ihre Faust ab und drehte ihr den Arm auf den Rücken. Ein lautes Kreischen signalisierte ihm, dass er es übertrieben hatte. Sofort ließ er los. „Reg dich endlich ab!", blaffte er sie an. „Bringt doch nix, wenn wir uns gegenseitig fertigmachen."

„Du ... machst ... mich ... fertig!", schickte sie hinterher. In einer Lautstärke, dass ihm Hören und Sehen verging. Sie spuckte nicht nur Speichel, sondern Gift und Galle.

Alle Beschwichtigungsversuche seitens Kempf liefen ins Leere. Manu war jetzt völlig enthemmt, packte Kissen, warf sie auf ihn zu, immer wieder, zerriss sie, bis die Federn durch die Luft wirbelten. Sie rannte vor ihm weg, er hinter ihr her. In den Flur. Alles, was sie greifen konnte, nahm sie und schleuderte es ihm entgegen. Eine leere Vase, die an der Wand zerschellte. Ein Buch, das an seinen Kopf klatschte. Eine Handtasche, deren Inhalt sich über ihn ergoss. Eine Jeans und eine Jacke. Ein Hocker, der krachend vor seinen Füßen landete und ihn zum Stolpern brachte.

„Du bist das mieseste Schwein, das mir je begegnet ist", brüllte sie, als seien dies die letzten Worte, die sie sagen konnte. Währenddessen stürmte sie unbändig die Treppe hinunter, geriet ins Wanken und rutschte die letzten Stufen hinab. Unten blieb sie zunächst liegen. Gerade als sie sich aufraffen wollte, kam Kempf heran und legte sich mit seinem ganzen Gewicht auf sie, schnappte sich ihre Hände, mit denen sie wieder ausholen wollte, und umschlang sie derart, dass sie sich kaum rühren konnte. „Ist ja gut jetzt!"

Sie fluchte. Brüllte. Warf den Kopf herum. Sie biss und versuchte, ihn zu kratzen. Doch diesmal hielt er sie so fest umklammert, dass sie klein beigeben musste.

In der Tat kühlte sich ihr Ausbruch etwas ab. Für den Moment zumindest. Sie entkrampfte sich. Sie war außerdem kaputt und wirkte kraftlos, denn die letzten Minuten hatten Energie gekostet. Sie schnaufte und versuchte, zu Atem zu kommen.

Nach einer Weile schien sie so weit besänftigt zu sein, dass Kempf sich getraute, seine Stimme leise erklingen zu lassen: „Weißt du noch", sagte Kempf nachdenklich, „wie wir im Sommer im Garten Grillpartys gefeiert, mit Irene im Planschbecken gespielt und uns im Winter Schneeballschlachten geliefert haben?" Manu schien so ermattet zu sein, dass sie nichts über die Lippen brachte. „Das waren noch Zeiten“, ergänzte Kempf. „Alles vorbei. Heute laufen wir mit Ohrstöpseln durch die Gegend und wundern uns, wie wir das alles aushalten.“

Manu legte den Kopf auf den Boden und die Tränen liefen im Sturzflug. Es war wie ein innerer Zusammenbruch, der sie mitriss und wie ein kleines verletztes Mädchen erscheinen ließ. Sie heulte, konnte nicht aufhören, lag weiterhin da, heulte unaufhörlich, während Kempf sich von ihr erhob und auf einen Stuhl setzte. Er war fertig, ließ den Kopf Richtung Boden sinken.

Nach etwa zwanzig Minuten nahm Manu ihren eigenen Herzschlag wahr. Ein Pochen, ruhig und gleichmäßig. Es war, als breite sich innerer Frieden aus. Sie lag noch am Boden und in diesem Moment traf sie eine Entscheidung. Unumkehrbar. Sie wollte weg. Sie musste weg. Sie konnte nicht mehr. Sollte Karsten anstellen, was er wollte.

Zögerlich hob sie den Kopf. Ihr Mann war nirgends zu sehen. Sie hatte nicht mitbekommen, dass er hinausgegangen war. Gemächlich stand sie auf, zupfte ihre Klamotten zurecht und legte ihre wuscheligen, wilden Haare über die Ohren.

Sie fühlte sich bleischwer, als sie sich die Treppe hinaufschleppte. Aber es gab kein Zurück. Im Schlafzimmer zog sie eine Jeans und einen Pulli an. Im Spiegel sah sie, dass sie ziemlich ramponiert aussah, aber das war ihr im Moment scheißegal. Sie packte ein paar Klamotten in eine kleine Reisetasche. Das Beautycase aus dem Bad verstaute sie ebenfalls darin. Sie würde Irene bitten, den Rest zu holen.

Langsam trottete sie hinunter, schnappte sich den Autoschlüssel vom Schlüsselbrett, ging zur Haustür hinaus und schloss ihren Wagen auf. Die Tasche packte sie auf den Beifahrersitz. Ihr Handy? Sie musste noch einmal hinein. Auch eine Jacke brauchte sie unbedingt noch.

Vorsichtig tastete sie sich wieder die Treppe zur Haustür hoch und betrat den Flur.

Wo war Kempf abgeblieben? Bestimmt in seinem Keller. Gut so!

Ihre Lieblingsjacke hing griffbereit im Flur. Aber wo war das vermaledeite Handy?

Am besten, er würde nicht mitkriegen, wenn sie abhaute.

Im Wohnzimmer. Genau. Auf Zehenspitzen ging sie ins Wohnzimmer und erblickte es auf der Kommode. Sie steckte es in ihre Jeanstasche.

Sie drehte sich für einen Augenblick herum und ließ ihre Blicke schweifen. Musste sie noch etwas mitnehmen? Brauchte sie etwas dringend? Bis Irene ihr einige Dinge aus dem Haus besorgen konnte, würden vielleicht einige Tage vergehen. Sie entdeckte auf dem Couchtisch das Buch, das sie gerade las. Ein Thriller. Spannend. Ein bisschen Zerstreuung und Ablenkung waren nicht verkehrt. Sie nahm es und überlegte, ob sie noch zwei oder drei weitere mitnehmen sollte. Auf dem Weg zum Regal stolperte sie über einen Stuhl, der umgekippt war. Er verursachte ein kratzendes Geräusch auf dem Parkett.

Der entscheidende Moment zu lang.

Sie hörte etwas von unten. Kempf polterte die Kellertreppe hoch. „Was treibst du eigentlich hier oben?"

Augenblicklich drehte sie sich herum, hetzte Richtung Flur und hinaus aus der Haustür. Im Umdrehen erkannte sie, dass Kempf bereits die oberste Stufe erreicht hatte. Gleich würde er realisieren, was sie vorhatte.

Als es so weit war, hechtete er ihr hinterher. „Du bleibst hier!", brüllte er aus Leibeskräften. „Du darfst mich nicht verlassen."

Er kam schon zur Haustür hinaus, während Manu die Einfahrt entlangrannte, einen Blick zurück warf und ihm das Buch entgegenschleuderte. „Du hältst mich nicht auf!"

Sie traf ihn am Kopf, was ihn aber nur kurz aufhielt, sprang zum Wagen, setzte sich hinters Steuer, verriegelte die Türen von innen und ließ den Motor an.

Kempf schaffte es neben den Wagen und rüttelte vergeblich an der Fahrertür. Als er erkannte, dass er so keine Chance hatte, sprang er vor die Kühlerhaube und baute sich demonstrativ davor auf.

„Musst mich schon überfahren", schrie er, „wenn du hier wegwillst!"

Aus dem Augenwinkel erkannte Manu Nachbar Schulz an seinem Fenster, der mehr als erstaunt dreinschaute, die Szene jedoch interessiert zu verfolgen schien.

Sie trat das Gaspedal voll durch und ließ die Kupplung sanft kommen, so dass der Wagen einen Satz nach vorne machte.

Nichts und niemand würde sie aufhalten.

Schließlich rutschte ihr Fuß von der Kupplung und der Wagen schoss vorwärts. Kempf warf sich gerade noch zur Seite, sonst hätte sie ihn überfahren.

Teil 11

Mainzer Uni-Klinik schlägt Alarm

Tag und Nacht fliegen Flugzeuge vom und zum Frankfurter Flughafen über die Uni-Klinik in Mainz hinweg und erzeugen eine Lärmbelastung von bis zu 76 Dezibel. Der Durchschnitt liege bei 60 bis 65 Dezibel, wie das Umweltbundesamt in einem Gutachten feststellte. Damit sei der Grenzwert überschritten. Laut Weltgesundheitsorganisation seien 30 Dezibel im Inneren von Krankenhäusern der Grenzwert, das entspräche 45 Dezibel außen.
Darunter leiden die Patienten, insbesondere Herz-Kreislauf-Patienten, die nicht gut genesen können, genauso wie das Personal. Ärzte sprechen von beunruhigenden Messwerten. Der Lärmpegel habe seit Inbetriebnahme der neuen Landebahn erheblich zugenommen. Ein „Runder-Lärm-Tisch" soll mögliche Schallschutzmaßnahmen diskutieren und umsetzen, damit die Gesundheit von Patienten nicht weiter gefährdet wird.

Artikel aus den „Mainzer Nachrichten"

54

Frankfurt, Sachsenhausen, April 2012

In Kempfs Keller herrschte angespannte Stille, als der Hausherr das Skalpell übergab. Schulz blickte ihn lange an, griff danach und wandte sich Wentorff zu.

Der Gefangene saß dort wie ein Todeskandidat auf dem elektrischen Stuhl. Er bibberte, im Wissen, gleich eines seiner beiden Ohren zu verlieren.

Schulz hielt das Skalpell in Höhe von Wentorffs Kopf und führte es langsam vorwärts. Als er dicht vor seinem linken Ohr angelangt war, stoppte er kurz.

„Du bist ein geiler Typ, Schulz! Ich wusste, dass du es machst", schrie Kempf und stellte sich unmittelbar hinter ihn, um besser sehen zu können. „Moment noch, ich nehme den Verband schon mal in die Hand."

Kempf neigte den Oberkörper zum Arbeitstisch und griff sich eine weiße Mullbinde. Er konnte es kaum abwarten, bis Schulz endlich zur Tat schreiten würde. Was konnte man mit Menschen alles anstellen, dachte er. Sie lenken, leiten, manipulieren, überzeugen, umstimmen, ihnen Dinge einreden, so lange, bis sie es glaubten und alles machten. Er jubelte innerlich. Schulz war das Exempel. Ein eigentlich mustergültiger Spießbürger, unbescholten und loyal, wurde in diesem Moment zum Tier, zum Ohrabschneider, zum Unmenschen, weil er durch eine ferne Macht einer Repression ausgesetzt worden war, die ihn dazu zwang, Dinge zu tun, die normalerweise völlig undenkbar wären.

Phänomenal, dachte Kempf noch und lachte, als sich Schulz plötzlich umwandte.

Seine Augen hatten einen anderen Blick angenommen. Sie glänzten und wirkten entschlossen.

„Was ist los?", brüllte Kempf, fast erschrocken.

In diesem Moment platzierte Schulz das Skalpell direkt vor Kempfs Nase hin und bedrohte ihn. „Du bindest ihn jetzt augenblicklich los, wir gehen hoch, lassen ihn frei und gut ist! Ansonsten wird Blut fließen."

Kempf zuckte zurück. Bis eben war alles bestens gelaufen. Aber nun? Schulz wollte ihn verarschen. So lief das aber nicht. Kempf war eine Kämpfernatur. Erprobt durch viele Einsätze auf der Straße. Da musste es schon härter kommen, um ihn einzuschüchtern.

„Kann nicht dein Ernst sein?", platzte er hervor. „Du willst mich abstechen und das Arschloch laufen lassen. Hallo? Überleg doch mal! Er und seine Kumpane beschallen uns seit Jahren mit dem Lärm und kassieren ab. Das weißt du doch genau. Die stecken alle unter einer Decke. Wir müssen Maßnahmen ergreifen, die auf den ersten Blick hart erscheinen, aber das ist unsere einzige Chance."

Schulz hielt das Skalpell entschlossen Richtung Kempf, bereit zuzustechen, aber dessen Worte schienen eine kleine Unsicherheit in ihm auszulösen. Sein rechtes Augenlid zuckte. Seine Lippen bewegten sich, als wolle er etwas erwidern, wisse aber nicht genau, was.

Er schloss für einen Sekundenbruchteil die Augen. Einen Moment zu lange, denn Kempf stürzte wutentbrannt vor, schlug Schulz das Skalpell aus der Hand, packte ihn am Kragen und rüttelte ihn kräftig durch. „Du jämmerlicher Hund. Du wolltest allen Ernstes dieses Stück Dreck davonkommen lassen? Geht's noch? Wir müssen verdammt nochmal zusammenhalten. Wir schaffen das. Wir wollen doch wieder ein ruhiges und lebenswertes Leben führen können und dürfen nicht zulassen, dass hier alles vor die Hunde geht."

Kempf ließ Schulz' Kragen los und stieß ihn von sich weg.

Schulz brach nicht nur innerlich zusammen, er fiel hin, krümmte sich im Liegen auf den kalten Kellerfliesen und hatte erste Tränen in den Augen. Ein unwürdiger Anblick für Kempf, der den Kopf schüttelte. „Schau dich doch mal an", rief er. „Das haben sie aus dir gemacht. Du bist am Boden.

Sie haben dich zerstört. Du bist am Ende."

Jedes Wort von Kempf war wie ein Peitschenhieb für Schulz. Sie brannten sich in seine Gehörgänge.

Verdammt. Er hatte eine Millisekunde lang nicht aufgepasst. Jetzt saß er in der Klemme.

„Du elender Versager", schrie Kempf durch den Raum mit einer Eiseskälte in der Stimme, dass Schulz das Blut in den Adern gefror.

Schulz vergrub sein Gesicht hinter den Armen. Wollte nicht nach oben schauen. Niemanden sehen. Auch Kempf nicht, der die Oberhand gewonnen hatte. Wahrscheinlich würde Kempf zunächst Wentorff kaltmachen, dann ihn. Mit Freude sogar. Und zurecht. Er war tatsächlich ein armseliger Loser, der nichts zuwege brachte. Einmal hätte er beweisen können, dass etwas in ihm steckte, aber er hatte versagt.

Nach einer Weile, in der die Stille Schulz Schmerzen bereitete und er sich wünschte, ein wenig Lärm zu hören und stamme er von irgendwelchen Donnermaschinen am Himmel, vernahm er plötzlich ein zartes Lachen, das zunehmend lauter wurde.

Ungläubig räkelte sich Schulz, nahm die Hände vom Gesicht und wagte einen zaghaften Blick nach oben. Kempf hatte sich einen Stuhl geschnappt, saß dort, die Arme vor der Brust verschränkt, und lachte.

„Ich verzeihe dir", sagte Kempf lapidar und seine Stimme klang heiter. „Unter einer Bedingung: Ab sofort hörst du auf mich! Okay?"

Kempf hatte besonnen und klar gesprochen, dennoch hatte Schulz das Gefühl, sich verhört zu haben.

„Ich mache dir einen Vorschlag", fuhr Kempf fort. „Wir stellen Wentorff vor Gericht. Hier und jetzt. Wir sind seine Richter, er sein eigener Verteidiger. Was hältst du davon?"

Schulz warf einen Blick auf Wentorff, der einigermaßen bei sich zu sein schien. Die Droge wirkte, aber Schulz konnte nicht beurteilen, ob und was er mitbekam.

„Komm schon!“, ließ Kempf nicht locker. „Du und ich. Wir richten über Gut und Böse. Er hat eine faire Chance. Ich bin gespannt, was er zu seiner Verteidigung vorzubringen hat. Du nicht auch?“

Schulz war ratlos. War Kempf einfach nur zynisch oder hatte er vollkommen den Verstand verloren? Was sollte das? Vor Gericht stellen? Sich verteidigen? Gab Kempf das den besonderen Kick? Brauchte er die Show?

Ja! Was sonst?

Schulz zögerte und schaute seinen Nachbarn aus bangen Augen an. Er blieb still, was Kempf aufbrausen ließ: „Also, wenn du jetzt kneifst, werde ich richtig wütend. Willst du das wirklich?“

55

Frankfurt, Bockenheim

In Rauschers Wohnzimmer hatte es sich Irene neben Nadja auf der Couch gemütlich gemacht und erzählte Rauscher immer noch von den Vorfällen, an die sie sich erinnern konnte.

„Dass Mama abgehauen ist, hat er nicht verkraftet und alles ist für ihn zusammengebrochen. Das war der Auslöser.“

„Du meinst, das hat ihm den Boden unter den Füßen weggerissen?“

„Ja, so was in der Art. Vorher hat er sich zwar fanatisch in die ganze Materie Fluglärm vergraben, aber das war im Endeffekt harmlos.“

„Und wie stehst du dazu?“

„Was meinst du?“

„Zum Flughafen?“

„Ich hasse ihn.“

„Bist du noch nie geflogen?“

„Doch schon. Ab und zu ist das auch in Ordnung. Aber das Maß fehlt. Der Profit eines Unternehmens zählt mehr als das Wohlergehen der Menschen.“

„Das war aber nicht immer so?"

„Nein, überhaupt nicht. Aber es wird immer schlimmer. Die Betreiber wollen immer mehr. Fluglärm ist eine Form von Gewalt der Bevölkerung gegenüber. Und was erreichen sie damit? Die Bereitschaft, Gegenmaßnahmen zu ergreifen, wächst und es wird auch nicht davor zurückgescheut, mit der schärfsten Form von Gegenwehr zu antworten: mit Gewalt. Die Leute lassen sich auf Dauer nicht alles gefallen, weil sie nichts mehr zu verlieren haben. Außer ihrem Leben."

„Aber die meisten protestieren doch sehr friedlich und werden auch wahrgenommen."

„Von einer Minderheit. Die Mehrheit interessiert sich einen Scheißdreck dafür. Die meisten gehen lieber shoppen und sind sogar für einen Flughafenausbau. Ist ja auch komfortabel, jederzeit überall billig hinfliegen zu können. Und die Frachtflüge bringen Obst aus Neuseeland oder Peru und andere Produkte, die man hier billig kaufen kann. Alles perfekt, gäbe es nicht eine kleine Menge Aufmüpfiger, die sich wehrt."

„Wie dein Vater."

„Genau." Sie lächelte und ihre Augen verrieten, dass sie ihren Vater in diesem Moment unmittelbar vor sich sah und ganz nah bei sich spürte. „Manchmal kam er mir vor wie ein dusseliger Heißsporn, manchmal wie ein suizidgefährdeter Depressiver und hin und wieder einfach wie ein alter Sack, der nicht mehr weiß, was er auf dieser Welt soll. Eine Art Überbleibsel." Es klang melancholisch.

„Weißt du eigentlich, wo sich deine Mutter aufhält?"

„Klar." Irene setzte sich abrupt auf, so dass ein stechender Schmerz durch ihren Kopf schoss. „Autsch!", jammerte sie und hängte sogleich an: „Ist das wichtig?"

„Natürlich. Immerhin schwebt sie in potenzieller Gefahr."

„Niemals. Mein Vater würde ihr nie was tun." Sie hielt sich den Kopf. „Hast du irgendwelche Schmerztabletten hier? Ich glaube, das Zeug, das sie mir in der Klinik verabreicht haben, lässt langsam nach."

„Nö. Und wenn, dann bestimmt keine starken."

„Soll ich welche aus der Apotheke holen?", warf Nadja ein.

„Oh, ja. Das wäre lieb."

„Am besten wäre es, du würdest wieder ins Markus-Krankenhaus gehen", bemerkte Rauscher. „Die Ärzte wissen, was gut für dich ist und was nicht. Und wenn ich den Wachdienst instruiere, bist du dort absolut sicher."

„Auf keinen Fall", echauffierte sich Irene. „Ich bleibe hier, solange mein Vater auf freiem Fuß ist."

Nadja sprang auf. „Ich geh schon."

„Danke sehr."

Beim Stichwort „auf freiem Fuß" wurde Rauscher schlagartig bewusst, dass er schleunigst handeln musste. Er hatte keine Wahl, er musste alle Hebel in Bewegung setzen und Kempf dingfest machen. Und vor allem musste er schnell agieren, durfte keine Zeit verstreichen lassen. Aber wie? Sollte er das LKA einschalten, dann würden die womöglich die Lorbeeren allein einheimsen? Sollte er das Ding im Team mit Krause und Thaler durchziehen? Oder sollte er gar einen Alleingang wagen und auf eigene Faust Kempf festnehmen und den Oberen präsentieren?

Noch während er die drei Möglichkeiten abwog, vibrierte sein Handy. Er erkannte Markowskys Nummer auf dem Display.

„Holla!", sagte er leise. „Der Chef."

Er ging ran. „Hallo, Herr Markowsky. Ich wollte gerade ..."

„Wo sind Sie, Rauscher?"

„Ich weiß, wer der Ent..."

„Sie setzen jetzt Ihren Arsch in Bewegung und kommen auf der Stelle aufs Präsidium. Verstanden? Wenn nicht, dann betrachten Sie sich ab sofort als suspendiert."

Markowsky wartete keine Erwiderung ab und legte auf.

56

Frankfurt, Sachsenhausen

„Angeklagter“, rief Kempf und es hallte zurück von den blanken Kellerwänden. Er riss Wentorff das Klebeband vom Mund. Der Gefangene verzog keine Miene, schien nichts zu spüren. „Du hast jetzt die Gelegenheit, dich vorm hohen Gericht zu verteidigen.“ Kempf fuchtelte mit dem Skalpell in der Luft herum.

Schulz hatte klein beigegeben und dem fingierten Prozess in Kempfs Keller zugestimmt. Er war sich inzwischen bewusst geworden, dass Kempf so durchgeknallt war, das Ganze als Spiel zu betrachten. Er wollte es spielen und er würde es auch spielen. Da gab es kein Vertun. Schulz beobachtete die Protagonisten. Kempf, der den Richter gab. Wentorff, der den Angeklagten geben musste. Er selbst war von Kempf dazu verdonnert worden, den Staatsanwalt zu mimen.

„Dann mal los, Herr Schulz!“

„Ja, also gut“, ergriff Schulz das Wort und wandte sich an den Gefangenen. „Herr Wentorff, die Staatsanwaltschaft Frankfurt beschuldigt Sie“, begann er und spielte das Spiel mit, „den Bau der neuen Landebahn am Flughafen gefördert ...“

„Stopp, stopp, stopp!“, brüllte Kempf dazwischen und ruderte mit den Armen in der Luft herum. „Das musst du viel schärfer formulieren. Pass mal auf!“ Er holte tief Luft. „Wentorff, nach deiner Wahl zum Bürgermeister von Kelsterbach hast du dein Wahlverspechen gebrochen, gegen die neue Landebahn einzutreten, und du hast den Bauplänen in allen Punkten zugestimmt. War das so?“

Wentorff ließ den Kopf sinken. „Ich ... ich“, stammelte er. Seine Stimme war dünn. Kein Wunder, dachte Schulz, nach der langen Zeit, in der er kein Wort hatte sagen können.

„Also ... ich weiß nicht ... wovon Sie reden", vollendete Wentorff den begonnenen Satz.

„Uneinsichtig", sagte Kempf an Schulz gewandt. „Tse! Na ja, probieren wir es mit etwas anderem." Er drehte sich wieder zu Wentorff. „Bist du dir darüber im Klaren, was du den Menschen hier in der Region durch antust?"

„Ich ... bitte ... Sie", antwortete Wentorff, dessen Stimme sich gefestigt hatte. „Binden Sie mich los! Lassen Sie mich laufen! Noch ist nichts Schlimmeres geschehen. Wir können doch über alles reden."

„Siehst du, Schulz", sagte Kempf. „Er ignoriert uns. Wie alle anderen auch. Sie gehen überhaupt nicht auf uns ein. Das ist genau das, was ich dir immer gesagt habe. Das ist nicht nur unhöflich, das ist eine Frechheit. Aber weil ich so ein gutmütiger Mensch bin, gebe ich ihm noch eine Chance, bevor ich sein Todesurteil verkünde."

Beim letzten Nebensatz erzitterte Schulz, weil er ihn wieder zurück in die Realität schleuderte. Hier im Keller. Mit Wentorff. Und Kempf, der das Skalpell fest in der Hand hielt und entschlossen zu sein schien, es auch zu benutzen. Da gab es keine Zweifel.

„Okay", fuhr Kempf fort. „Ich will von dir wissen, ob du etwas von dem, was du gemacht hast, bereust? Hmmm, sag schon! Wie fühlst du dich, wenn du hörst, dass die Kinder nur noch mit Ohrstöpseln in der Schule sitzen können? Dass unsere Häuser nichts mehr wert sind? Dass unsere Frauen abgehauen sind, dass ... ach, ich könnte noch Dutzende Sachen aufzählen, aber das erspare ich uns. Also bitte, du hast die letzte Chance, dazu Stellung zu nehmen."

Wentorff bewegte den Kopf. Er versuchte, eine gerade Sitzposition einzunehmen, was ihm offensichtlich schwerfiel. „Ich ... ich kann nicht mehr", brachte er hervor, bevor sein Kopf nach unten sackte und er die Augen schloss.

Kempf stemmte die Hände in die Seiten. „Er kann nicht mehr ... er kann nicht mehr. Hat uns mal jemand gefragt, ob wir noch können? Nein. Also, du hast jetzt die letzte Gelegenheit, eine Verteidigungsrede zu halten. Komm schon, Wentorff! Stell dich nicht so an! Du hast doch sonst so eine große Fresse. Was hast du zu deiner Unschuld vorzubringen?“

Schweigen.

Mehr als eine Minute verging. Schulz empfand die Anspannung als pure Qual. Seine Nerven waren kurz vorm Zerreißen. Er konnte das Zittern am ganzen Körper nicht mehr abstellen.

Kempf wartete geduldig. Er stieß den Gefangenen an, aber der rührte sich nicht. „Nichts? Okay, das scheint hier alles nix zu bringen. Herr Staatsanwalt, ich lasse Ihnen heute den Vortritt. Verkünden Sie das Urteil, es fällt ja sicher einstimmig aus.“

Schulz konnte dieses erbärmliche Schauspiel nicht länger ertragen. „Karsten, jetzt lass mal gut sein!“

„Nichts ist gut“, brüllte er. „Im Gegenteil. Du willst also nicht? Dann verkünde ich es.“ Er wandte sich an Wentorff. „Du hast die Bevölkerung im Rhein-Main-Gebiet verraten und verkauft. Du hast für deine Zustimmung zur neuen Landebahn abkassiert. Du setzt dich für den weiteren Ausbau des Flughafens ein. Du vertreibst damit viele Menschen und machst sie krank. Dein Urteil lautet: schuldig in allen Anklagepunkten. Wegen völliger Uneinsichtigkeit wird das bisherige Strafmaß auf den Verlust beider Ohren erhöht.“

Schulz sackte zusammen, denn er wusste genau, was jetzt kommen würde.

„Peter“, hörte er Kempfs Stimme. „Du hast gerade selbst erlebt, dass es nicht so weitergeht wie bisher. Es muss etwas passieren. Du bist dran!“

Er überreichte Schulz das Skalpell, der es mit zittrigen Fingern zum zweiten Mal entgegennahm.

57

Frankfurt, Polizeipräsidium

Was war Markowsky wohl über die Leber gelaufen, fragte sich Rauscher. So aggressiv und genervt hatte er ihn selten zu Gehör bekommen. Es gab nur eine Möglichkeit. Er hatte Druck von oben bekommen und die Contenance verloren.

Rauscher betrat Markowskys Büro und schluckte. Der Chef war nicht allein. Völlig unvorbereitet traf Rauscher auf Polizeipräsident Zimmermann und eine weitere Person, mit der er nie und nimmer gerechnet hatte. Er musste zweimal hinschauen, aber er war es leibhaftig: Innenminister Lesiak.

Aus dem Augenwinkel erkannte Rauscher, dass Ingo Thaler ebenfalls anwesend war und etwas abseits stand, die Hände hinter dem Rücken und den Kopf gesenkt hielt.

Rauscher musterte den Innenminister genauer. Tadelloser Zwirn in Schwarz, weißes Hemd, italienische Markenschuhe. Er war glatt rasiert und hatte einen leichten Teint.

Zunächst war Rauscher baff und etwas verunsichert, aber als er ein zweites Mal in die Runde blickte, fühlte er etwas anderes. Es musste einen triftigen Grund dafür geben, warum sich alle hier versammelt und ausgerechnet ihn aus dem Urlaub hierher zitiert hatten. Und das konnte nur bedeuten, dass sie etwas von ihm wollten oder auf ihn angewiesen waren. Mit einem Male nahm die Versammlung für Rauscher einen ganz anderen Charakter an. Er fühlte sich fast schon inspiriert von der Anwesenheit des Ministers und des Polizeipräsidenten. Es verlieh dieser Zusammenkunft und seiner Zugehörigkeit ein gewisses Gewicht.

Doch seine Überlegungen wurden sogleich unterbrochen.

„Bitte geben Sie dem Herrn Innenminister einen Überblick", wandte sich Zimmermann mit souveräner Bassstimme an Markowsky, der auf der

Stelle begann: „Da das LKA noch mitten in den Ermittlungen steckt und keinerlei Anhaltspunkte zur Identität des Entführers ..."

Rauscher hob spontan die Hand und sprach dazwischen: „Dürfte ich etwas erklären ...?"

„Sie dürfen jetzt zuhören, Rauscher. Danach sind Sie dran."

Nach dieser unmissverständlichen Ansage sagte Rauscher nichts mehr.

Markowsky spendete ihm einen eindeutigen und missbilligenden Blick. „Also, wo war ich stehen geblieben?", fuhr der Chef fort. „Während das LKA weiterhin nach Irene Handke und dem unbekannten Entführer fahndet, habe ich Herrn Thaler ..." Er deutete auf Ingo Thaler. „... in die Mangel genommen und aus ihm herausgepresst, dass Sie, Rauscher, keineswegs Urlaub machen, zu Hause herumsitzen und Däumchen drehen ..."

Rauschers Gesichtsausdruck nahm eine leichte Bitternis an. Er blickte sich um und sah Thaler mit den Achseln zucken.

„... also weiß ich", fuhr Markowsky fort, „dass Sie die ganze Zeit aktiv waren und eine Spur verfolgen. Stimmt das?"

„Äh, ja", erwiderte der Angesprochene.

„Eine konkrete Spur?"

„Ja, ich wollte es Ihnen die ganze Zeit über schon sagen, aber Sie lassen mich ja nicht aussprechen."

Der Innenminister trat vor Rauscher und gab ihm die Hand. „Es freut mich sehr, Sie kennenzulernen, Herr Rauscher. Jetzt haben Sie die Gelegenheit, alles zu sagen, was Sie wissen. Ich bin mir im Klaren darüber, dass wir bei der Kripo außerordentlich tüchtige Leute haben, die zwar nicht immer im Rampenlicht stehen, die aber hinter den Kulissen tagtäglich schuften und so die innere Ordnung unseres Staates aufrechterhalten."

Nach dieser kurzen Rede, deren Zweck Rauscher nicht ganz nachvollziehen konnte, war er einen Moment lang perplex, fasste sich aber rasch wieder. „Ja, nun, wie auch immer. Wir dürfen keine Zeit verlieren. Ich weiß, wer der Entführer ist. Es ist ..."

In diesem Augenblick spürte Rauscher etwas in der Hosentasche vibrieren. Er stockte, sah in erwartungsvolle Gesichter, holte das Handy heraus und beäugte das Display.

Nein! Das war jetzt nicht möglich.

Doch, war es.

Elke rief an!

„Entschuldigung", sagte Rauscher, „aber das ist meine Zukünftige. Ich muss rangehen." Der Innenminister warf dem Polizeipräsidenten einen fragenden Blick zu. Der wiederum schaute Markowsky entsetzt an. Markowsky schließlich zuckte die Achseln. „Ach, Frau Erb", sagte er mit zweifelhaft freudigem Unterton, „richten Sie ihr einen lieben Gruß von mir aus."

„Ingo!", rief Rauscher und wandte sich an Thaler. „Es ist Karsten Kempf. Übernimm du seine Verhaftung. Du hast seine Adresse recherchiert. Ich erkläre später alles."

Rauscher drehte auf dem Absatz um, ließ die Runde stehen, ging hinaus und nahm das Gespräch an.

58

Der Verzweiflung nahe übernahm Schulz ein zweites Mal das Skalpell und wusste, dass er diesmal nicht drumherum kommen würde. Wentorffs Verteidigung war voll in die Hose gegangen. Er hatte nichts hervorgebracht, was ihn auch nur annähernd hätte entlasten können.

Natürlich war Kempfs Inszenierung des Prozesses darauf angelegt gewesen, aber Schulz hatte die vage Hoffnung gehabt, Wentorff würde wenigstens ein Argument über die Lippen bringen, das Kempf zum Zweifeln bringen könnte. Aber nichts geschah. Wentorffs Zustand war nicht dazu angetan. Er sackte auf dem Stuhl immer mehr in sich zusammen und gab die sprichwörtlich jämmerliche Figur ab.

Schulz' Verfassung war kaum besser. Zum Zittern kam ein Schweißausbruch hinzu, obwohl es kalt war im Keller. Er sah ein, unmittelbar vor der schwierigsten Herausforderung seines Lebens zu stehen. Auch wenn er sie inzwischen als unvermeidlich, vielleicht sogar notwendig eingestuft hatte.

Er hielt also wieder das Skalpell in der Hand und wollte schon loslegen, als ein innerer Drang ihn daran hinderte. Die Vorstellung, in menschliches Fleisch zu schneiden, ließ ihn zaudern und ein Ekelgefühl übermannte ihn. Die Vorstellung des herausspritzenden Blutes versetzte ihm einen Stich im Herzen. Das Nachvollziehen von Wentorffs' Schmerzen, obwohl er wusste, dass er momentan nichts spüren könnte, konnte er nicht verdrängen. Sämtliche Organe in ihm zogen sich zusammen. Er war kein Chirurg. Und Metzger schon gar nicht. Nein, nein und nochmals nein!

„Ich ... ich kann es nicht tun", schluchzte Schulz unvermittelt und ließ das Skalpell sinken.

Stille. Mehrere Sekunden über passierte nichts. Schulz wagte es weder sich zu rühren noch Kempf anzuschauen.

„Hörst du sie?", fragte Kempf plötzlich mit klarer Stimme, als sei er die Ruhe in Person. „Hörst du sie da draußen am Himmel?"

„Ja", sagte Schulz verwirrt. „Natürlich höre ich sie. Wie immer. Jeden Tag, jede Stunde, jede Minute."

„Und wenn's so weitergeht, können wir bald die Sekunden zwischen zwei Maschinen zählen ..."

„Du hast ja recht. Leider, aber es gibt Grenzen ..."

„Aber, aber, aber. Ich höre immer nur Bedenken, Bedenken, Bedenken." Kempf setzte ab und wirkte nachdenklich. „Weißt du was? Ich konnte es erst auch nicht glauben, aber es hat mir wirklich Spaß gemacht, Thelen das Ohr abzuschneiden." Schulz blickte ihn verächtlich an. „Weil ich zum ersten Mal überhaupt das Gefühl hatte, etwas Sinnvolles im Kampf gegen den Fluglärm getan zu haben", ergänzte Kempf. „Und soll ich dir noch was sagen? Wir kriegen sie alle."

„Du bist verrückt geworden."

„Kein Stück."

„Aber es sind doch viel zu viele."

„Wart's nur ab, wenn ich erst richtig loslege."

Kempf strich sich über seinen kahlen Schädel und nun hatte Schulz das erste Mal das Gefühl, dass die letzten Tage und Wochen Spuren bei seinem Nachbarn hinterlassen hatten. Er wirkte müde und mit einem Mal auch alt. Je länger er ihn betrachtete, desto deutlicher erkannte er, dass Kempf kurz vorm Ende war.

Nach einer ruhigen Minute ergriff Schulz, der immer mehr schwitzte, das Wort. „Darf ich dich mal was Persönliches fragen?"

„Klar. Schieß los!"

„Die Sache damals, also '87 an der Startbahn, die wirst du niemals vergessen, stimmt's? Sie hat dich kaputtgemacht."

„Hmmm, wie man's nimmt."

„Wie meinst du das?"

„Glück und Fluch eben. Jens verloren, Manu gewonnen. Alles hat immer zwei Seiten. Heute weiß ich, dass mich die Erlebnisse damals wachgerüttelt und mir die Augen geöffnet haben. Natürlich war es hart und ich wünsche es niemandem, dem besten Freund beim Sterben in den eigenen Armen zusehen zu müssen und völlig hilflos zu sein ..." Er hielt für einen Moment inne. „Aber es war für mich auch wie eine Erweckung. Ich sehe die Welt heute anders."

„Du hast die Seiten gewechselt. So einfach ist das."

„Papperlapapp."

„Du hast gemerkt, dass das System, für das du so lange auf die Straße gegangen bist und den Kopf hingehalten hast, auf dich scheißt, wenn's drauf ankommt."

Schulz schien bei Kempf einen Nerv getroffen zu haben. „Ja, da ist was dran", meinte er lakonisch. „Das ist wie Selbstverteidigung, kapierst du das nicht? Wir müssen für uns selbst einstehen, denn für uns geht niemand auf die Straße. Ich frage dich: Wer verteidigt uns gegen die Raffgier und die menschenverachtende Skrupellosigkeit der Manager, wenn nicht wir selbst? Hä?"

„Das ist mir viel zu pauschal. Wen meinst du eigentlich? Die Politik? Die Wirtschaft? Die Justiz?"

„Alles der gleiche Sauhaufen. Da müsste mal jemand richtig aufräumen", schrie Kempf. „Oder alle an die Wand stellen."

„Jetzt drehst du total durch. Das ist doch Irrsinn, was du hier abziehst." Schulz schlug mit der Faust auf die Kante des Arbeitstisches, dass es nur so schepperte. Sein Mut sank immer mehr. Verzweiflung schaffte sich Raum. Was konnte er tun? Konnte er überhaupt noch etwas tun? Er saß in der Falle. Genau wie Wentorff. Wenn er sich weiter weigerte, ihm das Ohr abzuschneiden, würde das Kempf übernehmen. Schließlich hatte er es bei Thelen auch getan.

Schulz raffte sich auf und unternahm einen letzten Versuch, Kempf umzustimmen. „Was bezweckst du überhaupt mit all dem hier? Nichts davon steht in der Zeitung. Sie schweigen alles tot."

„Quatsch. Früher oder später werden sie reagieren müssen."

„Du irrst dich. Wer hätte etwas davon, wenn Wentorffs Entführung an die große Glocke gehängt werden würde?" Kempf blieb stumm. „Niemand", fuhr Schulz fort. „Und sie werden die Landebahn nicht sperren. Auf keinen Fall. Am liebsten kehren die alles unter den Teppich, damit sie ihre Ruhe haben."

„Von wegen Ruhe!", schrie Kempf. „Bei dem Alarm, den die Flieger da oben veranstalten. Und jetzt Schluss damit! Ich hab dein Gesülze satt. Kann es nicht mehr hören." Er pfefferte einige Dosen vom Tisch, dass es nur so schepperte, bevor er sich wieder an Schulz wandte. „Du weißt doch genau, dass du hier nicht mehr rauskommst, oder?"

Das war nach Schulz' Empfinden keine Frage, das war eine Feststellung. Was sollte er darauf erwidern? Kempf war nicht mehr aufzuhalten.

Es ging dem Ende entgegen. Doch plötzlich vernahm er wieder andere Töne. „Aber ich lasse dir die Wahl. Du oder er? Na, wie sieht's aus? Hältst du den Kopf für ihn hin?"

Ein Ohr verlieren für das Arschloch? Oder gar sterben?

Die folgende Stille ließ Schulz fast kollabieren. Er klappte zusammen, ging auf die Knie, kroch auf allen vieren direkt vor Kempf hin und spürte, wie sich sein Herz verkrampfte. Die Gedanken in seinem Kopf liefen Amok.

„Ich brauche meine Tabletten", winselte er und umklammerte Kempfs Hosenbein. „Ohne die dreh ich durch! Verstehst du?" Es war eher ein Krächzen, mehr brachte er nicht mehr zustande.

„Ja klar", kommentierte Kempf und fing an zu lachen. „Dann siehst du mal, wie es mir die ganze Zeit geht. Aber jetzt ist es zu spät dafür. Das Ultimatum ist abgelaufen. Du musst dich entscheiden – und zwar sofort!"

59

„Wieso dauert das so lange, bis du ans Handy gehst?", fragte Elke.

Rauscher wechselte das Handy vom linken zum rechten Ohr. „Danke für die nette Begrüßung. Du hast mich gerade aus einem Treffen mit dem Innenminister und dem Polizeipräsidenten geholt. Ist dir das klar?"

„Wie sollte es das sein? Bin ich Hellseherin?"

„Was willst du?" Er trappelte von einem Fuß auf den anderen.

„Du scheinst dich ja mächtig zu freuen, dass ich anrufe. Also das hätte ich mir echt sparen können. Nachdem, was du dir alles geleistet hast, ist das echt ein Unding."

„Ich freue mich über jeden Anruf von dir, aber gerade passt es überhaupt nicht."

„Dem Herrn Rauscher passt es nie. Für alle Welt hast du Zeit, nur für mich nicht. Genau das ist ja das Problem. Und jetzt kannst du mich mal. Tschüss!"

Sie hatte aufgelegt, bevor er noch etwas sagen konnte.

Himmelherrgott!

Warum lief mit Elke in letzter Zeit alles schief?

Sie redeten nur noch aneinander vorbei.

In seinem Rücken hörte er den Chef, Zimmermann, den Innenminister und Thaler aus Markowskys Büro treten.

„Das SEK ist informiert worden", erklärte Thaler. „Die nehmen Kempf fest. Die Einsatzleitung liegt beim LKA. Die lassen sich die Verhaftung nicht aus der Hand nehmen. Wir fahren jetzt an die Louisa. Hast du Zeit, mitzukommen oder musst du dich um Elke kümmern?" Thaler schmunzelte.

„Sehr witzig. Logo, ich komm mit."

„Gute Arbeit, Herr Rauscher, wirklich hervorragende Arbeit", sagte der Innenminister, klopfte ihm auf die Schulter und verschwand mit dem Polizeipräsidenten den Flur entlang.

Markowsky atmete tief durch. „Wir sprechen uns noch, Rauscher", sagte er, drehte sich um und ging wieder in sein Büro.

„Du hattest den richtigen Riecher, Andreas. Wentorff war an dem Abend tatsächlich in der Brau-Bar. Das habe ich einem der Barkeeper entlockt. Nachdem ich ihn massiv unter Druck gesetzt habe, ist er mit der Sprache rausgerückt. Dreimal darfst du raten, mit wem er dort gewesen ist?"

„Kein Nerv für Ratespielchen, also?"

„Mit einer Studentin, die ein Interview für eine Seminararbeit mit ihm führen wollte."

„In der Brau-Bar?"

„Nein. Also das Interview war schon rum und Wentorff hat sie nachher auf einen Drink eingeladen. Behauptet der Barkeeper. Übrigens: Du weißt doch sicher auch, wo sich Irene Handke aufhält. Das LKA fahndet nach ihr."

„Dann lassen wir die werten Kollegen weiterhin ein wenig suchen, sonst wird ihnen noch langweilig. Und jetzt los! Wir haben einen Ortstermin an der Louisa. Ich muss vorher noch kurz in mein Büro."

Thaler folgte Rauscher, der den Aufzug nahm und eine Etage tiefer fuhr, ausstieg, den Korridor entlangging und nach zehn Metern rechts abbog. Die erste Tür auf der linken Seite öffnete er, betrat sein Büro und ging zum Schrank. Aus dem obersten Fach holte er ein Pistolenhalfter heraus und zog es an. Er kontrollierte seine Sig Sauer P6 und das Magazin, das mit neun Patronen des Kalibers 9 mm Parabellum bestückt war, und steckte sie ein.

60

Das Wohngebiet an der Louisa wirkte wie ausgestorben. Im Hintergrund erhob sich der Frankfurter Lerchesberg. Nur die Flugzeuge, die permanent über das Viertel flogen, störten das ruhige Ambiente.

Das SEK hatte die Straße, in der Kempfs Haus stand, weiträumig abgesperrt. Einige SEK-Kräfte in schwarzen Overalls, Schutzwesten und Sturmhauben postierten sich an den Absperrbändern. Auf den Dächern ringsherum versteckten sich einige Präzisionsschützen in Kampfmontur. Sie trugen Helme, hielten Präzisionsgewehre der Marke Heckler & Koch PSG-1 im Anschlag, nahmen Fenster und Türen ins Visier und warteten auf weitere Befehle. Zwei Häuser von Kempfs Grundstück entfernt hatte sich eine Gruppe von fünf SEK-Kräften hinter einer Mauer verschanzt. Sie hielten einen Rammbock griffbereit, mit dem sie die Tür aus den Angeln heben würden, um ins Innere des Hauses vordringen zu können.

Als Rauscher und Thaler in der Straße eintrafen, folgten ihnen die missbilligenden Blicke mehrerer LKA-Männer, darunter zwei bekannte Gesichter: Kastner und Fillinger.

„Bei denen haben wir verschissen“, vermutete Thaler.

„Interessiert mich herzlich wenig“, meinte Rauscher, „solange wir den Innenminister als Fürsprecher haben, kann uns nix passieren.“

„Wahrscheinlich zerreißen sie sich die Mäuler über uns.“

„Sollen sie doch. Zeit dazu haben sie ja jetzt bald.“

Rauscher und Thaler schritten weiter, als hätten sie nichts bemerkt und positionierten sich in einigem Abstand, um sich das Vorgehen anzuschauen.

Rauscher machte sich Sorgen um Kempf. Die SEK-Kräfte waren bestens ausgebildet und verfügten über viel Erfahrung bei solcherart Einsätzen, aber es konnte passieren, dass Kempf überreagierte: den Gefangenen töten, wie wild um sich schießen, sich selbst töten. Alles schon vorgekommen. Deshalb war es so wichtig, dass alles blitzschnell vonstattenging, um dem Täter so wenig Zeit wie möglich zum Handeln zu geben.

Rauscher beobachtete Kastner, der die Einsatzleitung übernommen hatte. Er sprach in sein Mikro, vergewisserte sich, dass alle Kräfte auf den vorgesehenen Positionen und einsatzbereit waren.

Dies schien der Fall zu sein, denn keine zwanzig Sekunden später ging es los. Die Rammbock-Gruppe sprintete auf Kempfs Grundstück zu, die Einfahrt entlang und die Treppe hinauf. Auf drei ging es zu Sache.

„Eins, zwei, Action!"

Drei Männer powerten den Rammbock gegen die Tür, die sofort nach innen aufsprang. Sie setzten den Rammbock ab, zogen ihre Waffen und drangen ins Haus ein. Gefolgt von weiteren acht Polizistinnen und Polizisten, die kurz hintereinander ins Haus stürmten.

Nach etwa drei Minuten, es war kein Schuss gefallen, kam der erste SEK-Mann wieder heraus und gab grünes Licht für die anderen. Sofort machten sich Kastner und sein Team auf den Weg ins Haus. Rauscher folgte ihnen, bemerkte jedoch, dass im Hof kein Auto geparkt war. Er schenkte dieser Beobachtung weiter keine Beachtung und begab sich ebenfalls hinein. In seinem Schlepptau Thaler.

Rauscher zwängte sich an einigen SEK-Kräften vorbei die Kellertreppe hinunter. Er blieb stehen, horchte und meinte ein leises Wimmern zu vernehmen. Jede Faser in seinem Körper spannte sich an.

„Fuck!", brüllte Kastner, der sich direkt in einer der Kellertüren platziert hatte.

Einer der SEK-Männer stand vor ihm und erstattete Bericht. „Das Haus ist sauber. Er ist der Einzige hier."

Rauscher rückte weiter vor und spähte über Kastners Schulter ins Innere des Kellerraumes. Einen Augenblick blieb er wie versteinert stehen.

„Was zur Hölle ...?", entglitt es ihm.

Trotz des schummrigen Lichts und obwohl er blutüberströmt war, erkannte er ihn sofort.

Peter Schulz.

Er saß zusammengekauert auf einem Stuhl. Ein SEK-Mann stand daneben und verstaute gerade ein Skalpell in einer Plastiktüte, das Schulz offensichtlich in der Hand gehalten hatte.

Schulz weinte und schluchzte, aber er bewegte sich nicht.

Von Kempf und Wentorff war weit und breit nichts zu sehen.

„Wir brauchen auf der Stelle einen Arzt", rief Kastner. „Und fordern Sie die Spurensicherung an!" Er wandte sich an Schulz. „Können Sie uns sagen, wo Herr Kempf abgeblieben ist?"

Schulz war wie apathisch, hörte nicht auf die Worte des LKA-Mannes.

„Hat er Wentorff mitgenommen? Jetzt sagen Sie schon was! Wo ist Wentorff?"

Definitiv seine größte Sorge, dachte Rauscher, schlüpfte in den Raum und sah sich um.

„Was haben Sie hier verloren?", blaffte ihn Kastner an. „Nichts berühren!"

„Geht klar! Ich schau mich nur um", meinte Rauscher kalt. Er wusste nicht, was passiert war. Woher kam das ganze Blut? War Schulz überhaupt verletzt? Wer war noch hier gewesen?

„Habt ihr wirklich das ganze Haus durchkämmt?", fragte Rauscher einen SEK-Mann. „Die Terrasse? Den Schuppen hinten im Garten?"

Er nickte. „Alles, Mann! Keine Spuren von weiteren Personen."

Die restlichen LKA-Beamten machten einem Arzt und einem Sanitäter Platz, die gerade den Raum betraten und sich um Schulz kümmern wollten.

Auch Rauscher wollte gerade gehen, als Schulz aufjaulte, als wolle er ihn zurückhalten. Unter dem Blut in seinem Gesicht formten sich zwei kleine Schlitze, die Rauscher ansahen.

„Er hat sich selbst gerichtet", murmelte Schulz.

Rauscher verstand kein Wort. „Wie meinen Sie das?"

„Ich wollte es nicht tun. Glauben Sie mir. Ich wollte nicht, obwohl mich Kempf massiv unter Druck gesetzt und erniedrigt hat. Aber ... aber Wentorff, dieser Arsch, fing plötzlich an zu lachen. Ja, er hat mich ausgelacht und mir erklärt, dass ich mir die Ohren zunähen lassen soll, wenn ich den Lärm nicht ertragen würde."

„Und weiter?"

„Dann konnte ich mich nicht mehr zurückhalten. Es war wie ein Drang, ich musste es tun ... musste ihm einfach ... das Ohr ..." Schulz schluchzte so sehr, dass Rauscher nichts mehr verstand.

„Und Kempf?", fuhr er dazwischen. „Wo ist er?"

„Keine Ahnung." Schulz versuchte, sich zu sammeln und zuckte mit den Achseln. „Nachdem ich Wentorff das Ohr abgeschnitten hatte, ist er mit ihm verschwunden."

„So, jetzt reicht es!", bemerkte der Arzt sehr bestimmt. „Dürften wir unsere Arbeit machen?"

„Aber sicher", rief Rauscher und verließ den Kellerraum. Draußen traf er auf Thaler, der sich wie immer vornehm zurückgehalten hatte. Vor Tatorten hatte er Respekt, er arbeitete am liebsten hinter den Kulissen.

„Und?", fragte er seinen Teamleiter.

„Wir fahren zum Präsidium. Ich muss Irene anrufen. Kommst du mit raus?"

Zwei Minuten später bestiegen sie den Dienstwagen. Thaler fuhr. Rauscher saß daneben und wählte bereits, als sie gerade die Buchscheer links liegen ließen. Er lief jetzt wieder auf Hochtouren und spürte, dass sie was unternehmen mussten. Irene ging an ihr Handy.

„Gut, dass du rangehst."

„Nur wenn ich die Nummer kenne."

„Okay, Irene. Pass auf, ohne große Vorrede. Dein Vater ist abgehauen und hat sehr wahrscheinlich eine Geisel dabei. Fällt dir irgendein Ort ein, wohin er sie bringen könnte?"

„Puhhh!", blies Irene ins Handy. „Du fragst mich Sachen. Woher soll ich das wissen?"

„Denk nach! Wo würde sich dein Vater verstecken? Hat er einen Lieblingsort? Oder einen Platz, wo er immer wieder hingefahren ist?"

„Na, logo!", rief Irene. „Da fällt mir nur einer ein."

Rauscher hörte ihr zu und beendete den Anruf. „Da vorne abbiegen", sagte Rauscher.

„Aber das ist nicht der Weg ins Präsidium."

„Planänderung", fügte Rauscher an.

61

Die Mönchbruchwiese lag inmitten einer kargen Flughafenlandschaft. Die Maschinen flogen im Minutentakt in sehr niedriger Höhe am Himmel vorüber. Der Lärm war ohrenbetäubend.

Wentorff konnte sich kaum auf den Beinen halten, aber Kempf schleifte ihn vorwärts. Seine Hände waren auf den Rücken gefesselt, er trug eine Art Turban um den Kopf und die Ohren.

Sie gelangten an die Stelle, wo früher das Kreuz geprangt hatte. Der Ort des Schicksals, dachte Kempf. Hier in der Nähe war Jens Ohlschläger gestorben.

Kempf zerrte Wentorff neben sich und setzte ihn auf den Hosenboden. Er kniete sich auf die Mönchbruchwiese, sog die kalte Luft ein und verschränkte die Hände hinterm Kopf.

„Hmmm, Kerosin. Geil!", rief er, breitete die Arme aus und reckte sie in die Höhe.

Einer seiner schlimmsten Feinde, wie er fand, saß neben ihm im tiefen Gras. Ihm fehlte ein Ohr. Schulz hatte ihm heimgezahlt, was er jahrelang verbrochen hatte. Trotzdem fühlte sich Kempf seltsam leer.

Seine Gedanken schweiften ab, wie so oft in letzter Zeit, und er schaute in den Himmel, als bestünde die vage Hoffnung, urplötzlich flöge kein Flugzeug mehr und Stille würde einkehren über Mörfelden-Walldorf, Kelsterbach, Flörsheim, Raunheim, Zeppelinheim, Mainz, Frankfurt, dem Odenwald und all den anderen Gemeinden, die vom Fluglärm betroffen waren. Aber dieser Illusion konnte und wollte er sich nicht länger hingeben. Die Realität sah anders aus. Der Flughafen würde weiter ausgebaut werden, Terminal 3 war bereits genehmigt, vielleicht irgendwann Terminal 4 und 5, neue Start- und Landebahnen. Vielleicht sogar über eine Million Flugbewegungen pro Jahr? Irgendwann? Wer wusste das schon?

Kempf wischte seine wässrigen Augen ab und zückte sein Handy.

Er wollte unbedingt mit Irene sprechen und wählte ihre Nummer.

Als sie abnahm, hörte er im Hintergrund Verkehrsgeräusche.

„Wo bist du, mein Kind?“, sagte er leise.

„Papa, du musst lauter sprechen. Ich hör dich so schlecht.“

Der verflixte Lärm, dachte er. Er konnte noch nicht einmal ein normales Gespräch mit seiner Tochter führen. Über ihm die Flugzeuge, im Telefon die Autos und in seinem Herzen tobte ein Sturm aus Gefühlen, Verzweiflung und Angst.

„Irene“, sagte er so ruhig wie möglich, „bitte sag mir jetzt, wo deine Mutter ist.“

„Sag du mir erst, wo du bist.“

„Hör mir bitte zu. Es ist wichtig. Ich bitte dich nur um eins. Ich will wissen, wo Manu steckt. Ist das so schwer zu verstehen?“

„Warum?“

„Kannst du es nicht einfach verraten, ohne ständig Gegenfragen zu stellen?“

„Nein.“

Kempf schloss die Augen. Seine Tochter hatte ihren eigenen Kopf. Wie er. Das war gut, aber in dieser Situation alles andere als hilfreich.

„Warum nicht?“ Er blieb weiterhin ruhig.

„Sie muss selbst entscheiden, ob und wann sie dich sehen will.“

„Wenn du mir nicht sofort sagst, wo sie ist, wird sie mich nie mehr sehen. Hast du das kapiert?“

„Papa, wie meinst du das? Wo bist du? Beim Flughafen? Ich höre die Flugzeuge. Was machst du da?“

„Du willst mir also nicht sagen, wo deine Mutter ist?“

„Nein.“

„Ist das dein letztes Wort?“

„Ja, aber hör mir doch mal zu. Ich ...“

Kempf drückte auf „Beenden“. Er musste es tun, sonst wäre ihm der Kragen geplatzt und er hätte Irene angeschrien. Genau das wollte er nicht machen.

„Töchter“, sagte er zu Wentorff und strich sich über die Glatze. „Sie geben einem so viel Hoffnung und Zuversicht. Aber sie rauben einem auch den letzten Nerv. Haben Sie Kinder?“

Wentorff, der sich bislang kaum bewegt hatte, hob den Kopf ein Stück und wandte sich Kempf zu. Er konnte nicht sprechen, da er Klebeband auf dem Mund trug, deshalb schüttelte er den Kopf.

„Mit Manu hätte ich vielleicht alles gepackt“, sagte Kempf mit einem Male. „Aber ohne sie?“

Er blickte sich um. Links lag die Startbahn West. Nördlich konnte er die Terminals des Flughafens ausmachen und die Betonpisten mit den Lichtern. In seinem Rücken floss der Gundbach. Und rechter Hand grenzte Mörfelden-Walldorf an den Mönchbruch. Keine Menschenseele war zu sehen. Sie waren ganz allein. Keiner würde sie stören hier draußen im

Niemandsland. Seinem Zufluchtsort, den er zugleich hasste und liebte. Er wurde von ihm magisch angezogen seit damals. Die Erinnerung verwischte zwar immer mehr, aber mit diesem Ort verbanden sich so viele Gefühle. So viele Erlebnisse.

Er konnte jetzt seine Erregung nur schwer verbergen.

Und als die nächste Maschine über sie hinwegflog, schrie Kempf wie wahnsinnig los, als wolle er gegen den Lärm anbrüllen. An seinem Hals zeichnete sich eine Schlagader ab. Sein ganzer Körper bebte und sein Gesicht verzog sich zu einer Grimasse.

Mit einem raschen Griff holte er eine Pistole aus seiner Jackentasche. Eine Sig Sauer P6 eine alte Dienstwaffe. Er warf einen Blick darauf und streichelte sie.

Dann nahm er Wentorff ins Visier, der augenblicklich zurückzuckte und die Augen weitete.

„Jetzt geht's los!", sagte Kempf betont ruhig und schoss einmal in die Luft.

62

Rauscher und Thaler jagten mit Blaulicht durch Mörfelden-Walldorf, hielten sich Richtung Mönchbruch, fuhren am Sportgelände der SKG Walldorf vorbei und parkten mit quietschenden Reifen am Waldrand.

Sie stiegen aus und sahen sich um. Der Mönchbruch, ein ausgedehntes Naturschutzgebiet in der Untermainebene, lag vor ihnen.

„Hier war ich noch nie", sagte Thaler.

„Sei froh!", meinte Rauscher. „Kein gutes Pflaster für Polizisten." Da Thaler ein Fragezeichen in den Augen hatte, klärte ihn Rauscher kurz auf, in welchem, seit den Startbahn West-Tagen politisch brisanten Gebiet sie sich befanden.

„Dafür bin ich noch zu jung", sagte Thaler, der sich mit seinen 34 Jahren nur sehr spärlich an die Vorfälle erinnern konnte. „Und du bist sicher, dass wir Kempf hier finden?“

Rauscher deutete Richtung Westen. „Ja. Da irgendwo muss der Gundbach liegen, da müssen wir rüber.“ Er konnte die Richtung nur ungefähr einschätzen.

Er wandte gerade den Kopf, als hinter ihnen ein Golf angefahren kam und knapp hinter ihnen hielt. Kurz darauf standen Irene Handke und Nadja Berger vor ihnen.

„Was wollt ihr hier?“, fragte Rauscher, leicht entrüstet.

„Ich hab’s nicht ausgehalten. Ich musste herkommen.“ Irene wirkte blass. Die Anstrengung nach den Tagen im Krankenhaus stand ihr ins Gesicht geschrieben. Aber sie biss auf die Zähne, wollte unbedingt dabei sein, das wusste Rauscher.

„Keine gute Idee, dass ihr mitkommen wollt“, sagte er. „Es könnte gefährlich werden.“

„Ich kenne die Stelle genau, wo sich mein Vater aufhält.“

„Noch wissen wir nicht, ob er wirklich dort ist.“

„Wollen wir wetten? Ohne mich wärt ihr erst gar nicht auf die Idee gekommen, dass er hier sein könnte. Ich bringe euch hin. Also los?“

Rauscher schaute ihr tief in die Augen, dann blickte er Thaler an, der mit den Achseln zuckte. „Meinetwegen, aber ihr bleibt immer hinter uns. Und wenn ich sage, stehen blieben, dann bleibt ihr stehen. Ist das klar?“

„Ey, ey, Sir!“, sagte Irene und salutierte. Und ein schelmisches Lächeln schickte sie hinterher.

Sie marschierten los. Als eine Maschine über ihnen flog, schaute Thaler nach oben. „Ganz schön laut.“

„Was meinst du, warum wir den ganzen Ärger hier haben?“, sagte Rauscher.

Sie folgten zunächst einem Weg, der am Waldrand entlangführte, bogen links ab und stiegen durch teils morastiges Gelände, das bis zum Gundbach leicht abfiel.

Als sie gerade auf der kleinen Brücke waren, hörten sie einen Schuss, der ihnen in die Glieder fuhr.

„Scheiße!“, brüllte Irene schockiert. Nadja zuckte heftig zusammen.

„Jetzt wissen wir wenigstens, dass er da ist“, meinte Thaler. Diese Erkenntnis tröstete jedoch niemanden.

Gebückt schlichen sie weiter. Auf der anderen Seite der Brücke betraten sie die Mönchbruchwiese.

„Wir müssen uns etwas links halten“, flüsterte Irene. „Es ist aber nicht mehr weit.“

„Wie lange noch?“, wollte es Rauscher genau wissen.

„Keine Ahnung. Ich schätze drei-, maximal vierhundert Meter.“

„Okay. In welche Richtung müssen wir jetzt?“, erkundigte sich Rauscher, als sie an einem Strommast angelangt waren, hinter dem sie stehen blieben.

„Der war früher abgesägt“, erklärte Irene, lachte und schaute in die Runde. Aber niemand verstand den Witz. „Die Autonomen, versteht ihr, ritsch-ratsch. Na, egal. Weiter. Wir müssen jetzt vorsichtig sein.“

„Langsam. Da vorne ist was. Ich glaube, da kniet jemand. Am besten, ihr wartet hier und Ingo und ich gehen vor“, flüsterte Rauscher. Als sich Irene beschweren wollte, signalisierte ihr Rauscher, dass sie den Mund halten solle. „Keine Widerrede! Ihr bleibt hier“, sagte er und wollte sich auf den Weg machen.

Aber wie?

Das Gras stellte ein Handicap dar. Es war sehr niedrig und bot keinerlei Sichtschutz. Rauscher warf sich auf den Bauch und robbte vorwärts. Wie Old Shatterhand früher, dachte er. Anpirschen, aushorchen, unschädlich machen.

Thaler tat es ihm gleich. Zentimeter für Zentimeter kamen sie vorwärts, aber es dauerte lange. Es gab Löcher, Mulden und Steine, sie mussten vorsichtig sein.

Zwischendurch versuchte Rauscher, das vor ihm liegende Terrain zu beobachten.

„Ich glaube, ich sehe zwei Personen", flüsterte Thaler neben ihm.

„Kempf und Wentorff, das passt. Wir müssen versuchen, so nah wie möglich ranzukommen, ohne dass uns Kempf bemerkt."

„Und wie soll das funktionieren?" Er blickte sich suchend um. „Hier gibt es nix, wo man sich verstecken könnte."

„Weiß ich auch nicht. Hast du einen besseren Vorschlag?"

„Nee, außerdem bist du der Teamleiter. Ich würde jetzt sowieso lieber an meinem Schreibtisch sitzen und recherchieren."

„Na, toll. Jetzt reiß dich mal zusammen!" Rauscher schaute zurück und sah, dass Irene und Nadja an der Stelle warteten, wo sie sie zurückgelassen hatten. Er war einigermaßen beruhigt und atmete dreimal kräftig ein und wieder aus.

Wie sollte das hier ausgehen?

Hoffentlich drehte Kempf nicht völlig durch.

Rauscher machte sich Sorgen, denn sie steckten in einem Dilemma. Einerseits mussten sie schnell sein, um das Schlimmste womöglich noch verhindern zu können. Andererseits konnte es brandgefährlich für sie werden, wenn sie zu forsch und unüberlegt vorgingen.

Dass Kempf offensichtlich eine Pistole mit sich führte, war alles andere als ein gutes Zeichen.

63

Wenn er hier auf der Mönchbruchwiese kniete, zog sich automatisch sein Herz zurück, so wie sich eine Schnecke bei Gefahr in ihr Häuschen verkrümelt.

So viele Jahre. Viel mehr Tage. Noch mehr Stunden. Und mit jedem Atemzug verging wieder eine Sekunde. Eine lange Zeit, um den Schmerz zu überwinden. Warum kam er nicht davon los?

Weil das Ungeheuer in ihm zu groß geworden war.

Er konnte es nicht besiegen.

Es hatte ihn an den Rand des Abgrunds gebracht.

Hierher, wo alles begann.

Diese Arschlöcher haben mein Leben zerstört. Das Glück meiner Familie auf dem Gewissen. Wie jung ich damals war. Und so unerfahren.

Und wo womöglich alles enden würde.

Neben sich hörte er ein glucksendes Geräusch und wandte den Kopf herum. Blut lief unter Wentorffs provisorischem Kopfverband senkrecht aus der Schnittwunde den Hals hinunter. Von dort troff es auf die Wiese und benetzte die grünen Blätter. Er japste und es sah aus, als würde er gleich ohnmächtig werden.

Wentorff konnte den Oberkörper nicht mehr aufrecht halten und kippte plump zur Seite.

„Mist", sagte Kempf, legte die P6 ab und stand auf. Er trat neben Wentorff, hob ihn wieder hoch und setzte ihn gerade hin. Doch keine Sekunde später fiel er wieder um wie ein Sack.

Er hievte ihn erneut hoch. „Schön oben bleiben, verstehst du? Du sollst alles mit ansehen, ja?" Wentorff starrte ihn aus toten Augen an. „Wir haben es gleich geschafft", ermunterte ihn Kempf. „Dauert nicht mehr lange."

Kempf kniete sich wieder hin und nahm die P6 in die rechte Hand. Er musterte die Landschaft im Norden und sein Blick stieß auf die Flughafenzäune. Dahinter erkannte er verschwommen die Gebäude. Es schien, als vermische sich der Himmel mit der smogartigen Luft. Vergeblich hielt er Ausschau nach etwas Farbigem, nach etwas, das ihn aufheitern konnte. Er fand nichts.

Es waren einfach zu viele.

Schulz hatte verdammt recht.

Sie waren in der Übermacht.

Und wenn seine momentanen Gegner weg waren, würden neue kommen, die genauso weiter machten. Oder noch schlimmer.

Er hatte keine Chance.

Es gab kein Gegenmittel.

Seine ganzen Taten waren sinnlos.

Es gab kein Ziel und kein Ende.

Er hatte sich jahrelang zermürbt, nur um erkennen zu müssen, dass es keinen Ausweg, keine Lösung, keine Erlösung vom Fluglärm geben würde.

Oder doch?

Eine Möglichkeit gab es.

„Es wird Zeit", rief er kühl und wandte sich an Wentorff. „Deine Strafe, Teil zwei. Dir bleibt nichts anderes übrig, als es mit anzusehen. Schau hin!"

Er steckte sich den Lauf der Pistole in den Mund, veränderte ein paar Mal die Stellung, denn er wollte unbedingt richtig zielen. Sich das Gehirn wegpusten. Bumm!

Das war's.

Sein Schicksal, das am 2. November 1987 am Flughafen an der Startbahn West begonnen hatte, würde heute hier enden.

Endlich, dachte er.

„Ich handle aus Notwehr", stammelte er. „Die letzte Form, sich zu wehren, wenn sonst nichts bleibt."

Er spürte den Abzug der Pistole am Zeigefinger. Jetzt konnte er Ruhe finden. Und Frieden.

Er musste treffen.

Er durfte nicht danebenschießen.

64

Irene Handke hielt sich den Bauch. Sie hatte zwar keine Schmerzen, weil sie drei Tabletten genommen hatte, aber Magenkrämpfe. Jeglicher Stress machte sich in diesem Bereich bemerkbar.

Und jetzt stand sie schon eine ganze Weile unter Strom.

High Voltage.

Sie beobachtete Rauscher und Thaler, wie sie sich weiter vorarbeiteten, aber an einem bestimmten Punkt Halt machten. Leider konnte sie nicht genau ausmachen, was ganz vorne geschah. Zu dumm aber auch. Adleraugen hätte sie gebraucht. Ihre waren stahlgrau, aber die Sehstärke eher normal. Oben sah sie den pastellblauen Himmel, unten die graue Wiese, in der Ferne ein paar grüne Bäume. Details Fehlanzeige.

„Ich muss mir das genauer ansehen", meinte sie plötzlich und trat zwei Schritte vor.

Nadja zerrte sie sogleich am Arm zurück und hielt sie fest. „Aber Rauscher hat gesagt, dass wir hier warten sollen ..."

„Ich halte es hier aber nicht mehr aus, solange ich nicht weiß, was mein Vater da vorne macht. Wenn er irgendwelche Dummheiten machen würde und ich hätte ihn vielleicht davor zurückhalten können, würde ich mir das niemals verzeihen." Sie griff sich an den Kopf, weil sie Kopfschmerzen hatte.

„Aber es ist viel zu gefährlich, jetzt da hinzugehen. Du hast doch den Schuss gehört. Er hat eine Waffe. Weißt du, was er damit vorhat?"

„Nein, aber ich will es rausfinden." Sie kniff die Lippen zusammen und riss ihren Arm los. Er flutschte zwischen Nadjas Händen hervor. Kaum hatte sie sich befreit, rannte sie los. Nadja folgte ihr auf den Fersen.

„Bleib doch hier!", schrie sie.

Aber Irene war schneller und gewann Vorsprung.

Rauscher strengte seine Augen an, um etwa hundert Meter vor ihnen die beiden Personen besser erkennen zu können. Es schien so, als trüge die rechte eine Art Turban, während die linke aufstand, sich setzte, wieder aufstand und sich wieder hinsetzte.

Plötzlich wirbelte etwas durch die Luft wie ein angestrengtes Atmen, ein Schnaufen, das an sein Ohr drang. Er drehte sich um und erkannte Irene, die wie von der Tarantel gestochen auf sie zurannte.

Er hob den Oberkörper und streckte die Arme vor, als könne er sie so aufhalten. „Stopp!“, schrie er, aber Irene nahm ihn überhaupt nicht wahr, ließ sich nicht ablenken und wich keinen Millimeter von ihrem eingeschlagenen Weg ab.

In der nächsten Sekunde flitzte sie an dem perplexen Rauscher vorbei und auch Thaler hatte sich mittlerweile erhoben und realisierte, dass Irene durch ihr sinnloses Vorpreschen alles kaputtmachen würde.

Aber es half nichts. Rauscher und Thaler sprangen parallel auf und nahmen ihre Verfolgung auf. Nach etwa vierzig Metern, sie hatten sich inzwischen Kempf so weit genähert, dass er sie sehen musste, bekam Thaler Irenes rechten Arm zu fassen, packte zu und brachte sie damit aus dem Gleichgewicht. Sie konnte sich nicht länger halten, kam aus dem Lauftritt und fiel nach vorne. Rauscher warf sich ebenfalls vorwärts und bildete so einen Puffer zwischen ihr und dem Boden. Sie knallten beide unsanft auf die Wiese, doch Irene landete einigermaßen weich auf Rauscher. Thaler krachte neben ihnen zu Boden.

Irene blieb wie bewusstlos liegen und schloss die Augen. „Was machst du für Sachen?“, zischte Rauscher. „Du solltest zu Hause liegen und dich schonen, verdammt. Stattdessen vollführst du hier Wettrennen.“

„Schon gut“, wisperte Irene. „Mein Fehler, aber da hinten fühl ich mich so hilflos. Verzeih mir!“

Rauscher warf ihr einen bösen Blick zu.

Nachdem sie sich aufgerafft hatten, wandten sie sich nach vorne und beobachteten Kempf, der durch den Krach aufmerksam geworden war und mitbekommen hatte, dass ihm einige Personen gefährlich nahe gekommen waren. Er schien sich davon aber nur kurz irritieren zu lassen, nahm die Pistole für einen Moment aus dem Mund und blickte sich kurz um. Danach wandte er sich wieder seinem eigentlichen Vorhaben zu, führte die Pistole wieder ein, legte den Finger auf den Abzug und holte ein letztes Mal Luft.

„Neeeeiiiiiinnnnn!"

Ein ohrenbetäubender Schrei lenkte alle Blicke nach rechts.

Irene spitzte die Lippen. „Oh, mein Gott!", stieß sie hervor.

Rauscher sah eine Frau, die wie um ihr Leben rannte.

„Meine Mutter!", schrie Irene. „Ich hatte sie angerufen und ihr Bescheid gegeben. Sie wusste aber nicht, ob sie es rechtzeitig schaffen würde."

Rauscher schaute erst Irene an, richtete seinen Blick dann jedoch wieder auf ihre heransprintende Mutter und war im Moment vollkommen ratlos, was er als Nächstes tun sollte. Ob er überhaupt etwas tun konnte.

Der Schrei schien Kempf aus dem Konzept gebracht zu haben. Zumal er erneut ertönte.

„Nein! Nein! Nein!" Diesmal gleich dreifach.

Kempf wandte leicht den Kopf und nahm aus dem Augenwinkel eine Person wahr, deren blonde Haare durch die Luft flogen, deren Hände wild in der Luft gestikulierten und die wie irrsinnig über die Wiese flitzte.

„Nein! Nein! Nein!"

Diese Stimme kannte er.

Zweifellos.

Er zog die Pistole aus dem Mund, stand auf und in diesem Moment rannte ihn Manu über den Haufen. Sie fielen beide um, rollten ein wenig zur Seite, bis sie zum Liegen kamen. Aufeinander im Gras. Manu umklammerte ihn so fest, dass sie ihm den Atem abschnitt.

„Du Idiot!", zischte sie. „Was machst du für einen Scheiß?"

„Du erdrückst mich", rief Kempf, der sie wie einen Geist anstarrte und seine Überraschung kaum verbergen konnte.

„Das war knapp!", meinte Manu und lockerte ihren Griff etwas. „Versprich mir, dass du so was nie wieder tust!" Sie gab ihm einen Kuss auf die Wange.

„Okay. Bitte verzeih mir!" Eine Träne rann seine Wange herunter.

Manu legte ihren Kopf auf seine Brust. „Wir schaffen das, aber der

Quatsch muss aufhören."

„Ach, weißt du. Die Narben auf der Seele, die werde ich nie wieder los. Aber wenn du bei mir bleibst, werde ich versuchen, sie zu vergessen."

Ganz langsam erhoben sie sich, entfernten einige Grashalme aus Gesicht und Haaren und blickten Irene entgegen, die angelaufen kam.

Die drei fielen sich um den Hals und veranstalteten in den nächsten Minuten ein Heulkonzert, das weit über die Mönchbruchwiese hinaus zu hören war.

Teil 12

Frankfurt Bockenheim, Anfang Mai 2012

65

Diese Ruhe war ein Segen. Rauscher machte es sich bequem, legte die Füße auf den Couchtisch und lehnte den Kopf zurück.

Innehalten. Durchpusten. Sauergespritzten mixen.

Während er noch über die Reihenfolge grübelte, spürte er, wie leer seine Batterien waren nach dem Ärger mit Elke, diesem Fluglärmfall und den letzten Tagen, an denen er konstant durch getrunken hatte.

Er war so schlapp, dass er kaum den Arm heben, die Flasche aufschrauben und einschenken konnte, was ihm, mit einiger Anstrengung, dann doch gelang.

Er nippte und fühlte sich sofort besser.

Ahhhhhhhhh!

Er wollte vergessen. Und es gelang. Halbwegs. Die letzten Stunden über hatte er nur selten an Elke und Mäxchen gedacht.

Er würde weitertrinken. Wenn es sein musste, den ganzen Urlaub lang. Ein paar Tage waren noch übrig.

Zum Apfelwein hatte er sich hin und wieder einen kleinen Calvados genehmigt. Und außerdem war es ihm gelungen, womit er eigentlich niemals gerechnet hatte, einige Dosen Mispelchen aufzutreiben.

Rauscher hatte Elke nach dem letzten unerfreulichen Gespräch nicht mehr kontaktiert und das Handy in der untersten Schublade des Wohnzimmerschranks verstaut, um nicht in Versuchung zu geraten. Obgleich es schön gewesen wäre, ihre Stimme zu hören. Oder wenigstens eine SMS zu lesen. Aber er hielt sich zurück. Das musste jetzt sein.

Er schluckte gerade den letzten Rest des dritten Sauergespritzten, zu denen er je einen Vitaminspender, Mispelchen mit Calvados, getrunken hatte, als es an der Wohnungstür klingelte.

Besuch erwartete er keinen, aber er war neugierig und öffnete die Tür. Händchen haltend standen Irene und Nadja davor und lächelten ihn an.

„Hey, ihr seid zusammen, stimmt's?"

„Jaaaaa!", rief Irene, fiel ihm um den Hals und knutschte ihn auf die Wange.

„Cool", sagte Rauscher. „Kommt rein. Darauf trinken wir einen. Ich habe aber nur Ebbelwoi und Mispelchen."

„Alles andere wäre auch überflüssig", sagte Nadja, was Rauscher sofort imponierte.

Während Rauscher sechs Getränke bereitete, nahmen Irene und Nadja nebeneinander auf der Couch Platz, auf der sie vor nicht allzu langer Zeit schon einmal gesessen hatten. In der Zwischenzeit war allerdings einiges passiert.

„Ich sehe, euch geht's gut", sagte Rauscher, nachdem sie angestoßen und getrunken hatten.

„Dir doch auch", meinte Irene. „Wenn ich mich hier so umsehe." Es sah unaufgeräumt aus. Er hatte ewig nicht sauber gemacht. Man hätte meinen können, dass er sich ganz schön gehen ließ.

„Was macht dein Kopf?"

„Passt schon!", antwortete Irene.

„Rasiert hast du dich auch noch nicht", fügte Nadja an. „Ist das ein gutes oder ein schlechtes Zeichen?"

Rauscher zuckte mit den Achseln. „Alles zu seiner Zeit, gell!"

Sie sprachen über die vergangenen Tage. Kempf und Schulz waren dem Haftrichter vorgeführt worden und saßen in Untersuchungshaft. Die Medienschlacht hatte längst begonnen. Zeitungen und Fernsehen überschlugen sich mit wilden Spekulationen. In der Politik herrschte hektischer Aufruhr. Der Flughafenbetreiber forderte ernste Konsequenzen.

„Und wie geht's deiner Mutter?", fragte Rauscher.

„Puhhh! Sie hatte schwer zu kämpfen. Aber jetzt weiß sie, wohin sie gehört. An die Seite meines Vaters. Sie haben eine gemeinsame Geschichte, die sie untrennbar verknüpft. Sie kümmert sich um ihn und wartet, bis er rauskommt."

„Und wie geht's ihm dabei?"

„Er wird seine angemessene Strafe absitzen und findet das absolut gerecht. Und wenn er wieder auf freiem Fuß ist, wollen sie nach Norddeutschland ziehen oder so."

Hamburg liegt auch in Norddeutschland, dachte Rauscher.

„Jedenfalls irgendwohin, wo es weit und breit keinen Flughafen gibt. Vielleicht kommen sie irgendwann mal zur Ruhe."

„Vielleicht!"

Sie erhoben die Gläser und tranken darauf.

Einen Tag später rief Markowsky an, als Rauscher sich gerade drei Handkäs-Brote zubereitete, so wie er es gelernt hatte: Handkäs und Radieschen in Scheiben schneiden, Brot mit Frühlingsquark bestreichen, Scheiben darauf betten und mit frischem Schnittlauch bestreuen.

Noch vor dem ersten Bissen nahm er das Gespräch an.

„Auf ein Wort, Rauscher?", sagte Markowsky.

„Was gibt's denn, Chef?"

„Ich soll Ihnen Grüße vom Innenminister ausrichten. Tadelloser Job. Zimmermann gratuliert ebenfalls."

„Aha!" Rauscher wunderte sich, dass sein Daheimbleiben plötzlich von allen Seiten goutiert wurde.

Markowsky schien durch die Lobeshymnen auch besänftigt worden zu sein, denn er schwenkte zu einem anderen Thema ab. „Es geht mir um

Elke. Ich mache mir ein wenig Sorgen. Ist sie noch immer in Hamburg? Sie kommt doch zurück, oder?"

„Kann ich nicht sagen. Sie hat mich gefragt, ob ich nach Hamburg kommen will."

„Und? Wollen Sie?"

„Na ja, eine Luftveränderung hat noch niemandem geschadet."

„Verdammt, Rauscher! Sie wissen, dass ich Sie nicht einfach gehen lassen kann."

„Weiß ich nicht."

„Wie lange kennen wir uns jetzt?"

„Einige Jahre schon."

„Na also. Sie gehören hier nach Frankfurt. Zur Kripo. Bitte machen Sie das Elke klar! Im Übrigen wünsche ich, dass auch sie bald wieder hier anfängt."

Wir sind aber nicht bei „Wünsch dir was!", dachte Rauscher und legte auf.

Einen weiteren Tag später klingelte es wieder an Rauschers Wohnungstür und als er öffnete, blickte er in Verena Mittags Augen. Ein zuckersüßes Lächeln umschweifte ihre Mundwinkel. Er bat sie herein.

„Ich habe uns etwas mitgebracht", sagte sie. „Ich geh in die Küche. Dauert auch nicht lange." Er schaute ihr hinterher und wartete gespannt.

Nach zwanzig Minuten, in denen Rauscher vor Neugier fast geplatzt wäre, kam sie mit einem Tablett in den Händen heraus und deckte den Tisch im Esszimmer.

Sie setzten sich gegenüber. Verena schenkte Rauscher eine Flüssigkeit in eine Tasse ein. Rauscher trank und hätte beinahe alles wieder ausgespuckt. „Was ist denn das?"

„Ingwertee", sagte Verena.

„Verdammt scharf."

„Frisch und gesund."

„So schmeckt's auch. Nicht so mein Fall."

„Dann probier mal die Suppe. Bitte sehr, Herr Rauscher."

Sie füllte einen Suppenteller, in dem es gelb-orange leuchtete.

„Und was ist das?"

„Kürbis. Hokkaido. Mit zwei Kartoffeln, Möhren, einer Zwiebel, etwas Muskat, Curry, Knoblauch. Ein wenig Schmand. Und natürlich Salz und Pfeffer."

Ganz vorsichtig aß Rauscher einen Löffel voll. Dann noch einen. Dazu biss er ein Stück Baguette ab.

Er gab es nicht gerne zu. „Schmeckt prima!"

„Freut mich. Hau rein!"

Nach dem Essen, das Rauscher sehr genossen hatte, unterhielten sie sich eine Weile.

„Was ich dich schon die ganze Zeit fragen wollte", setzte Rauscher zaghaft an. „In der Nacht, als wir ... du weißt schon ..."

„Ist nix gelaufen. Mach dir keine Sorgen. Bei dir ging nichts mehr. Schade eigentlich." Verena Mittag lächelte.

Einen weiteren Tag später erhielt Rauscher einen Brief von der Krankenkasse. Er las: „Herzlichen Glückwunsch zu Ihrer Hochzeit. Sie und Ihre Familie sind jetzt familienversichert." Er zerknüllte den Brief und warf ihn weg.

Er dachte nach. Im Vergleich zum Fluglärm waren seine Probleme profan und unbedeutend. Sie betrafen ihn, aber sie ließen sich spielend aus dem Weg räumen. Er entschied, dass es albern war, sich noch länger nicht bei Elke zu melden und rief sie an.

Sie ging ran. „Hallo." Ihr Ton klang reserviert.

„Wie geht's euch?"

„Gut."

„Ich muss wissen, ob ihr wieder nach Frankfurt kommt."

„Du hast mich arg enttäuscht."

„Das weiß ich."

„Wenn wir zusammen sind, muss ich auf dich zählen können."

„Aber ..."

„Da gibt's kein Aber. Ich kann mich weder auf dich verlassen noch kann ich dir vertrauen."

„Aber das kannst du doch ..."

„Du hast nichts verstanden."

Elke legte prompt auf und sein Herz schien auf die Größe einer Olive zu schrumpfen.

Später am Tag saß Rauscher in der Buchscheer im Sommergarten, der gut besucht war. Der Frühling hatte sich bemerkbar gemacht und es war warm geworden. Er hatte Jan Krause eine SMS geschickt. Irgendwie hatte er das Gefühl, Gesellschaft zu brauchen.

Als Krause ankam, machte er ein skeptisches Gesicht und orderte sofort einen Ebbelwoi bei der Bedienung, die gerade am Tisch vorbeilief.

„Darf ich mich setzen?"

„Klar."

„Geht's dir gut?"

„Ja."

„Ich habe mich über deine SMS gewundert."

„Wieso?"

„Hörte sich merkwürdig an, ne!" Nach einer kurzen Pause stellte Krause die Frage, die ihn brennend interessierte. „Und was machst du hier?"

„Ich trinke Sauergespritzten, höre mir die Flugzeuge an und denke nach."

Weitere Krimis von Gerd Fischer
mit Kommissar Rauscher im mainbook Verlag:

Mord auf Bali (ISBN 9783981357127)

Lauf in den Tod (ISBN 9783981357103)

Der Mann mit den zarten Händen (ISBN 9783981357110)

Robin Tod (ISBN 9783981357134)

Paukersterben (ISBN 9783981357189)

Erhältlich als Taschenbuch überall im Buchhandel (10,- €) und als ebook in allen Online-Shops (7,99 €)

Besuchen Sie unsere Homepage: www.mainbook.de
Dort finden Sie weitere spannende Krimis, Thriller und biografische Romane.